JN068138
怪物中毒
AUTHOR
三河ごーすと
ILLUST
美和野らぐ

MONSTER HOLIC

Boys and girls who are more than monsters and less than human run through the night in the "government slum".

AUTHOR —— **Ghost Mikawa**
ILLUST —— **Rag Miwano**

CONTENTS ◆◆◆◆

CONFIDENTIAL

Beast Tech Inc.

Business Overview:
Pharmaceutical, vaccine development,
real estate business,
and various businesses.

Manufacture and sale of
monster supplement
a liquid that turns man back into a beast.

頼山 月
GETSU RAISAN
WEREWOLF
賣豆紀 命
MEI MEZUKI

MONOLOGUE

墨絵のようなモノクロに一瞬固まって、
ただちにすべての色彩が戻り、
形作られる。

序文

無限の結果、
その最果て

Introduction:
Infinite results, the end of it all

近代社会は、途方もない《結果》の積み重ねによって成立している。

幾千、幾億もの賽の目、そのほとんどは些細なものだ。

何を食べ、何を好み、誰を愛して、どのように死ぬか――

それらを決めて動くたびに、運命の賽が転がる。

――蝶の翅が羽ばたくように。

名もなき人々が振った賽の目により、近代社会は成立するのだ。

ここは秋津洲、京東。

賽の目が違えば日本、東京と呼ばれたかもしれない島国の首都。

2度の世界大戦、そして敗戦。冷戦による分裂の危機を経て、情報通信技術の革新が世界を縮め、インターネットにより世界の人々が隣人のごとく繋がった奇跡の時代。

しかし、複雑に張り巡らされた貿易網、流通網を寸断する悪疫が、その歯車を狂わせる。

それ以前、それ以後に世界がハッキリと分かたれる、史上最大のパンデミック。

人類滅亡もあり得た、地球全土で数億の死者を数える地獄。

病のみならず、複雑に入り組んだ貿易網の崩壊が、すでにそれ無しには成り立たなくなっていた各国経済を破壊し、飢餓や貧困、そしてそれを原因とする戦争の恐怖すら蘇らせた。

欧州に端を発する大戦の危機はグローバル経済を殺し、持続可能エネルギー論を終わらせ、化石燃料とブロック経済に回帰し、同盟国とのみ連帯し孤立を深めゆく混迷の時代。

その最果て――

世界最高水準と言われる防疫体制を確立するための超管理社会と成り果てた秋津洲。

人々は家畜の如く、強制参加が義務付けられたSNSのムラ社会に繋がれたまま、喘ぐように日々を過ごし、貧困と繁栄のはざまで息継ぐように生きている。

そんな中、人々を熱狂させる唯一の救い。

世界防疫体制の完成に多大な貢献を果たした巨大企業――《Beast Tech》の福音。

政府承認のもと地域を限定して売り出した究極の解放。

――体感せよ！

奇抜なデザインの缶で波打つ、３５０mlの自由。

プルタブを引き上げて喉を鳴らし、強烈なフレーバーとテイストに踊れ。

鎖を解き放つ、ここは仮面舞踏街。

あらゆる人々が自分を縛る端末を切り、マスクを外して《獣》に還る街。

社会の軛を外し、悪徳も暴力も容認された必要悪。

超管理社会のブラックホールに人々は魅了され、集い
法なき街で自由を飲み乾して獣に還り、狂ったように踊り続ける。

文字通り人を獣に還すその液体――《怪物サプリ》。

濃厚なコーラフレーバー。ケミカルな後味の甘い液体を飲み乾せば、ある時は虎に、ある時は羊に、ある時は狼に——あらゆる獣の特徴を残すヒトとなり、人々は心に仮面をかぶる。

名も知れず、素性も解らぬ、ただ正体不明の《獣》たち。

禁じられてなお彼らを魅了する背徳、外の世界では決して行えぬ娯楽とは——？

仕切り板など取り払い、酒を浴びるほど飲んでの乱痴気騒ぎ。一切責任など感じることなく行きずりの異性と夜を共にし、破滅を望むがごとくバカげた大金を賭けて博打を打つ。

すべてが自由、それが仮面舞踏街。

ここは地獄のテーマパーク。国が許した官製スラムに、ある噂が流れる。

「——最高にキマる自由が、あるらしい」

ありふれた獣を遥かに超えた絶頂をもたらす魔剤の極み。

遥か昔に絶滅した伝説に変わるとされる《幻想サプリ》の噂は、抑圧されたネットワークの片隅で、社会や学校の暇つぶしとしてまことしやかに語られていった。

結論から言おう。

最高の自由は存在し、街に撒かれたそれが巻き起こす波紋は悲劇と喜劇をもたらす。

これは超管理社会に生まれた《怪物》たちの物語。

懸命に生き、ささやかな自由を満喫しながら進みゆく少年少女の伝説が——今、始まる。

1st chapter
ケンタウロス
轢き逃げ人馬
Hit-and-run centaur

夜、とある寂れた街角。

築半世紀は経っていそうなコンクリの壁に無数の室外機。

錆びたベアリングが音をたててファンを回し、カビ臭く生温い風を起こしている。

ビルの谷間には窓から棄てられたとおぼしきゴミ袋が積み上がり、腐ったバラ肉じみた層を形成して、白く立ち昇る発酵ガスが室外機の風にゆらゆら、亡霊のように立っていた。

この街はゴミ溜めだ。

表通りは清掃会社の巡回も来るが、道を2つも挟めば地主も管理を放棄した廃墟が連なり、後ろ暗い振る舞いを好む『客』がめいめい勝手に店や住居を構えている。

その生活によって生じるゴミや排泄物は、管理放棄地故に公共のサービスを受けられぬままただただ積み上がり、古漬けのごとく腐ってゆくばかりに見えた。

「はあ、はあ、はあ、はあ……ハアッ!!」

そんな中、ゴミ袋の山を泳ぐように――《狼》が走る。

街の外なら一目置かれたに違いないハイブランドのスーツは無残に汚れ、はだけたシャツの胸元にはもふもふと分厚い胸毛が膨れ上がって、ボタンが千切れそうに張りつめている。

掌には柔らかな肉球、顔面すべてを覆う柔い体毛。焦りと恐怖を表すように突き出した舌はハッハッと獣臭い息をたてて、ゴミをかき分けながら必死に足掻いていた。

「来なきゃ良かった！　来るんじゃなかった！　こんな街！　こんな街！　こんな街!!」

狼という字から想像できるような精悍さとは無縁の、無様な叫び。

絵本に出てくる、山羊の子を何匹も腹に収めて丸々と肥えた狼のように、ムチムチと太い腹を揺らしながら、高級スーツを着た二本足の狼は慌てふためき、ゴミをかきわけ逃げている。

比率で言うならヒトが7で、狼が3の、半人半狼。

「ヒッ⁉」

——《でぶ狼》としか言いようのない男が、振り返ると。

ガダダッ！　ガダダッ！　ガダダダダダッ……！

ゴミ袋を跳ね飛ばし、アスファルトにU字の烙印を捺しながら、でぶ狼に追いすがる。

切れかけた街灯に照らされた影が長く長く、まるで古の白黒映画の1シーンのように——

無数の室外機が張りついた凸凹の壁に、四つ脚の影が伸びる。

「わ、悪かった‼　悪かったよ‼　だから——殺さないで‼」

ゴミ溜めに溺れたでぶ狼が悲痛に叫ぶ。

だが四つ脚の影は動じることなく、諾足のリズムを刻んで駆けてくる。

これが《外》ならば、辻々に仕掛けられた監視カメラの映像を基に、治安部隊が出動。

重火器の使用も視野に入れた武力行使により《でぶ狼》は救われたかもしれない。

事実、彼は最後までその希望を捨てることなく、無様に助けを求め、慈悲を乞うた。

「悪ふざけだったんだよ‼　この街なら何してもいいって！　身元も顔もバレずにどんなこと

でもできるって聞いたから、だから、だから、だから……‼」

最後の言葉はもはや掠れてただの嗚咽に変わっていた。

「ほ、本気じゃなかったんだ！　アンタもそのつもりだったんだろ⁉　そんな恰好でここ歩くとか、もう誘ってるようなもんだよな⁉　俺は悪くねえ、俺は……！」

温い風が吹く。室外機が流す油やカビの臭いではなく、もっと生臭く、生々しい風だ。

それはでぶ狼の遥か頭上、３ｍ超えの高みから——吹いてくる。

「ヒギッ⁉」

ぞくりと震えたでぶ狼が、振り返る刹那。

棹立ちとなった四つ脚の獣。それがU字形の巨大な蹄を振り上げて。

——グシャッ‼

「あいいいいぃぃぃいいいいいっ」

デタラメな悲鳴。

うずたかく積みあがったゴミ袋に半ば埋もれた、でぶ狼。

狙いすましたかのように、その腕が半ばから潰れ、ちぎれていた。

ぺらぺらに踏まれた断面がアスファルトにへばりつき、血糊が広がる。辛うじて残った肩の骨と腕をつなぐ肉の断面、汚れた象牙色の生々しい骨と筋に、でぶ狼は一瞬見入り。

「あれ？　俺　ほんとに　腕、あ　も、げ……ッ‼」

肉体の一時的獣化をもたらす魔剤――怪物サプリは、肉体を著しく強化する。

それは単純な筋力の増大などに留まらず、脳に作用して痛覚を抑制し、文字通り野生動物に等しいしぶとさ、生命力すら与えるのだ。しかし、その恩恵は今や――

素直に死なないというだけの、拷問と化した。

「ああああああああああぁあぁあぁっ……ぁああああああああっっっっ!!」

信じられない、という面持ちで、でぶ狼はちぎれた腕を拾おうとする。

泣きべそをかきながらスーツの袖に爪をひっかけた時、背後から迫って来た追跡者が、再びその前脚を振り上げると、無様に身を屈めたでぶ狼の背中を踏んだ。

「があ　……ッ!?」

背骨が砕ける音がして、肺の空気がすべて吐き出されてカスッと鳴った。

それは、蹄だ。中指と薬指が変化して二股に分かれたウシやブタのような形ではない。

ヒトで言うなら足の指が全体を覆うほどに変化した一体成形の蹄。奇蹄目と呼ばれる動物が備える特徴がありありと、水溜まりを踏んだように真っ赤な鮮血に染まっていた。

ブルルルッ……!

鼻腔が震える音がする。

愉悦を含んだ響きだ。ウマが行う感情のサイン。

喜びと興奮を示す仕草と共に、ソレは今ひとつの命を無残に踏み潰そうとしている。

「たすけ　……でっ⁉」

……グシャッ‼

命乞いは届かず、転げ落ちた卵のように。

イヌ科とヒト科がミックスされた異形の頭蓋骨は砕け、中身がこぼれた。

数トンの圧力をこめて蹄は狼男をほぼ垂直に踏み潰し、挽肉となった死体がゴミに埋もれ、破れたゴミ袋からこぼれた異臭を放つ腐敗物の中に沈んでいく。

ソレは大きかった。

でぶ狼が全身沈み込んだゴミの山、そこに脚の半ばまで埋めながらもすっくと立っている。もこもこと膨らんだイヌ科の毛皮とはまったく異なる、薄く短い褐色の体毛。アスファルトを踏めしめる四つ脚は太くて長く、生き物というより頑丈極まる重機のソレを連想させる。

一見、それは馬だ。

本来のウマという生き物の首がある位置からくっきりと6つに割れた腹筋が並び、豊かな胸と薄い色の先端を、内からの膨張に耐えられず破れた下着の残骸が辛うじて包んでいる。

袖を通したジャージは、ミチミチと張りつめてハムのよう。

前を留めるチャックはすべて開けているが、それでも子供が大人のそれを無理して着たかのように窮屈そうに――頼りない街灯の光に照らされて、点々とついた返り血まで見えた。

半人半馬。

ウマの胴体に人の身体を繋いだような異形の正体は、都市の暗闇に紛れて判然としない。

「はあ、はあ、はあ、はあ、はあ、はあ、はあ、はあ……っっっっ♪」

ただその口元、荒い息を吐きながら。

隠しきれない喜びのリズムと共に、かすかに覗く口元が吊り上がる。

京東仮面舞踏街　夏木原――ヒトを獣化させる《怪物サプリ》合法特区を震撼させる殺人鬼《轢き逃げ人馬》は、どこか踊るような足取りで駆け、去っていき――。

「ひでえな、こりゃ。ぐちゃぐちゃでやんの」

「3Dスキャン、デジタル保全完了した。遺体は回収、作業開始」

現場を訪れた二人組が潰れた死体と加害者の痕跡をスキャン。

舐めるように光が走り、精密にデジタルデータ化された犯行現場が記録、保全される。

耐衝撃ケースに詰められたモバイルPCは、本来の仕様なら即座にデータを送信、専門部署での解析を実行するが、通信回線がほぼ死んでいるこの街では、それもできない。

「今時、手でデータ持って帰るのってどうなのよ。ローテクすぎんだろ……」

「古今東西、超大容量データ通信の最速は、記録媒体ごと交通機関で運ぶこと、だそうだ」

「そこまでデカくねーだろ、この程度。ま、しゃあねえ。お仕事あるだけマシかぁ」

作業着にゴーグル、分厚いゴム手袋で衛生対策。顔も素性もわからないふたりは早くも猛烈な腐臭を放つ遺体を拾い、苦心しながら袋に詰めると口々に言った。

「この臭い、取れっかなあ。今日だろ、転入すんの。めっちゃ緊張しねえ？」

「別に。半分仕事だ」

「あ、ずっり。ひとりでクールぶりやがって、お前そういうとこあんよなぁ」

「ぶっちゃいない、というか――……」

作業着のひとり、二人組の片割れは、マスクをずらす。

ヒトのかたちを保った輪郭のライン、唇に微かな喜びを湛えて。

「わくわくは、してるな。――ようやく《普通》になれそうだ」

生態系の下支え、分解者の如き立ち位置。作業着に記された社名は《幻想清掃》。

どこかのビルや街角で見かける清掃員のような姿で、彼らは静かに動き出す。

「やらかしを止めんのと、高校デビュー。両方やるのって、ムズくね？」

「前者は仕事、後者は人生だ。どちらが大切かは言うまでもないな」

「そりゃそうだが俺らの場合、前のをサボると後ろが潰れっし」

二人組のもうひとりは、膨れた毛皮でパンパンに張りつめたツナギとマスク。

獣の輪郭を宿した人の姿を雑な作業着で隠しながらぼやき、潰れた成人男性の遺体を詰めた大袋をサンタクロースのように担ぐと、夜明けが近い街を歩き出す。

「行こうぜ、相棒。せめてシャワーと着替えはしねえとやってらんねえ」

「ああ」

肩を並べてふたり、死体と機材を担ぎ、情報を抱えてえっちらおっちら。

警察ではない。声の調子は十代の若者のようで、隠しきれない青さが溢れている。

「とっとと犯人とっ捕まえて青春しようや。目星はついてんだしな」

「悪いが、少し早めに行って捜査を進めてくれ。俺は書類を出してからになる」

「あいよ。つうかさ」

被害者。獣と化したまま死んだ、顔も素性もわからない誰かの遺体。

裕福そうなスーツ。財布も腕時計も靴も、血まみれの靴下まで現場近くに潜んでいた誰かが持ち去り、裸同然の状態となって袋に詰まった、名前すらない哀れな肉塊。

「外で死んだら大騒ぎ。ここで死んだら紙切れ一枚。何でこんなとこ来んのかね？」

「暇なんだろう。《外》の大人は」

オフィスに戻ってから書き込む書類のテンプレートを思い出しながら、ひとりが告げる。

事件ですらない、清掃作業報告書。形式ばった文章を解体するなら。

『デカいゴミが落ちてました。片付けました。終わり』

それで済んでしまう適当さ。ヒトの命は重く、獣の命はゴミより軽く。

けれど誰かが片付けなければ、目障りでしょうがない。――それもまさにゴミのよう。

死に損とでも言うべき誰かを担いで、掃除屋たちは朝靄けぶる街角に消えていった。

怪物中毒

MONSTER HOLIC

Boys and girls who are more than
monsters and less than human run through the night
in the "government slum".

AUTHOR
Ghost Mikawa

ILLUST
Rag Miwano

――01　特殊永続人獣（トクニン）――

時は流れ、時代が変わっても、駅には独特の臭いがある。

石炭と煤煙に燻された蒸気機関車の黎明期は遥か昔。ホームに列車が入り、停まると同時に消毒液が噴霧され、顔のない人々が薄い霧をかき分けるように降りてゆく。

「………」

「………」

ぞろぞろ、と擬音が似合う足取りで、無駄口ひとつ叩かず人々は歩く。

サラリーマン、学生、通勤時間帯を占める多数派のマスク着用率は100％。近年開発された皮膚密着型の使い捨てマスクは、着用者の肌の色を読み取って調和し、溶け込む。

いわゆる『モブ顔』――眼以外の口元、鼻腔など露出部を極薄皮膚で覆ったようなそれは、飛沫、ウィルスをほぼ完全に遮断。顔認証を妨げない密着構造で公的な場でも着用可。

モブ顔の人々は、ホームと車両に設置された監視カメラにその移動経路を認知されている。

365日、24時間、全国民の所在、移動経路をリアルタイムで監視する《神の眼》。

感染対策に端を発する監視システムは当初プライバシーの侵害、個人情報の保護が叫ばれたものの、強行策を求めるヒステリックなSNSの圧力に負け、実装されて数年が経つ。

ピピピッ……！

降車しようとした人々の中で、端末が鳴った。

すると人波が一斉に左右に割れ、道を空ける。

ニコニコと群衆顔のマスクの裏に笑顔を張りつけながら、拍手でもせんばかりに――

「……ふん」

割れた人波の先にいるのは、ひとりの少女だった。

駅近くにある都立校、アカネ原高の制服姿。ツンツンと尖った癖っ毛、可愛げより鼻っ柱の強さを感じさせる眼差しで周囲を見渡すと、軽く頭を下げてから。

――キッ……！

タイヤが軋み、彼女が乗った車椅子が割れた人波を進んでいく。

ミニスカートから覗く彼女の足は健やかに肉づいて、健康そのもののスポーツマンのようだ。

が、それが詐病の類でないことは、道を空けた人々全員が証明している。

車両の天井に隠されたカメラが少女の顔にフォーカス。

所持端末と同期し、顔認証により個人情報を解析する。

『国民登録番号XXXXXX　京東都立アカネ原高校2－A』

『賣豆紀　命　賞罰履歴　都中学総体陸上　女子1500m　1位　大会記録』

暗号化された国民登録番号に基づき、所持端末でSNSが起動。

日々の暮らしのつぶやき、陸上選手として栄冠を勝ち取る誇らしい姿などが参照され――。

『交通事故による脊椎損傷　右脚麻痺』

『生活支援要度：Ｂ』

同じ車両に乗り合わせた人々の端末に、通知が飛ぶ。

社会管理システム《神の眼》により、社会的・身体的弱者へのサポートは推奨され。

――その実行者は、模範的市民として確実にポイントを稼ぐことができるのだ。

ピンポン♪

『おめでとうございます。生活支援貢献Ｂが達成されました』

『信用スコア＋1。社会信頼度に加算されます――』

非通知にしていなかったのだろう。

人波のいずこかから、端末の機械音声と信用スコアの加算通知がピコンと鳴る。

「どうぞどうぞ！」

「お嬢さん、お困りなら手伝いますよ？」

「……いらない」

顔半分を覆う群衆マスク。だがわずかな皺が、その裏の笑みを隠しきれない。

たかが1ポイント、されど1ポイント。この超管理社会において、信用スコアは税控除からクレジットカードやローンの限度額に至るまであらゆる社会活動の基準となる。

道を空けるだけで稼げるとあらば当然、ニッコリ笑顔もこぼれるというもの。

「……あり、がとう」

重々しい、言わされている感のにじみ出るようなお礼にも。

「「はい！　どういたしまして！」」

善行を積んだ、という確信から、群衆はハキハキと返事をする。

そんな人々を胡乱げに見渡すと、命は今時珍しい手漕ぎの車椅子を走らせ、車両を降りる。

当然、何も言わずとも全自動でタラップが出現。彼女のいくところ雑踏など無縁のものだ。

どんなに混んでいようと道は空き、にこやかな笑顔とポイント加算通知が響き続ける。

ピンポン♪　ピンポン♪　ピンポン♪　ピンポン♪　ピンポン♪　――……ピンポン♪

「……うっっざ!!」

群衆を抜け出し、ようやく駅構内から出ると。

賣豆紀命は溜まりに溜まった鬱憤を吐き出すように、そう咆えた。

空は青く、風は澄み、街路はゴミひとつなく美しく。

時間をわずかにずらしたせいか通勤通学のピークを外れ、自分以外の人影はなく。

故に我慢の必要もなく、わずかな間に溜まった黒いものを言葉に変えて吐き出した。

「親切面するなら、せめて通知音くらい切っとけっての……！」

今、彼女が暮らす世界において【匿名】は特権で。

みんな、優しいふりをして、生きている。

ギッ、ギッ、ギッ……！

体脂肪率ひとケタ台。極めて精悍に搾られた、女子とは思えない腕。

それが今時珍しい完全人力、動力アシストの一切ないアナログ車椅子を進ませる。

首筋に汗を浮かべながら見上げた坂道、傾斜のきついその先に校舎の壁が見えた。

「……ふっ、くっ……ぎっ……！」

歯を食いしばって車輪の握り――ハンドリムを強く回そうとした、その時だった。

袖から滴った汗が掌に伝い、つるりと滑る。

「はあっ⁉」

女子らしくない声があがる。滑ったハンドリムから手が離れ、タイヤが制御を失った。

真後ろ――慣性の法則に従って急な坂道を転がり出す。

（ヤバっ、死ぬ……⁉）

坂を上り切れず車道に転落したら、その先は交通量の多い一般車道。

とっさに聞き取る、車のエンジン音、通行音。自動運転車両のオートブレーキがあろうと、勢いよく飛び出した異物に対処できるか怪しい。最悪、そのまま、撥ねられる。

（……あ。でも、ま……）

ブレーキレバーを倒そうとした手が、萎えた。

（いっ、か……？）

歯を食いしばっていた顎から力が抜ける。

世界のすべてを諦めたように、ふっとブレーキレバーから手が外れた。

転がる車椅子。真後ろへすっ飛ぶように流れる風景が——。

——キイッ！

「っ⁉」

突然、停まった。

慣性で椅子から投げ出されそうになる身体を反射的に押さえ、振り返る。

ピントのずれた命の視界に、真っ先に映ったものは。

通り過ぎる車。

歩道の縁石に乗り上げかけた車輪を、誰かが割って入って止めたのだ。

……もし、一瞬でも遅れていたら？

「〜〜〜————………っっっ‼」

ぞわっと背筋が凍り、バケツの水を被ったように冷たい汗があふれ出る。

かつて味わった感覚が蘇る。そう古い話ではない、ほんの数か月前だ。部活の後輩と一緒に、くだらない話……確かアイドルの誰それがどうとかいうネタに気のない相槌を打った直後。

真横から突っ込んできたフルマニュアル。今時珍しい手動運転のスポーツカーに真横から、がっつり撥ね飛ばされて背骨が曲がり、ぶっ飛ばされたあの感覚……。

(死んだよな、あんとき、あたし)

リアルに感じた《死》。あの時、一度自分は死んだのだ、と命は思う。

足が動かなくなっただけで命はとりとめた。手術を受けてリハビリをして、先端医療の力で回復を遂げた。わあラッキー、助かった。大事に前向きに生きなくちゃ……！

なんて思える、わけがなくて。

(走れなくなったら、なんにも無くて)

それだけにすべてを懸けてきた。ただ走るのが好きだった。それ以外何も無かった。

足を失って抜け殻になって、どこへいってもピンポンパン。

押しつけがましい通知に追い回されて、にやにや同情されながら。

ありがたい善意に感謝して、残りの余生を過ごすのだ――と。

あまりにも惨めと、思い知ったから。

「誰も」

強がりが、漏れた。

「助けてくれなんて、頼んでないけど?」

「……」

車椅子のハンドルを掴み、我が身を盾に飛び出しを防いでくれた人物――少年。

年齢は彼女とほぼ同じか、やや下だろうか。髪は7対3の割合で黒髪と白髪に分かれ、特殊な左右非対称。奇抜なファッション……にしては他に飾り気や洒落っ気がまるで見えない。

命と同じ、アカネ原高の男子制服。黒のウレタンマスクで口を覆っているが、ウィルス遮断、飛沫抑制効果が薄い代物を今時使う人間など、よほどの田舎者くらいだろう。

ぼんやりと淀んだ目つき、青白い肌。クールな顔立ちは正直かなりのイケメンに見えたが、生憎、やさぐれた命にとって、何の慰めにもならなかった。

「余計な事、しないでよ」

命がそう言い、振り返りながら見上げた時だ。

風にそよいだ少年の白髪、その前髪の先端がわずかに溶けた。

（え？　今の……気のせい？）

まるで線香の煙のように、ほんのわずか――

白髪の先端がごくごく薄い煙を放ち、漂う空気にスパイシーな香りが混ざっている。

決して悪い臭いではない、むしろ上等の香水じみた大人の空気を醸している、のだが。

（何て言うのかしら。……モテそうな奴だわ）

そこが強くひっかかる。顔立ちの良さもそうだが、どこか憂いを帯びた陰のある雰囲気は。

「金持ちのOLとかに囲われてそうなイケメンね、あんた」

「……余計なお世話だ」

思わず口を突いた感想に、黒白の少年は嫌そうな顔をして、ようやく答えた。

「あんた、付き添いは？」

「いないわよ、そんなの」

「そっか。あんた……」

そら来た、と内心命は身構えた。

どれほど攻撃的になろうが、歩けなくなって以来誰も、噛みついてすらこなかった。

口が悪いのは元からだ。友達と口喧嘩や口論もしょっちゅうで、我慢しない性格は自分でもわかる明快な欠点だが、それでも命にとっては欠かすことのできない『自分』だから。

ぶつかる覚悟で突っ張っていて、嫌われるのも覚悟の上で。

が、足を失ってからは――。

（どいつもこいつもヘラヘラして、あたしの言うことなんか……！）

まともに聞いてくれたためしなど、ない。

怒りさえしない。ただ同情をこめて『可哀そうに』『大変そうだな』『辛いよな』と並べて、不幸に動転している哀れなバカを寛大に許し、ついでに親切にしてポイントを稼ぐ。

（ざけんな。ポイント引き換え券じゃないんだっつーの！）

キッと睨むように見上げる、命の予想。

だが、彼女を助けた少年の反応は、それを大いに裏切っていた。

「クソだな」

「は？」

思わず面食らい、雑な返事をしてしまった。

車椅子のハンドルをしっかり握りながらこちらを見返す少年の眼には、同情などまるでない。それどころか聞き分けの無い子供に向けるような、うんざりとした隔意すら感じる。

「死ぬのは勝手だが、あんたを轢いたら運転してた誰かの人生が壊れる」

「……あ」

盲点を突かれ、熱くなった頭がわずかに冷えた。

「感謝しろとは言わないが、無関係な人を巻き添えにするな。迷惑だ」

「初対面でお説教？　無関係な他人のくせに……」

突っぱねながら、ズキリと命の胸は痛んだ。

――今、悪いのはあたしだ。

そう自覚している。理解している。そりゃそうだ無理してミスって死にかけて助けられて、お礼を言うより先に罵倒をカマし、文句をほざく最低の――

「……悪かった、ごめんなさい。今のは、あたしが悪かったわ……！」

「謝れた。えらいな」

「っっさいわ！」

ギリギリのところで理性が勝って、謝罪の言葉を口にできた。

「イラついてるのはあたし個人の事情。助けてくれたあんたに当たるのは筋が違うってだけよ。あと……助けてくれて、ありがと」

「かなり性格は悪そうだが、屑ってわけじゃないんだな。あんた」

「屑って……あんたもいい加減、口悪くない？」

「相手相応の対応をしてるだけだ。敬語を使うだけ無駄というか、嫌がるタイプだろ」

「………」

図星で何も言えず、命はついつい黙ってしまう。

すると背中から力がこもり、車椅子のハンドルを握った黒白男が、坂道を上り出した。

「ちょっと、何すんのよ。女子をバックから押すとかそういうフェチ？」

「親切だ。無駄な体力は使いたくないんだが」

本気としか思えないうんざり声で、黒白男は続ける。

「あんた一人でこの急坂を上らせて、転落死なり轢死なりされたらまた誰かが不幸になる。そんなくだらない連鎖は、止めといた方が無難だからな」

「……はん。どーだか？」

車椅子、棒切れのように動かない己の膝に頬杖をついて。

「偽悪的に振る舞って、私は違いますよー、偽善者じゃないですよー、って予防線張って」

「はあ？」

「カッコつけてポイント稼いでニヤつくムッツリ野郎、たまにいるわ。そういうタイプね」

「びっくりするくらい最低の発想だな。ここまで性格の悪い女子は久しぶりに見た」

怒るより先に新種の生物でも見つけたような顔をされ、命はけっとやさぐれた声をあげる。

「悪かったわね、素直に感謝するタイプの弱者じゃなくて」

「そうでもない。ま、それはそれで」

意外なほど軽快に、ヒトひとりを押しているとは思えない滑らかさで坂を上る。

学校近くの平地、坂道を上り切ったあたりまで押してから、黒白男はハンドルを放した。

「感謝が欲しいわけじゃない。やりたいからしただけだ。変に感謝されても面倒臭い。だから俺としてはそう悪くない対応だ。他の人間にやったらキレられると思うが」

「寛大なことね。そう言いつつ、今頃SNSにポイントごっそり入ってるんでしょ」

この超監視社会において、個人認証されたSNSと信用情報は完全に紐づいている。

善行を行えば信用に＋。逆に犯罪、迷惑行為を行えば差し引かれ、あらゆる社会生活に影響を及ぼす。信用が高ければクレジットの限度額から税控除まで有利となり、逆なら不利だ。

「良かったわね、人命救助。生活支援貢献B補正で＋50はカタいわ」

「そうか？」

「当然でしょ。クレカの限度額とか上がるわよ、きっと」

そう言いながら振り返る。

車椅子から手を離した少年は、ゆるゆるとした足取りで同じ校舎へ歩き出していた。

命もハンドリムを回し、車椅子を進めて——違和感に、気付いた。

「スマホ、鳴らないわね。マナーモード？」

可哀そうな車椅子ユーザーに駅構内で道を空けました、＋1ポイント。

それだけでも派手にピコピコ鳴るのに、黒白男からはそんな気配がまったくない。

端末の個人通知を完全に切ることは原則できない。マナーモードで音を立てないようにすることはできるが、その場合でも振動はするし、ある程度周囲に伝わるのだが。

「鳴るわけないだろ。持ってないからな」

「……はあ～～～⁉」

ありえない、ありえない、ありえない。

3度重ねてもありえないほど、黒白男の話はおかしかった。

「嘘でしょ。今時スマホなしで生活できる人間、いる？」

「現金と紙媒体の書類で何とかなる」

ほぼすべての行政サービスがオンライン化された現在でも、紙媒体の窓口は存在する。

利用者はごくわずかな老人や変わり者ばかりで、合理化を叫び廃止の声がよく上がるが。

「最低限、受理はしてくれるからな。助かる」

「通知切ってるだけでしょ？　なんかヤバい改造とかしてさ」

「そんな技術ねえよ。だいたいそれができたら犯罪し放題になるだろうが」

キコキコとタイヤが軋む。

意図せず命と並んで歩き、少年はポケットを探り見慣れない機械をつきつけてきた。

「これ、俺の携帯」

「……うっわ……何、これ……!?」

手垢で汚れ、表面の塗装がボロボロに剥げた二つ折りの機械。

学校で習った技術史の教科書に写真が載っていた――

「ガラケー、ってやつでしょ。あたしらの親世代より前が使ってた……SNSできんの？」

「できない。ポイントも入らない。まあ」

……パチン。

手帳を開くように、手慣れた仕草で二つ折りのガラケーを開く。

小さな液晶。ギリギリ割れていないだけで衝撃保護シールはボロボロ。

今にも壊れそうな画面が点滅し、個人認証画面が表示される。

それ自体は命と同じ。

スマホを開き、個人認証された時の表示で――

『国民登録番号《削除》　京東都立アカネ原高校2-A』

『霞見　零士　賞罰履歴《削除》』

『特記事項――特殊永続人獣《吸血鬼》』


「……は？」


意味のわからない文字列に、命の思考が真っ白に変わる。

そんな彼女に顔を寄せ、マスクに指をかけ――整った顔立ち、どこかセクシャルに。

美しい唇をわずかに歪め、笑みの端に白磁の牙を覗かせて。

「手下の首輪には、十分だけど」

「……何なのよ、あんた……！」

黒白男と車椅子。一方はニヤリ、もう一方は警戒心も露わに。

朝の通学路でしばし──睨み合った。

＊

「大昔、神様やら英雄やらがいたころは──……か」

都立アカネ原はごくごく普通の公立校だ。

設備は最新。建物は広く、生徒数も多いが人は少ない。

感染対策のリモート授業が進んだ結果、各クラス、学年ごとに交替制で登校するため、生徒全員が顔を合わせる機会は入学式と卒業式くらいのものだ。

そのせいか、どこかがらんとした印象を与える校舎内。

登校日を迎えた2－Aの教室、車椅子でも出入りしやすい最後列の席で、タブレット端末に表示された教科書の頁をめくりながら、賣豆紀命は呟いた。

運動一筋、ほぼ歴史に興味などなく。

テストは重要語句を意味もわからぬまま覚えて書くだけだったから、知らなかった。

「必死で戦わないと、ヒトは滅びちゃうとこだった。……って。嘘くさ」

だがそれは過去の話だ。

ヒトを石に変える魔女だの、睨んだだけで命を奪う魔王だの、そんな代物はとうに滅びた。

化石だのボロボロの武器だの手だの指だの髪の毛だの、何だかインチキ臭いものが世界中の博物館に収められているらしいが、まったくといっていいほど現実味がない。子供の頃、男子が夢中になっていた恐竜図鑑を眺めたのと同じ感覚だ。

とっくに滅びたモノに価値があるとは思えない。

「あれ？　転校生クンたち、どこ行った⁉」

「ゆみ。目がコワいよ。どったの」

「だってさあ！　イケメンじゃん！　もう一回言うよ。……イケメンじゃん‼」

昼休み。適当に昼食を済ませてタブレットを眺める命の耳を、やたらと溜めた声が打つ。何となくそちらへ視線を向けると、同級生のギャル風コンビが騒いでいて。

「白黒の……れーじ君だっけ？　あっちは確かに。けど黄色い人はイケメンじゃなくね？」

「わかってないな〜。あれはイケてる。絶対腹筋バキバキ割れてる、うちには見える」

「ただのフェチじゃん……。まあいっけど、二人とも人獣でしょ？」

何気ない会話に含まれた人獣という単語に、命はぴくりと反応した。

「たまにいるんだよね。大昔のお化け？　みたいなやつの子孫とか、そういうの」

「お化けて。ないし」

「いやマジだって。今はほとんどいなくなっちゃったけどさ、狼男ー、とか？　そういうの。今は変身したりとかできなくなっちゃってるけど、でぃーえぬえー？　のやつ」

「興味ないもん。前政経のセンセが話してたけどさー、法的には犬とか猫と同じなんだって」

「めっちゃ曖昧」

「え、動物ってこと？　イケメンなのに？　……もしかして飼える？　イケメンを!?」

「その結論にびっくりだわ、あたし」

聞いているだけで頭が悪くなりそうな会話に、うんざりしながらも。

（特殊永続人獣、か）

ガラケーの画面に表示された個人情報は、転校早々クラス全員に開示された。

まさかの同じクラス。マンガじみた運命に驚くより、命は気味の悪さを感じてしまう。

（ホントに偶然かしら。……そうじゃない、ってこともありそうだわ）

野生の勘、とでも言うのだろうか。

事故に遭った時は何の反応もしなかったから当てにならないが、それでもあの妙なイケメン、霞見零士と同時に転校してきたもうひとりには、得体の知れない何かを感じていた。

「フツーの人獣は、ほら。街で《魔剤》キメた時になるやつだよ」

「あー、あれ。面白いよね、ウサギになったり犬になったり猫になったり」

「そそそ、アレ。一時的で、キメた分が萎えたら戻るじゃん？」

「そりゃ戻らなかったら不便でしょ。めっちゃ目立つし」

「その戻んないバージョンが特殊永続人獣、トクニンってやつだって。たまにいるらしいよ」

「へー。でもあの人たち、普通じゃん？」

「あたしに言われてもわかんないッピ。そういうのもいるんでしょ」

「ふーん、ま、差別とかよくないし。イケメンしか勝たんし、よくね？」

「ある意味真理だわ、それ」

まだ続いていた同級生の頭の悪い会話を聞き流す。

「基本扱いは動物なんだけど、税金払ってるし？　いちおう学校とかも行ける？　らしいよ」

「ふーん。だから転校してきたんだ。あ、でもさ、確か《街》にあるよね、学校」

「あそこはねー、キメてるときにエッチしてできたトクニンが行くとこ。親いないし、だからめっちゃ荒れてんだって。近寄んないほうがいいよ、ギャングみたいなもんだし」

「はえー、そうなんだ。くわしーねー」

「噂よ、ウワサ。ホントかどーか知らないよ？　あたし《街》行ったことないし」

「えー？　楽しいとこだよ、刺激的だし。……今度行ってみない？　魔剤オゴるし」

少し身を屈め、耳元で囁くような誘い。密談のつもりらしいが、丸聞こえ。

「やだ。アレ、変身ランダムだよね？　ブタとかなったら一生の恥だわ」

「それさ、最近聞いた話だと、人によるんだって」

「何ソレ」

「なんかね？　犬になりやすい子とか、猫になりやすい子とか、オカピになっちゃう子とかさ。

同じ魔剤(まざい)キメても、ガチャなだけじゃなく、あるみたいよ？　そういう法則」

「オカピは無いわ……」

「え、かわいーじゃん？　オカピ。しましまだよ？」

「知らんし、どんなだか想像つかんし。ますます拒否(きょひ)りたくなった」

「あー、でもなんか噂(うわさ)だと、そういうの以外のトクベツなのが……」

急に声をひそめられ、続きは耳に届かない。

少し残念だが、そんな様子は表に出さず——命(メイ)は机に頬杖(ほおづえ)を突(つ)きながら空を見上げて。

「どーでもいいけど、さ」

昼休みになるや早々、教室を出て行った怪(あや)しい転校生たち。

人獣、ニンジュウ、マンビースト。そんな風に言われる妙(みょう)な奴(やつ)らが。

「邪魔(じゃま)になんなきゃ、いいけど」

あいつが、今朝のように変に絡(から)んできたら、少し困る。

放課後、行くべきところがあり、やるべきことがある。邪魔(じゃま)はされたくない。

結果、役立たずのこの身がどうなろうとも。

だから、勝負は——今夜だ。

＊

賣豆紀命が思い悩んでいるのと同日、同時刻。

校舎屋上に設置されたベンチにて。

「オレたちめちゃ噂になってんよ、零士。有名人じゃね？」

「知るか。さっさと食え」

冷たいビル風が吹きすさぶベンチに男子が二人、並んで座ってもぐもぐタイム。

一人は黒が７で白が３、黒白髪のぶっきらぼうな少年、霞見零士。

背丈はおよそ１７２㎝。スラリと長い脚と小顔のバランスが、成長期の少年らしい恰好よさと、どこか大人びた怜悧な雰囲気を両立させている。

「今日の弁当、手抜きじゃね？　茶色ばっかじゃん、野菜入れろっての」

素っ気ないタッパー。

冷えたふりかけおかか飯。くたくたに煮たキャベツ。特売の安物ソーセージ。

以上、それだけの――量だけはそこそこ多い雑男飯、まったく同じ弁当が２つ。

「野菜は高いんだよ。キャベツが入ってるだけマシだろ」

「くったくたに煮たやつじゃん、お爺ちゃんかよ。せめて生！　サラダにしてくんない⁉」

「傷みかけた特売品だ、生で食うと腹を壊す。配慮だ」

「マジかよ。つれーわー……みじめだわー……」

もう一人は制服の下にたるんだTシャツを身につけた、少年——いや、男だ。

背丈は零士よりやや高い程度だが、袖と襟から覗く手足や首の太さが違う。締まっているが太く分厚いロープじみた筋肉の束がギュッと凝縮された、若く逞しい筋肉。

髪は染めているらしく金髪だが、くすんでいるのはカラーを入れてから時間が経ったせいか。手作りらしい雑な弁当を、いかにもまずそうに口に運んでいて。

「男二人で同じおかずのクソ雑弁当食ってるの、転校初日から見られたら死ねるわオレ」

「勝手にしろ。何が悪い」

言いつつも箸を止めない相手を、零士は水筒のお茶をすすりながらじろりと睨む。

「恥ずいじゃん⁉　お前っていつもそうな、世間体とか気にしない⁉」

「見栄を張ってもしょうがない。ワリカン弁当が嫌なら好きなものを食え。自分の金で」

「そりゃそーだけどさー。……あ～、肉食いたい。たらふく食いたい、分厚いの食いたい」

「《仕事》がうまくいけば報酬が入る。少しはマシになるさ」

「マジ？　肉食える？」

「キャベツにマヨネーズ。いや、ツナ缶くらいは……イケるか？」

「微妙！　けどちょっとやる気出た！　ヤだなー、貧乏って！」

喜色とボヤきを混ぜた声は大きく、虚(むな)しく空へ吸い込まれていく。

男のSNSアカウント、個人認証(にんしょう)画面に表示されるプロフィールは——

『国民登録番号《削除(さくじょ)》　京東都(キョウトウ)立アカネ原高校2-A』

『頼山(ライサン)　月(ゲツ)　賞罰履歴(しょうばつりれき)《削除(さくじょ)》』

『特記事項(じこう)——特殊永続人獣(トクニン)《人狼(ワーウルフ)》』

つい先ほど零士(レイジ)と共に転校の挨拶(あいさつ)で開示され、見事にドン引きされたデータ。

顔は決して悪くない。マッチョな印象はあるがそれ以上に明るさや人懐(ひとなつ)っこさが目立って、自然に友達ができそうなタイプだ。しかし、情報が開示された今、そうもいかず。

「テキトーにあちこち声かけてみたんだけどさ」

「通報されなかったか？」

「ひでぇよ！　いやまあ、されかけたけど……」

授業の合間、昼休みになるまでのささやかな空き時間。

同級生の男子を中心に声をかけてみた月(ゲツ)だが、結果は惨憺(さんたん)たるもので。

「されかけたのか」

「あんなビビんなくてもいいじゃんな？　咬(か)みついたりしねえってのによ」

「公的には動物扱(あつか)いだ。首輪つきだが見えないし、怖(こわ)がる奴(やつ)もいるだろう」

「醒(さ)めてんなー。お前だって欲(ほ)しいだろ、彼女とか友達とか、《普通(ふつう)》ってやつをさ」

そう言われた時、最後の冷えた米粒をさらう箸を止めて、零士は答える。

「必要だな。それは、俺がやるべきことのひとつだ」

「いいよなあ、普通の友達。オレさ、友達できたら一緒にゲームしてえわ。いつもお前とじゃ、微妙に手ごたえがねーっつーか、飽きてくるっつーか」

「オンライン対戦でいいだろう」

「ウチの通信環境しょぼいんだよ。端末のデータ量も余裕ねえし」

「俺としてはショッピングをすべきだと思う。待ち合わせて買い物に行って服を買ったり映画を観たり、スイーツを食べて自撮りをし、カラオケなども行くべきだ」

「乙女かよ」

「乙女だ。俺じゃなく、俺が果たすべき役割が」

止まりかけた箸を動かし、最後の飯粒を口に運ぶ。

砂を食むような顔で弁当を平らげると、零士はそれを包みにしまい、改めて少し肌寒い空を見上げながら、話題を変えた。

「――で？　仕事はできたのか」

「お前が遅刻してる間にキッチリ済ませたよ。靴箱のブツ、嗅いできた」

自分の鼻をちょいちょい、と軽く指す月は、軽い口調ながら自信を込めて。

「当たりだ。裁判に使うにゃ微物検査なり解析なり必要っぽいけど、サンプル採れねーかも」

「洗ってあった、か。まあそれぐらいは当然か」

「それなりに隠そうとする努力はあったっぽい。濡れた靴下に便所のカルキ、糞と小便と血の臭い。水洗便所かどっかに足突っ込んで洗ってから、靴下穿いて靴履いて……と」

女が素足を、水洗便器に突っ込んで。

じゃぶじゃぶ洗い、血を落とす。

「便器に足突っ込んで洗ったんだな──轢き逃げ人馬」

そんな光景を想像しながら言う月に、零士は軽く頷いた。

「血まみれで使える水場なんて、あの《街》じゃ公衆便所くらいだ」

「四つ脚じゃラブホにも入れねーもんな。無人受付ならイケるか？」

「目撃証言と現場の足跡、回収した死体の痕跡から相手は3ｍ超え、体重はトンだぞ」

「ベッド潰れるな。クッソ目立つ幻想種じゃ、どう隠れてもバレちまう」

人獣たる彼らには、一般的な警察のような捜査権、逮捕権は無く。

いわゆるハイテクの恩恵。

街頭カメラ映像や公共交通機関の移動ログ、所在の確認などは受けられず。

故に頭に叩き込んだ情報と、足で摑んだ事実によって──獲物を狙い、追いすがる。

「確か同種の事件が前に2件だったな」

「ああ。ばっちり目撃されて、噂になってる。裏通りだから油断したんじゃね？」

辻々に設置されている監視カメラ、《神の眼》は犯行現場となった《街》には無い。

故に犯行が映像として記録されることはなく、そう油断した結果だろうが。

くだらない顛末を思い出し、月は軽く頬を掻いて。

「目撃されちまったら、裏も表もねーよな」

「裏通りには意外と人がいる。ゴミに埋もれてるホームレスだのチンピラだのが」

物陰に潜んで犯人——《轢き逃げ人馬》を目撃した者の証言を入手して。

ある組織から派遣された手下こそ、このふたり。

「1件目と2件目の目撃証言だと、轢き逃げ人馬が去った後に不審人物が目撃されている。キメた魔剤が切れるまで裏通りで隠れ、ヒトに戻ってから駅に戻り、電車で移動したんだろうが」

「……まー、かなりハイになってたんだろうな」

ヒトを獣化する《魔剤》の覚醒効果は強烈なものだ。ハイになり、理性が減退する。

深く没入してしまった場合、物事を論理的に考える能力も鈍ってしまい……。

「血まみれの靴下穿いた女子高生、なんつークソ目立つ代物が目撃されたら、噂にもなるぜ」

「駅構内の監視カメラにそれらしき人物は映っていなかった」

「マジか。どうやって調べたん？」

「構内警備を担当する部署に忍び込んで、直接確認した」

自動化が進んでいるとはいえ、AIを管理統括する役割はあくまで人間に委ねられている。故に昔ながらの警備オフィスは存在し、潜入できれば内部の情報は抜き放題で。

「便利だよなあ。まさかあんなテで侵入するとか、誰もわかんねーだろ」

「やってる側としては意外と面倒だし、たまに腰や肩にくるんだが」

「たまにおっさんみてえなこと言うな、お前」

整理すると、こうだ。

「犯人はヒトの姿で《街》に行き、無法地帯で魔剤をキメて幻想種に変わった。そして夜通し街を駆け回り、酔っ払いを中心に数人を蹴り殺し、明け方ごろに薬が切れて……」

「ふらふら帰ろうとして、血まみれ靴下に大慌て。便所で洗ってご帰宅、そのまま学校……。何つーか、行き当たりばったりっつうか。かなり適当だよな」

「多少は人目を気にしはじめたわけだ。が……追われてるとは思ってないんだろうな」

ここで終わるなら手下の役目もおしまいだ。

調べがついている限り3度の犯行で、発見された死体は11体。

11人、ではなく――11『体』。

「魔剤をキメて駅を出て、監視のない《街》に入った時点で……人獣は死んでも器物損壊だ。扱いとしては動物と同じ、死んだところで警察は動かないし、そもそも身元がわからない」

それが《街》のルール、一切束縛されない自由と解放の代償。

「身元もねえ、飼い主もいなきゃ、野良犬撥ねたのと同じ。死に損かよ」
自嘲ぎみに言う零士に、隣の月もまた同じ苦い表情で。

「やるな、今夜も」
「やるだろ」

惨劇を予言された《街》とは——
京東仮面舞踏街、夏木原。

——— 02　仮面舞踏街 ———

——夜が来る。

樹木の根のように張り巡らされた大都会の鉄道網、中でも近年完全整備が成された環状線のいくつかの駅には、これまで存在しなかったとあるシステムが存在する。

「……はあ、はあ、はあ、はあ……！」

ある男が自動改札を抜ける。料金は端末から非接触の自動決済で引き落とし済み。

体温、心拍、その他改札に設けられた《神の眼》による診断が行われ、明らかな疾病の兆候がある場合はドアは開かず、そのまま虚しく去らねばならない。

「息苦しい、ウザッてえ。……ああ、早く、早くしろよ……！」

ちっ、と顔半分に貼りつく群衆マスクの奥で、醜い舌打ち。

スーツは乱れ鼻息荒く、サラリーマン風のごくあたりまえな中年男性は、ホームを抜けるとカプセル状のロッカールームにスマホをタッチ、最短10分レンタルして個室を利用。

「ムレるんだよ、クソ!!　息はくせェしうっとうしい!!　はあああぁああああ〜〜〜……！」

皮膚に緩く癒着したマスクを外し、叩きつけるようにゴミ箱へ捨ててから。

甘露のような空気を直に吸い込んで、サラリーマンはうきうきとスーツを脱いだ。

スーツは軽く畳み、着替えを用意したバッグにスマホもろともしまうと、備えつけのＡＴＭから必要な額の現金を引き出し、この《街》以外でまず使うことのない財布に入れる。

下着姿の男は、引き出された紙幣をペラペラとめくると。

「金、よし。着替えもいいな……！　遊ぶぞ、チクショー！　週末だ!!」

防音の個室内。普段強いられている周囲への遠慮、配慮の鎖から解き放たれて。

解放感のままに叫びながら、財布から小額紙幣を1枚。

ＡＴＭの脇に設置された自動販売機に入れて──

毒々しい色彩の缶がサンプルとして表示されたウィンドウを、迷うように指でなぞる。

「今日は何にすっかなあ……やっぱ《赤》だろ！」

旧時代のエナジードリンク、レトロな復刻デザインの缶飲料こそ《魔剤》──

怪物サプリと呼ばれる、超監視社会に赦された解放の鍵だった。

種類は3つ。

赤。骨つき肉のロゴ、フレーバー《肉食》。

緑。瑞々しいキャベツのロゴ。フレーバー《草食》。

紫。鋭い爪とカエルの水かきのロゴ。フレーバー《爬虫類・両生類》。

大雑把としか言いようのない分類だ。

それぞれの味は変わらない、砂糖に香料を大量に添加したケミカルな甘さとフレーバー。

何になるかはお楽しみ。毎週1度、週末のお楽しみ、人獣ガチャ。

……プシッ！

注文パネルに手をかざす。非接触センサーが作動、《肉食》フレーバーの赤缶が転げ落ち、いそいそと男はプルタブを開けると、泡立つそれを一気に喉へ流し込んだ。

「～～～～！　プハ――――……っっ！」

口元に炭酸の泡をつけ、一気に飲み干す。

容量は基本160ml、いわゆるミニ缶。大容量の大型缶もあるが、効果は基本変わらない。

一時は大量に飲めば特殊なカタチに変化できるなどと噂が流れ、数リットルを流し込む者もいたことはいたが、飲みすぎた末にカフェイン中毒を起こすのが関の山だった。

……クシャッ！

生物性プラスチックの缶が握り潰され、ゴミ箱に放り込まれる。

「おおおおおおっ……！　キタ、きたああああぁぁあぁぁぁぁぁ……っ!!」

下着姿の男が震えて叫ぶ。

汗染みのできたシャツの内側がたちまち膨れ、骨のような白と褐色が混ざった縞の毛皮が、びっちりと男の全身を包み、口元が伸びて耳が伸び、骨格がゴキゴキと変わりゆく。

「ヒャ～～ハ～～～～ッ!!　遊ぶぜェッ!!」

解放感に満ちた絶叫。

獣が7でヒトが3――アフリカ、ユーラシア大陸に広く生息するシマハイエナとヒトの交雑。

野生のそれはきょとんと垂れ目の愛らしさすら感じる生き物だが、男の欲望が混ざった顔はひどく醜く、強い薬物刺激でハイになったテンションのままに、ブースを飛び出す。

完全自動化されたロッカーに手荷物を放り込んだ瞬間に決済完了。

荷物は自動的に駅内部の倉庫に一時収納され、料金は手荷物内のスマホに紐づいた信用情報、支払い先から引き落とされる。当然引き出す際も手続き不要、顔を見せるだけで出てくる。

スマホに登録された個人情報、顔や指紋などが本人とそれ以外を判別。完全管理された情報化社会における利便性は、そういうものと割り切ってしまえば魅力的だった。

「さあて、今夜は何すっかなあ？　おっ、ねーちゃん！　楽しもうぜ！」

「え～？　おニイさん、いくら持ってんのぉ？」

駅構内から出口を目指して歩く間、通りかかった雌猫娘たちに声をかける。

水着じみたエグいカッティングのショートデニム。チューブトップで胸を隠しているものの、艶やかな短毛の毛皮で肌は隠れているが、それがかえって煽情的で。

普段は社会に抑圧され、お仕着せのような服を纏った女たちは思い思いの服装を楽しんで、ゴスロリからパンクはおろか、男女を問わずわけのわからぬ恰好で市街を歩く。

燦々たるネオン。風紀紊乱何のその。駅を一歩出れば猥雑としか言いようのない人混みと、あらゆる制限を取り外されたさまざまな商品、サービスを売りとする店が並んでいる。

「ブタの頭あるよブタの頭、ウマいよ！　焼きたてだよ！」

「おニィちゃんいい娘いるんだけどキメてかない？　ゴムなし本番オッケー！」

「カンパ〜〜イッ！　飲め飲め飲めぇ！　無礼講じゃあ！」

文字通り豚男のコックが中華風に焼き上げたブタの頭、肉汁したたるそれを切り分ける。

いやらしいハンドサインをしながら道ゆくオスに声をかけるトカゲ頭のポン引き。

道路に盛大にはみ出した居酒屋では衛生観念のかけらもない金ダライになみなみと注がれた安酒を、サラリーマンとおぼしき乱れたスーツ姿の獣人たちが飲みあさっている。


身体的特徴を書き換え、あらゆる公的な追跡を遮断し、記号的な『動物』に変身する。

副作用なし、違和感なし、インスタントでカジュアルな《変身》。

まったく違う自分になれる《魔剤》──怪物サプリ、合法特区。

人類史のゲームチェンジャーとされる、21世紀初頭のパンデミックと社会の混乱は、人々に強い危機感を募らせ、抜本的な解決が叫ばれた。ウィルスの不安なき世界、清浄な世界を！

ヒステリックな叫びに圧されるように完成した超管理社会だが、主導した政府、財界の暴走を糾弾する声は大きく、人々は抑圧の中でわずかな自由を求め続けた。

その解答こそ、パンデミック抑制に大きく貢献した巨大企業──

《Beast Tech》がその功績と強権を以て成立させた、特区法案。

魔剤をキメた人間は、ヒトならざる生理と代謝を獲得する。

即ち一般的なウィルス、細菌性の病気に感染するリスクは極小、理論上ほぼゼロ。

さらに、サプリ効果中の人体は異様なまでに細胞分裂・自然治癒が促進され、ささいな外傷なら数分。骨折などの重傷も、適切な処理を行えば数時間もあれば完治する。


文字通り、夢の薬。

感染症対策、戦時体制を名目にあらゆる制限を突破。SNS義務化と公的個人認証の独占。言論規制、集会、宴会、性風俗などが規制、信用スコアの減点対象となり——

事実上禁止された超管理社会における例外。あらゆる自由が約束された街。

人獣特区——仮面舞踏街、夏木原。

＊

夏木原駅を少し外れた繁華街の裏路地に、二人の少年が立っている。

陽は落ち、空に月。スモッグに霞むそれを、頼山月は魅入られたように見上げていた。

傍(かたわ)らに立つのは黒白(こくびゃく)の少年、霞見零士(カスミレイジ)。この人獣(ニンジュウ)特区においておかしなことに、ふたりとも獣(けもの)にならずヒトのかたちを保っており、退屈(たいくつ)そうにガラケーをいじっていた。

「……まだか？」

「もうちょい。もうちょいだ。きた、きた、きた……きたぁ……おおおおっ……!!」

ざわわ、と月(ゲツ)の髪(かみ)が逆立ってゆく。

牙(きば)が伸(の)び、揉(も)み上(あ)げが伸(の)びて頬(ほお)と繋(つな)がり、分厚い毛皮が制服を内側から膨(ふく)らませる。

厚く丸々と膨(ふく)れた筋肉と骨。鋭(するど)い眼(め)に灰色の毛皮、頭部にはかつてのヒトの痕跡(こんせき)を残すかのように、黄色く染められた髪(かみ)がメッシュのように残っていた。

「アォオオオオオ……――ンッ！」

人狼(ワーウルフ)。

人狼(じんろう)。

そのように呼ばれる古(いにしえ)の怪異(かいい)、とうに廃(すた)れたフィクションの産物じみた存在が、ハフッ……とリアルな狼(おおかみ)のごとく息をつき、ふたまわりほども大きくなった巨躯(きょく)を丸めた。

「わりぃ。待たせちまったな、もういいぜ？」

「それはいいんだが」

――シュウウウゥゥウ……と、スプレーを噴(ふ)いたような音がする。

人狼(ワーウルフ)と化した少年の隣(となり)、霞見零士(カスミレイジ)の傍(そば)。マスクに覆(おお)われた口元からだ。

顔半分を覆う黒のマスク。その隙間から白い霧が噴き、もわりと蛇のように渦を巻く。

冬場に置かれる加湿器に似た、しかし生き物じみた挙動。マスクの隙間から洩れた白霧は、彼の口元から下顎、首にかけてマフラーのように包み、隠している。

「毎度毎度、うるさい。吠えるな」

零士がイラッとしたような面持ちで睨むと、月は毛皮を掻きながらぼやくように答えた。

「悪い悪い。ムズムズすんだよなあ、シューセーってやつ？」

「無駄吠えの躾もできてない飼い主と思われたら恥ずかしい。我慢しろ」

「ナチュラルにペット扱いすんな⁉　むしろお前だろ、病んだＯＬに飼われてそうなの！」

「他のヤツにも言われたがお前ら俺を何だと思ってるんだ⁉」

ぎぎぎ、としばし人狼と霧の少年は、暗い裏路地で睨み合い。

「……モメるだけ無駄だ。骨ガムやるから次は耐えろ」

「あいよ、それで手打ちにすっべ。……うまっ」

包装を剝いて渡されたペット用の骨ガムをぱくりとくわえ、月を先頭に歩き出す。

「うまいのか、それ」

「ヒトのときだと物足りねえけどな。この形になると舌もそっちに寄るんよ」

「そうなのか」

「そうなのよ。人間の食い物もうまいけどな、味がよくわかるようになる？　気がする」

「曖昧だな……。お前、好物は何だった？」

「鳥ささみとブロッコリー！　茹でたやつな」

「……やっぱ犬だろ、それ」

「あんだとぅ⁉」

そんな、くだらないやりとりを交わしながら裏路地を歩く。

無法の街に赤々と灯るコンビニの光。だが窓は強化ガラス、ゴツい壁一面の鉄格子。輝きに吸い寄せられるかのごとく、毛並みの悪い獣人たちが折り重なるように寝転んでいる。

布団のかわりは新聞紙と段ボール。腐った弁当と嘔吐物とアルコールの臭いを漂わせながら、うっそりと寝ている塊を踏まないように避けて進むと、月はうんざりとボヤいた。

「帰らないヤツ、増えてんなあ」

「たまに来るだけじゃ飽きたらず、路上に住み着いた奴らか」

仮面舞踏街で居住許可が下りるのはごく一部だ。

それ以外は無法地帯の廃墟に住み着くか、あるいは路上を寝床とするしかない――

そうした占拠者は、仮面舞踏街のどこにでも、いくらでもいる。

「何がいいのかね？　外の方がキレーだし、メシもうまいし、臭くねえし、静かじゃん」

「そう聞くとたいていは『自由がない』と答えるな」

「ま、いくらでもあるわな、ここなら。ただし……」

「自分の身を自分で守れるヤツに限られるが、な」

コンビニの門前。

落ちていたホットスナックのかけら、串に残ったちっぽけな肉をめぐって。

「俺んだ!!　放せ、この野郎！」

「見つけたのは俺だろ！　げっ、ごは……!?　ちくしょう、死ね!!」

ホームレスらしき痩せた野良犬男がふたりもつれあい、嚙みつき、殴り合っている。

たむろするホームレスたちは止めるでもなく、つまらなそうに眺めながら——

……ゴキッ！

いい拳が顎にヒットし、ふらふらと野良犬男がひとり、ゴミに埋もれるように倒れ。

すかさず周囲の占拠者がわらわらと群がり、そのポケットに手を突っ込んだ。

「ちっ、しけてんな。小銭も持ってねぇ」

「……魔剤が切れる前に次を買わねぇと。おら、金、金だよ、金！」

「げっ！　がっ！　や、やめ……やめろ、てめえら！」

「しょうがねえ。このボロで勘弁してやるか。脱げや」

「ひぃいいい！」

倒れた野良犬男から小銭はおろか、着ていた服まで引っ張り、剝ごうとするさまを。

「……ど〜〜しようもねえなぁ、おい」

「よくあることだ。行くぞ」

呆れ返って眺めながら、月と零士はさっさとその場を後にする。

裏路地を抜けて、表通りに近い一角へ。

廃墟に占拠者が住み着いたそこは、裏路地に比べれば秩序が保たれている。

ボロボロの建物に廃材を組んだ屋台が看板を掲げ、あちこちで密造酒や得体のしれない肉を焼く煙、酒と煙草の臭いが充満して、あたかも大昔の闇市、盛り場そのままだった。

「くさい……」

「交ざりたくない」

鼻をつまむ月、嫌そうな零士。裏通りの飲み屋街を進んでいく。

その途中、ゴミゴミした街中を行きかう人獣たちが、じろじろと零士を睨んでいた。

「やっぱ目立つな。ほとんどヒト型だしよ」

「顔は隠れてるからいいだろう。ドレスコードは合ってる」

不躾な視線はほぼすべて、零士に集中していた。

奇妙な煙で顔半分を覆っているとはいえ、毛皮も鱗もないその姿は明らかにヒトだ。

怪物サプリをキメるのがドレスコードも同然のようなこの街においてそれは異質で、多くの人獣が胡散臭げに睨んでくるが、零士はどうでもよさそうに無視している。

「いやそういうんじゃねえから。空気読め、空気」

「それ、この国で唯一嫌い(ゆいいつきら)な価値観」

ふわりと霧(きり)のマフラーが揺(ゆ)らぎ、わざわざ嫌(いや)そうにひん曲げた口元を露(あら)わにして言われ。

はあ、と月(ゲツ)は面倒(めんどう)くさそうにもこもことした毛を寝(ね)かせるように息をついた。

「わかるけどよ～……面倒(めんどう)なやつだな、零士(レイジ)」

「人の事が言えるか」

「まーな。しっかしま、冗談(じようだん)みてえな話だよ」

素っ気なく返す零士(レイジ)に、月(ゲツ)はフッと笑(え)みをこぼした。

「空気に馴染(なじ)んでなんぼのお前が、空気読めねえとか。ギャグじゃね？」

「うるさい。……ん？」

冗談(じようだん)めかした言葉が途切(とぎ)れ、零士(レイジ)は行く先を眺(なが)める。

雑多な人獣(ニンジユウ)でごった返す飲み屋街。雑踏(ざつとう)の中にざわめきと、どこかで聞いたような声。

「だから邪魔(じやま)だっつってんのよオッサン‼　道はみ出してんでしょ、通れないの！」

「ああ？　……って、何だお前⁉　キメてねえぞ、このガキ……！」

「おまけに、スマホ⁉　電源入れっぱで持ち込みやがって、やめろやめろ、撮(と)んな‼」

細い道を塞(ふさ)ぐように営業していた安酒の屋台。

得体のしれない内臓肉を串(くし)に刺(さ)して焼く大きな鉄板を囲む労務者風の人獣(ニンジユウ)たち。特区内での建設作業や肉体労働を請(う)け負(お)うことで生計を立てているのだろう。

荒くれた男たち——ツノを生やしたサイ男、四本牙のイボイノシシ男が中心のグループが、通路をほぼ占拠するような形で車座になって酒を飲んでいた、そのど真ん中に。

今時珍しい完全手動、動力アシストなしの車椅子が——持ち主と共に。

「マジかよ、ありゃ！　同じクラスの……あの子だろ、なんかややこしい名前の！」

「……拾ってくる。カバー頼む」

「零士!?　ああもう……しゃーねえ！」

ざわめく人混みに、ふわりと少年は跳んだ。

丸、四角、三角、ヒトの丸耳に比べれば遥かにバリエーションの富んだ人獣たちの耳。その先端スレスレを流れ、体重の無い綿か煙のように滑空すると、視えてくる。

（やっぱり、今朝のあいつか）

命といったか。車椅子に乗った性格の悪い女が、人獣に絡まれている。

来る前に着替えたらしく、服装は部活用のジャージだ。アカネ原高陸上部のマーク入りで、この無法地帯に個人情報丸出しで来るな、と言いたくなるが、今そんな暇はない。

——対する、酔っ払いども。

しこたま酒を飲んだのだろう。ふらつく足取り、だが丸太のような腕を掲げ、サイ男が迫る。スマホを叩き落とし、その勢いで車椅子から彼女を掴み上げると。

べちゃっ！

ヘドロじみた裏路地の地べたに、足の利かない少女を放り出した。

泥まみれになった命、少しは凹むかと思いきや、ギッと凄まじい表情で睨み返し、何か叫ぶ。

詳細はわからない。だが相当な悪口だったらしく、言われたサイ男が歯を剝いて、取り巻きのイボイノシシ男が、転がるスマホを素足の蹄で踏み潰す。

そこまでを認知した、刹那のことだ。

「こんなところで何してる?」

「え? ……きゃあっ⁉」

音もなく、ふわりと。

サイ男とイボイノシシ男、興奮ぎみの人獣ふたりと命の間に降りて。

固い腹筋を感じる腰を抱き、背丈のわりに重い彼女を、持ち上げた。

「な、な、な……⁉ 何すんのよ⁉」

「黙ってろ、舌を嚙むぞ。……定番の台詞だな。ちょっと言えて嬉しいかもしれん」

「どっから出てきたのよ⁉ いやーっ! 何アンタうわ……え⁉」

混乱しきった命の叫びが、驚きのあまりぽつんと切れた。

少女ひとり。引き締まったスポーツマン。体脂肪率は極めて低い。それでも数十キロの質量を軽々と、優男に見える少年が抱え、危なげなく人混みを駆けてゆく。

(嘘。バランス——凄い⁉)

誰よりも走り続けてきた命にとって、それは理解しがたい何か。

重さは筋力でカバーできる。だがバランスは無理だ。人間一人を小脇に抱えて姿勢を崩さず、
それも人波ごった返す飲み屋街をすりぬけるように走る、しなやかさ。

異様な滑らかさ――みっちりと詰まった人々の間を、時々呆気なく突き抜けるかのように、
何がどうなっているのか理解できない彼女を連れて、煙のごとく流れてゆく。

「お、おい、逃げんな、クソガキぃっ‼」

「は、早ぇ……もう見えなくなっちまった。あ、おい、てめえ！　何してやがる！」

「へへっ、すんませんね。ほんじゃ！」

呆気にとられたサイ男とイボイノシシ男、そして聞き慣れぬ誰かの声。

「この街じゃ素顔は厳禁だ。スマホもな、最悪殺されるところだぞ」

「ナビ使ってただけ！　迷ったのよ、この街ゴチャゴチャしすぎ‼」

「地図アプリの更新は特区指定後、年単位で止まってる。そんなもの頼る方が悪ぃ」

「常識ってものがないの、このゴミ溜めには⁉」

恐怖のせいか、ハイになっているらしい少女の叫び。

すると周囲を行きかう数名の人獣が。「ああ？」と声の主――場違いな《ヒト》を見つけ
て。

「何だ。ヒトがいるぞ。ガキだ、女だ」

「チッ。ま～たくだらねえ動画でも撮りに来たんだろ。見世物じゃねえぞ、クソが！」

吐き捨てんばかりの囁き、軽蔑の視線に。

「は？　何よ、こいつら」

「興味本位で人獣を撮ったり、動画実況したがる馬鹿が多くてな」

その手の配信者やジャーナリストがディープな部分を覗くのはよくあることだ。

たいていその場で荷物を処分され、死体すら発見されることなく消される。

「ここらはまだ表通りに近い。素人がよく来る。危ないからさっさと帰れ」

「来たくて来たんじゃないわよ、こんなバカの吹き溜まり!!」

零士の言葉に、命はギリッと奥歯を噛みしめて、静まるどころか燃え上がる。

「おい。……テメェら、何だ？　楽しく飲んでる時に騒ぎやがって、ウッゼェな！」

「死にてえのか？　……望みどおりにしてやんよ！」

数名の人獣、酒の匂いを漂わせたチンピラが立ちはだかる。

手にはナイフや割れた瓶。夜明けまでには駅に戻り、魔剤を抜いてヒトに戻って着替えれば、普通の市民面をして生活に戻る。が、今や彼らを縛るルールは存在せず。

文字通りのケダモノ、暴力衝動を我慢する理由など――ない。

「つさいわね、関係ないわ！　人間止めてまで酒飲んで騒ぎたいのか、オッサンども!!」

零士が抱き抱えた腕に震えが伝わる。

過度な攻撃性。——恐怖の裏返し。トラウマの刺激に対する反射的な行動。

そこまでを零士が認識した時、さらなる爆弾が投下された。

「どんだけ人恋しいんだよ、いい年こいて寂しんぼか⁉ 家帰って家族と飲めや‼」

「あぁ……⁉」

「おい……！」

火に油、火薬庫に爆弾。クリティカルな罵倒に、人獣たちが色めきたつ。

「見てたぞ、あのガキ。さっきから車椅子でこのへん歩いてた。そん時はスマホ持ってたぜ」

「今は持ってねえな。なら、監視死んでんのか。じゃ……我慢しなくて、よくね？」

「ああ。ブッ飛ばしても、ブッ殺してもいいさ。クソ邪魔なんだよ、車椅子とかよ！」

酒の勢いもあるのだろう。

動物の姿をしながら、驚くほど醜いヒトらしい表情で、人獣どもが立ちはだかる。

「ハンデあるからって甘えて、楽しやがって……。俺らが死ぬほど苦労して働いてんのによ、足が動かないから年金？ とか貰って楽々暮らしてやがるんだろうな！」

「だよなあ。そんなのにわたし、かわいそう～！ 助けてくだち～、ってか？」

「何様のつもりだよ、勘違い女が。わからせといたほうがいいよな、欠陥品は死ねってよ！」

凶器を構えた酔漢——もはや暴徒同然の奴らが迫る中。

「助けてくれてありがとう。放していいわよ」

「死ぬぞ」

抱えられたままの命が言い、零士が眉をひそめる。

「アンタまで巻き込むわけにはいかないでしょ。いいわ、上等だわ。何するってのよ、殴る？　蹴る？　レイプか、ああん⁉　突っ込んでみなさいよ、やられる前に食いちぎったるわ‼」

「こ、こいつ……⁉」

強烈な口の悪さに、酔っ払いも思わず怯む。気が強いなんてレベルではない。

ある意味スポーツマンとしては稀有の特性。凄まじい負けん気と開き直り、妙な潔さ。

自業自得と言えば自業自得。助ける義理もなければ義務もない、が。

「……口も塞いでおくべきだったか」

命を抱えていない方の手で顔を覆って天を仰ぎ、零士が呟く。

（――だが）

そのままほんの一瞬、自問自答。

（助けてやれって、言うんだろ。一花は）

心の中に一瞬だけ蘇る、失われた家族の面影を想った時。

「くたばりやがれ‼」

襲いくる人獣たち。狂暴極まる暴力を前に、退かない。

「早く、放して‼　アンタまで……！」

「黙ってろ、バカ女」

一喝された瞬間、命はぐっと軽い重圧を感じた。

零士は膝を曲げ、軽くジャンプ。

まるで重力を無視したかのような緩いアーチを描き、二人は高く——夜空に、昇る。

「え……⁉」

呆気にとられ、ふわりと浮いたふたりを見上げる暴徒たち。

「うっわ……！」

命の感嘆。汚らしく見苦しい、ゴミ溜めのような飲み屋街。

癌細胞のように増殖するバラック。ロクに掃除もされない、詰まった血管のような街路。

だが、地上を離れて見下ろせば——夜空に輝く猥雑な光も、天の川のように美しかった。

バラック屋台の上に着地。さらにふわり、ふわりと次々にジャンプした零士は、築何十年かわからない古びたビルの窓枠や室外機、配線など、ごくわずかな足がかりを頼りに跳び続け。

「あんた、空が飛べるわけ⁉」

「飛べない。——軽いだけだ」

わけのわからない返事と共に、ふわりふわりと二人は着地する。

それは先ほどモメた現場から遠く離れたビル、廃墟の屋上。もはや暴徒の手も届かない、雲のような尾を曳いて跳び去る二人を見失い、遠く離れた群衆の中に埋もれてしまう。

「怖がりなくせに、啖呵切るなよ。爆弾みたいなヤツだな」

「こ、怖くねーわ!!　無茶震いよ!!」

「微妙に間違ってるぞ」

クスリと笑みをこぼしながら、ビルの屋上。傾いた給水塔のてっぺんに降り立つと、零士は錆や泥の汚れを軽く拭い、そこへそっと座らせるように命を下ろした。

「……ありがとう。２度も、助けてくれて」

さすがに反省したのか、ばつが悪そうに礼を言う彼女だったが。

「礼は言えるのか。そういうのがない文化圏の人かと思った」

「何人よ、あたしは。ここでお礼も言えなかったら、ただの性格悪いバカでしょ、あたし」

「言えても同じだ。バカだし、性格も悪い」

「は!?　そこまで言うことなくない!?」

「どっちだよ。……認めてたろ、今」

「認めたけど、それはそれとしてムカつくわ」

「横暴だ」

とはいうものの、と零士は命の言動を察していた。

(キレてるようで、キレてない)

賣豆紀命という少女にとって、叱咤罵声は自分を奮い立たせるためのガソリンだ。

相手より自分を叱りつけ、怒っている自分を演じることでアドレナリンを出している。過度なアドレナリン分泌、《怒り》の自己演出。そうしなければきっと怯え、震えて、一歩も動けないのだろう。触れていた手から伝わった血圧が、心拍が、そう告げていた。

それは——なぜか？

「酒飲みにやたらと絡んでたな。酒は嫌いか？」

「大っ嫌いよ。あんなのがいなけりゃ——まだ、走れた」

力無く、錆びた給水塔に横座り。

逞しい太腿、スカートを押さえる手や姿勢だけは女の子らしい。

「わかってるんでしょ、あんた。あたしが、その……ビビってた、って」

「それくらいはな」

弱いイヌほど、よく吠える。この野生の街では当然の道理。

見抜かれていると理解して、命はフッと強がりを止め、自嘲に震える手をかざす。

「1年の終わり、去年の暮れ。……バカの車に轢かれてさ」

「交通事故か」

「そう。背骨折って、御覧のありさま、右脚麻痺って、二度と走れなくなった」

人生を懸けたもの。アイデンティティの喪失。

見るだけで恐ろしい、恐怖の対象に立ち向かうためには——怒らなければ、無理だから。

(だからって攻撃的過ぎだ。身の安全を考えろよ)

そもそも本来、生活に支援が必要な人間が来るには厳しい街だ。

この無法地帯で他人を労わり、誰かを助けるような者は少ない。

大多数にとって、ここは酒や娯楽を楽しむ遊び場だ。

面倒に巻き込まれて楽しみに水を差されるのはごめんだし、外で押しつけられるような慈善行為、人道的配慮を踏みにじり、無視することに愉悦すら感じるだろう。

禁じられていることは楽しい——そういうヒトの醜い習性。

「運転してたヤツは、あたしを撥ねるほんの5分前までこの街でラリってたんだって。大層なお金持ちだったそうで、保釈金払ってシャバでのうのうとしてるわ」

「信用はかなり低下したはずだが」

「適切な対処、ってやつをしたらそうでもないらしいわ。そうね、金はたんまりくれたわよ。——ンなもんいいから、ひん曲げたあたしの背骨を戻しやがれって言いたかった」

「あいつらは、その運転手とは別人だ」

「わかってる。八つ当たりよ、サイテーだし、カッコ悪いけど」

己を恥じる想いがあるのだろう。

結んだ唇、潤む目に、怒りとは別の感情が見えた。

「でも、ダメね。ああいう連中を見たら腹が立って、殺してやりたくなるわ。こんな気分は、スタート直前にトラックの前に立って、他のライバルどもを見た時以来よ」

「……競技のたびにあれやってたのか」

「直接罵倒(ばとう)はしないわよ。内心全員ぶっ殺すって思ってただけ」

「あんたがおかしいのか？　それとも、スポーツマンって生き物はみんなそうなのか？」

「さあね、他人のことなんて知らないわよ。それがあたしのやり方ってだけ」

不器用な女だな、と零士(レイジ)は思った。

戦うことしか知らない。古(いにしえ)の時代の戦士のように。だがその術(すべ)を奪(うば)われた今。

ただただ、噛(か)みつくことしか……わからない。

「なら、せめて目を閉じ、耳をふさぐ練習をしろ。あんな絡(から)み方、自殺と同じだ」

「……そこまで、ヤバい？」

ああ、と零士(レイジ)は小さく頷(うなず)いた。

結局のところ、はっきり言ってヤバい女だ。口も性格も態度も最悪に近い。

だが、なぜだろう。何となく、助けてやりたい気がする。

（ああ、そうか）

つまり、そういうことなのだ。

精一杯(せいいっぱい)、一生懸命(いっしょうけんめい)、不器用でも――強く生きあがく奴(やつ)は、嫌(きら)いになれない。

今夜、彼女はツイていた。トラブルの現場に自分がいて、助けることができた。

だから死ななかったのだ、ということをしっかり教えておかないと。

（次、俺がいなかったら死ぬな。……仕事もあるのに、面倒(めんどう)だが）

何もせずにそうなったら後悔(こうかい)すると思うから、零士(レイジ)は厳しい言葉を口にする。

「ヤバいな。ここは無法地帯だ。迷(まよ)い込んだバカが死のうが、警察だってまともに捜査(そうさ)しない。自衛できない人間は来るな。殺されるだけだ」

それも、綺麗(きれい)な死に方はできない。

「仮面舞踏街(マスカレード)ができたばかりの頃(ころ)から今まで、何度も起きてる事件がある。それは表じゃ絶対報道されないが、何度もこの街に通ってる奴(やつ)なら誰(だれ)でも知ってる《常識》だ」

「……わかんない。どういうこと？」

「《食害事件》だ。市街地で市販(しはん)されてる怪物(モンスター)サプリ3種のうち、一番人気は《肉食(carnivore)》だから。一晩過ごす程度ならともかく、入(い)り浸(びた)って常習すると——壊(こわ)れる」

食害。即(すなわ)ち、それは。

肉食獣(じゅう)の本能に身を任せて——

「誰(だれ)かを、喰(く)い殺す……ってこと!?　おかしな姿に化けてても、同じ人間でしょ!?」

「そんな理性が吹っ飛(と)ぶケースがあるんだよ。肉食化した人間にとって、生きた獲物(えもの)は快楽だ。ネズミを見つけた猫(ねこ)みたいに、追い回して殺して食うことそのものがな」

セックスを遥(はる)かに超(こ)えた、本能的な快楽となる。

「あんたが生きてるのは偶然、俺が居合わせたからだ。あの場にいたのはただの酔っ払いだが、それでもあんたを挽肉にするくらいの力はあったし、やらない理由も無かったからな」

「……」

真正面から見つめて言うと。

息を詰めて聞いていた命は、ぱたぱたと仰ぐように手を振った。

「……煙いんだけど。何これ、加湿器みたい」

「茶化すなよ」

零士の顔を隠すように覆う霧のマフラー。白煙を払う彼女に、はぐらかすなと続ける。

「いいか、次は助けないぞ。こっちも忙しいんだ、駅まで送るからさっさと帰れ」

「わかってる。あんたって……変に真面目で、面倒見いいやつね」

少し呆れたような顔に、零士は仏頂面で答えた。

「あそこで死なれたら、片付けるのはウチだ。仕事増やすな」

「え？」

面倒くさそうな答え。だが意外に感じ、命は立ったままの彼を見上げた。

「何それ。警備のバイトでもしてるの？」

「そんなところだ。俺の所属する会社が街の運営から掃除を請け負ってる」

「じゃあ、この街がゴミだらけなのって、あんたの会社のせいじゃない」

「ゴミが多すぎて追いつかないんだよ。人手が足りない、処理車も少ない、給料も安い」

仮面舞踏街は広い。かつて帝が居たという東の都、その一区がまるごとそうだ。

そして、そこに大勢が、全国から集う。とても一社で対応しきれるものではなく――

「ただでさえ忙しいのに、同級生のバラバラ死体とか片付けたくない。帰ってくれ」

「……バイトで働く吸血鬼。おかしくない？　血とか吸って生きてなさいよ」

「そら来た。蚊じゃあるまいし、そんな訳にいくか」

特殊永続人獣、それも《吸血鬼》の身分証明があると、必ず出てくるジョークだ。

「トマトジュースを勧められるのは定番だし、ニンニク大丈夫かって何度も聞かれる。他人がどうかは知らないが、俺にはアレルギーは無い。普通に食うよ」

「そりゃそうか。そういえば真昼間から歩いてたわね、あんた」

「そういうことだ。俺は人間だ。戸籍上ああなってはいるけど」

「……ふぅん」

そういうものなのか、と命は納得した。

つまるところちょっと凄いヤツ、ということなのだろう。

「たまにいたわ、移民の子とかで記録のいいライバル。どーでもいいけど」

「そうなのか」

「当然でしょ。生まれがどうだろうが、強い奴は強いし、速い奴は速いってだけ。ムカつくし、どっちも平等にぶっ飛ばすだけよ。何の問題も無いでしょ」

「魔王か、お前は……」

スタイルが漫画に出てくる戦闘狂とか、悪の大魔王に近い。

こんな女を助けて良かったのだろうか、とほんのすこし悩む、が。

「もしかして、気を使ってくれたのか？」

「……あんたがそう思うなら、そうなんでしょ」

「照れるなよ。ま、いいさ。悪い気はしない」

ふん、と横を向いてしまった命の、素直じゃない仕草に笑みがこぼれる。

人に懐かない動物のようだ。そういうのは、覚えがあった。

「ハムスターを飼っててな」

「何よいきなり」

「妹が飼っていて、いろいろあって、俺のところに来た。普段の世話は人に頼んでるんだが、なるべく餌は自分でやろうとしている。だが毎回、やたらと俺を咬もうとする」

「嫌われてるんじゃないの？」

「ああ。ちょうど今のあんたと、よく似てる」

「ムカつくわ。何それ、女を転がすイケメンの手口かしら」

「頼まれたってお断りだ。……ま」

錆びた給水塔に座り込んだ少女。その傍に立ちながら。

少年と少女は互いを見上げ、見下ろして。

「意外とまともなところもあるじゃないか、バカ女」

「あんたこそ。意外と普通じゃない、吸血鬼」

「普通だ。普通になりたい。そのために……働いてる」

寂しげな笑顔。何の変哲もない願い、そのはずなのに——

何か他人には容易に触れられない一線が、そこにあるように見えた。

「顔の変なモヤモヤとか、ビルの上まで跳んじゃうジャンプ力とか。……普通じゃないのに、普通になりたいのね、あんた」

「そう難しい話じゃない」

瞑想のように瞼を閉じて、ヒトならざる少年は願いを呟く。

「現金で切符を買わず、自動改札で交通機関を利用したり——」

「鍵のかかる暖かい部屋で、誰にも邪魔されず音楽を聴いたり」

「たまに贅沢してレストランでうまい食事をしたり」

「——そんな暮らしがしたいだけだ」

途切れ途切れの願い。あまりにささやかなことばかり。

けれど、それすらも与えられなかった、与えられていないのだとしたら？

「あんたがキッツい人生送ってるのはわかったわ。同情はしないけど」

「しないのか。珍しいな」

「傷の舐め合いなんてごめんだわ。アンタの不幸をポルノにする気はないし」

人の不幸を、おお、なんてかわいそう！——なんて叫び散らして。

消費して、わかったふりをして、それだけで終わる気には、なれない。

「走れなくなったあたし。人間になれないあんた。……普通にできるはずのことが、できない。

イラつくし、ムカつくし、そうなりたい、戻りたいってめちゃくちゃ思うわ」

「それ、共感してないか？」

「してるわよ？　同情と共感は別でしょ」

「どう違うんだろうな。よくわからない」

「誰かに寄りかかるか、ひとりで立ったままか、よ。——大違いだわ」

飲み屋街のヘドロに汚れた顔。スラムの野良猫じみた少女の喩えに。

そういうものなのか、と零士が思った、その時だった。

「話し中悪いな。ほら、返すぜ！」

がしゃん！　と激しい金属音をたてて、廃ビルの屋上に車椅子が投げ上げられた。

壁の凹凸、朽ちた室外機、ヒビや割れ目に爪をたてる、鞭のようにしなやかな脚。

もふもふの毛皮に覆われた黄色いメッシュの狼男。頼山月が、あの飲み屋街に忘れてきた命の車椅子を置いて廃ビルの屋上に降り立つと、給水塔上のふたりを見上げた。

「デート中かあ？　アメコミみたいだぜ、おふたりさん！」

「は？　誰よ、あんた。知り合い？」

からかうような言葉をかける月に、うさんくさげなしかめっつらで答える命。

「知り合いだ、あんたにとってもな。……教室で自己紹介した時、俺と一緒だっただろ」

「ああ――転校生。イケてないけどモテてた方ね」

「待て。イケてねえのはともかく、モテてたの⁉　マジで⁉　誰に⁉」

ごちゃごちゃと絡まる会話。

面倒くさそうな零士、興味なさげな命、前のめりになる月。

「うちのクラスの女子。マッチョが好きみたいよ」

「……おっしゃあ‼　そういうこともあるよな、あっていいよな！　っしゃ‼」

「めちゃくちゃ喜んでるけど、よっぽどモテなかったのね。……かわいそう」

「貧乏だからな。色々な意味で貧しいんだ」

「うるせーよ！　つーかとっとと降りたらどうだ。そこ、寒くね？」

「……そうね。行きたいとこもあるから、降ろして。お願い」

頭を下げて頼む命に、月はフッと狼らしく大きな口で笑顔を作る。

意外なほど表情豊か――SNSに氾濫する愛らしいペットの顔。

人間らしい感情表現を獲得したそれは、獣でありながら驚くほどヒトそのものに見えた。

「あいよ。っと！」

零士が霧か霞なら、月はしなやかに跳ねるバネだ。

軽々とコンクリートを蹴った人狼は、狭い給水塔の斜面に着地。ほんの1秒にも満たない時間、塗装の剝がれめに爪をひっかけて足場にすると、少女を軽々と持ち上げる。

勢いでスカートの裾を乱すことさえせず――丁重かつ迅速なエスコート。

「……乗り心地は、あんたのほうが百倍いいわ！」

「だろ？　ご利用ありがとうございます、またのご乗車をお待ち……っとくらぁ！」

アクロバティックな連続ジャンプで命を廃ビルの屋上に降ろすと、月はニヤリと笑い――。

「くっさ!!　……息で失明しそう。めちゃくちゃ犬臭いんだけど！」

「え？　マジ!?　あ、さっき骨ガム食ったから!?　おい、零士ぃ！」

「俺のせいか？　というか、もともとだろう。ちゃんと歯を磨いてるのになぜ臭う」

「知らねーよ！　だって狼だもん、そういうもんでしょ!?」

思わぬ言葉がクリティカル。強面の人狼が涙目になってくすんとしょげる。

「だもんとか言う男ってどうかと思うわ、あたし」

「奇遇だな、俺もそう思う。かわいこぶるなよ、イヌ科」

「あ、あ、あ！　何その息の合った罵倒！　おまえら性格の悪いとこメチャ合うな！」

「この女に比べれば俺は普通だ」

「ふわふわ野郎に言われたかないわ！」

罵り合いながらも、零士もまた重力を無視したような放物線を描き、ふわりと降りる。

廃ビルに投げ上げられた車椅子をチェック。幸い、ぱっと判るような損傷はない。

「故障は無さそうだ。普通に走れそうだな」

「けどまあ、今時EVじゃねえのな、この車椅子。こだわりでもあんの？」

興味深げな月に、ふんと息荒く。

「足で走れなくなったから、手で走ることにしただけよ。文句ある？」

ギロリと睨む目力の強さ。普通のヤンキーなら涙目になりそうな圧を感じて。

「いんや。いいんじゃね？　前向きで」

「どうでもいい」

呆気なく流されて、どこか肩透かしのように感じながら、命は続ける。

「あっそ。ところで、あんたたちどんな関係？　エロい感じ？」

「そ・れ・だ・け・は・ね・え・よ!!　同居はしてっけどな、ルームシェア！」

「家賃が半額になるからな。経済的な理由だ、あと会社の同僚」

「ああ、さっき言ってた……掃除屋さん、ってことね」

命の頭に浮かぶのは、たまに学校に来ている清掃業者のイメージだ。

ツナギ姿で床にワックスをかけている老人か、あるいはタブレットで清掃用ドローンを指揮している技術者だが、このコンビは明らかにどちらの規格とも外れている。

「街のゴミ拾い、ってことかしら。いい仕事ね」

「ゴミはゴミでも、ちょっとやべえ感じの《害獣》だけどな」

魔剤——人獣サプリ使用者は、現行法的に人類ではなく動物である。

故に取り締まる法はなく、ただ人に危害を及ぼす場合、あるいは特区内での逸脱した迷惑、破壊活動が行われた場合、公的機関から委託された《害獣駆除》が執行される。

「身元保証。最低限の人権を報酬に、俺たちはある企業に雇われている」

零士が語る、動物でありながら人間として。

ささやかな権利を与えられて、社会の末席に身を置くことが許された存在。

「警官が死んだり怪我するリスク考えりゃ、この街で駆除なんぞさせらんねえしな」

月が繋ぐ。この無法の街における、公的な唯一の自浄作用。

放置できない、危険すぎる《害獣》を始末する、清掃業者——。

「魔剤キメたヤツは動物でも、警官はバッチリ人間だ。死人なんぞ出たら大問題だし、街ごと潰す覚悟がなきゃできねえ。だから、オレたちみたいなのが必要なのさ」

「……警察、銃持ってるでしょ。麻酔銃とかで何とかできないの？」

「ガチでキマッた人獣に生半可な薬なんて効かねーよ。だいたい麻酔銃は法律上、獣医師免許と狩猟免許の両方がなきゃ使えない。効く薬の量だって体重や種類で全部違うんだぜ？」

表の世界の治安維持機構、警察をそのまま導入するには危険すぎて。

故に消耗前提の駒として、毒を以て毒を制すとばかりに。

「安い経費で俺達を——特殊永続人獣を使うほうが、手っ取り早い」

「そんな理由で、納得してんの？」

自虐的に笑む零士に、腹立たしげな命が唇を尖らせる。

「正直、ねえな～……って思うけど、他に行くところがねえからさ」

「仕事だ」

社会的に弱い立場だからこそ、選べる道はひとつしかなく。

嫌だ、不満に思えども、その解決策は何も思いつかなくて。

「気に入らないわね。大人が楽をするために、人を犠牲にしてるみたい。あんたたちの仕事は必要だけど、いいように使われてるだけじゃないの？」

「他人の事を、我がことのように怒るんだな、あんた」

「他人でも自分でも、ナメられてるヤツを見たら腹立つわ」

「……ヤンキーかよ。こえぇ……！」

三者三様、この中では一番強面の人狼が、いきり立つ少女に毛を伏せる。

ぱたぱたと力無く垂れる尾。そんな様子をよそに、命は手近な瓦礫に摑まって身を起こすと、傍に置いてある車椅子に自力で乗ろうとしていた。

「あ、手伝うか？」

「いらない。一人でできるわ。……ふんぬっ‼」

乙女らしさのかけらもない気合いと共に、上腕筋が唸る。

「完全麻痺は右足だけよ。左はちょっとは力入るから、これくらいイケんのよ」

「なるほど」

さりげなく車椅子に触れ、命が乗りやすそうな位置に固定。

いつでもカバーに入れる位置をキープしつつ、零士はささやかな奮闘を見守る。

「確かに……善意とはいえ、何でも助けようとされるのは、辛いかもな」

「そういうことよ。自分でできることまで、誰かにやられるって何よ。子供か、あたしは」

「いや、わかるけどさ。タフガイすぎんだろ……女の子だろ？」

「ジェンダーの話とかどーでもいいわ。あたしは強いってだけよ。……どりゃっ‼」

断言し、腕力を駆使しながら命は車椅子に乗り、ついに座った。

「ふうっ……！　ざっとこんなもんよ」

「タフガイか」

額に汗をかきながらひと息ついた姿に、若干の呆れと敬意を向け、零士が言う。

「だいたい理解した。お嬢さん扱いするだけ無駄だな、あんた」

「さっきから気になってたけど、あんたあんたって言わないで。——命でいいわ」

「いきなり名前呼び？　いいのかよ」

「嫌いなのよね、自分の苗字。読みづらいし。あたしも月と零士って呼ぶわ」

「……距離感がわからん。普通そういうのは、友人関係でやるものだろう」

首を傾げる零士に、

「別にいいわよ、友達で。同級生だし、いろいろ助けてもらったし」

「……何だと……⁉」

「マジで⁉」

何気ない言葉は、爆弾のように人獣たちに効いた。

「お、おい……。女の子の友達ができちまったぞ⁉　どうする⁉」

「待て、落ち着け、慌てるな。——まず、あれを女子と定義できるかどうか、疑問だ」

「それはそうだな。タフガイだしな。でもそれ抜きにしても史上初、外部のダチだぞ？」

「確かに……。どう対応したらいいんだ。くっ、マニュアルが存在しない……！」

「……バカでしょ、あんたたち」

本人たちにとっては真剣かつ深刻に語っているつもりだろうが、傍から見ると少年と人狼が面突き合わせて友達関係に悩むさまは、ギャグにしかならない。

「で、友達としてちょっと頼みがあるんだけど」

「来たな。連帯保証人か？」

「言っとくけどオレら金ないぞ⁉　まあ……コンビニスイーツくらいなら、セーフ？」

「贅沢すぎる。缶コーヒー１本までしか認めん」

「みみっちいわね。誰がオゴれっつったのよ。そんなんじゃなくて」

くい、と立てた親指で下を指し、命は訊く。

「ここ、エレベーターとか無いわよね？」

「廃墟だぞ。電気すら無いな」

「でしょ。階段下りるの、手伝って。お願い」

ああ、と零士は納得する。

バリアフリーの概念が薄い時代の廃墟に、車椅子で階段を下りる術はなく。

「それは構わない。駅まで送るから、家に帰れ」

「無理。やらなきゃいけないことがあるから」

「なら、下ろす手伝いはしない。——そう言ったら？」

「階段から車椅子落として這って下りるわ」

「迷わねえなあ……」

嘘やハッタリではないだろう。やるといったらやる。

　ごく短い関わりだが、それは零士にも月にも理解できていた。

「……しょうがない。下ろすぞ、月」

「ああ。つーかさ、事情を話してくれねーか？　そしたら手伝えるかもだけど」

「それも無理。これはあたしの問題だから。あたしがやるべきことだから」

　揺るがぬ決意をこめたまなざしを受けて、二人の人獣はどちらともなく動いた。

　零士は前、月が後ろ。前後から車椅子を神輿のように担ぎ、歩き出す。

「──ありがとう」

　感謝の言葉を受けながら、崩れかけた廃墟の階段を下りてゆく。

「真っ暗ね。……何も見えないけど」

「俺らは平気だ。な？」

「怖ければ眼を閉じていろ。どうせ見えない」

「は？　怖くねーし！」

　反射的な反応。しかし心拍上昇、体温、血圧上昇、体臭の変化。

　あらゆる恐怖のサインを人獣たちは感じつつ、それを追及することなく都市の闇を、崩れた階段に沿って下りていく。幸い完全に寸断されたルートはなく、数分後には地上だ。

　廃墟を出て、微かな街灯の明かりを目にした時。

「……ほっとしたわ。というか今気づいたんだけど、飛び降りれば早かったんじゃない？」

「できるが、普通に危ないだろう。万が一落としたら、死ぬぞ」

「安全第一、人命最優先よ。何せ俺らよりだいぶ高価いし」

「変に保守的ね。……それじゃ、行くわ。さよなら！」

街路に降ろされた少女は、そのままきこきこと車輪を鳴らして立ち去っていく。

その先は当然、駅とは真逆。

怯えも恐怖も確かにある、だがそれを上回る何かによって、彼女は無法地帯を徘徊する。

その姿が小さくなるまで見守ってから。

「どうする？」

じろりと横目で見てくる人狼に、零士は軽く息をつきながら。

「もう友達だからな。——わかるだろ？」

「あいよ。……そろそろ時間か？」

もふもふとした毛皮に埋もれた腕時計を確認し、月が告げる。

「《アレ》が現れる場所は、毎回変わってっけど。——時間はほぼ一緒なのよな」

「我慢できなくなるんだろうさ、ちょうどその頃に」

決まった時間に腹が減るように。

「殺しをやらなきゃおさまらない、そういうことだろう。この近辺だな？」

「間違いねえよ。アイツの臭い、ちゃあんと覚えてっからな」

零士の言葉に答え、月は黒く濡れた狼の鼻を鳴らし、空を嗅ぎ。

「っと!?」

命がちょうど姿を消した路地の奥、裏通りの先から。

爆発。

「……嗅ぐまでも、なかったな」

2ブロックは離れているだろうか、と振り返りながら呟く零士。

ガソリンが燃える黒煙がキノコのように立ち昇り、音より先に衝撃が来る。

あちこちでガラスが割れる音。次に、耳をつんざく轟音。

「見えたよな? 零士」

「ああ。車だ。おもちゃみたいに真上に吹っ飛んで落ちて、爆発した」

ヒトならざる感覚の持ち主たちは、爆発寸前のソレを確かに見た。

まず、跳ねるピンポン玉のように夜空へ吹っ飛んだ乗用車のシルエット。落下して、何かの可燃物タンクにでも激突したらしく、映画じみた派手な爆発が起きた。

原因は、おそらく――

「――出たな。《轢き逃げ人馬》」

遠く立ち昇る炎と煙の渦を眺め、赤く頬を照らしながら。

秩序の手先たちは即座に急行していった。

――03　幻想種（ファンタビ）――

二人の手先（イヌ）が爆発（ばくはつ）を目撃（もくげき）する数分前。飲み屋街から2ブロック外れた《神待ち通り》――。

酒、あるいはドラッグでハイになった雄（おす）からさまざまに搾（しぼ）り取（と）る雌（めす）たちの集（つど）い。

交渉（こうしょう）は古式ゆかしき直接交渉（こうしょう）。

神――即（すなわ）ち客を待つ女たち。古典ヤクザの女から半グレ集団の一員、家出娘（むすめ）にパパ活希望。

個人から組織まで、さまざまな女たちがそれぞれのキャラに合わせた服装で路傍（ろぼう）に立って、微（かす）かな温（ぬく）もりを放つ怪物（モンスター）サプリの自販機（じはんき）や街灯の下（もと）で、通りかかる《神》を摑（つか）みゆく。

近代の私娼窟（ししょうくつ）、背徳ドスケベセール会場。わずか十数ｍの直線を巡（めぐ）り、利権を得んとするヤクザ、半グレ、自衛団体などが入り乱れる危険地帯。

組織の支援（しえん）を受けた者らは、ラブホテル。大昔に建てられて廃棄（はいき）された建物をＤＩＹで修理、リフォームした建物でさまざまなサービスを施（ほどこ）し、《個人営業》は手近で済ませる。

路上に駐車（ちゅうしゃ）された数台のバン。

運転席以外の座席は取（と）っ払（ぱら）い、クッションとウェットティッシュを置いた売春車（バニラバン）は、人獣（ニンジュウ）の交尾（こうび）を促進（そくしん）する香り――バニラによく似た香りを漂（ただよ）わせる。

その周りに、煽情（せんじょう）的な雌（めす）たちが並んでいた。

艶々と光る焦茶とオレンジの毛皮。くびれた腰、豊かなバスト。

きわどいマイクロビキニブラで胸を隠し、ヒップラインはタイトスカート。

半円の耳に金のピアスを開けたゴールデンハムスターのビッチ娘が下着をちらつかせて。

「――『3枚』ね？」

「お、おう！　……へへへ、いいね、いいねえ!!」

今にもかぶりつかんばかりに興奮したチンピラ風のイタチ男が、高額紙幣を手渡す。

丸めて輪ゴムで留めたそれをビキニの胸元に挿すと、雌は雄を後部座席へ誘っていって――

ズダダッ!!　ズダダッ!!　ズダダッ!!

蹄が舗装を蹴り、抉る音。近代社会ではまず聞かなくなった馬蹄の響き。

「……おい、変な音しねえ？」

「え～？　いいじゃん、そんなの。早くシなよ」

淫猥なピンクの照明に情欲をそそるコロンの中、雌がブラを脱ぐ。

ぷるん、とまろび出た胸の揺れに気をとられたイタチ男がズボンに手をかけて。

――轟音。

「え？」

間抜けな疑問符をつけるのが精一杯。

スローモーション。売春車のドアがU字に飛び出す。ココナッツよりデカい特大の蹄。巨大な何かが車を丸ごと蹴飛ばしたのだと、ズボンを脱ぎかけたイタチ男も、雄を迎えようとしていたハムスター娘も、まったく理解できぬままに座席ごとミキサーにかけられる。

回転回転回転回転上昇回転落下墜落転落、そして――激突。

爆発。

油臭い轟音と火災。まだ生きていたらしい非常ベルが鳴り、街路に歪んで生えていた消火栓が外れて水柱を立てる。赤黒い炎に照らされて、褐色の巨体が姿を見せた。

「ブルルルルルッ！」

狂気の愉悦、噴きだすような笑い声が、場違いなジャージ姿の上半身から響く。

半人半馬。下半身は馬、ただしサイズは桁違い。

3mはあろうかという超特大の輓馬よりなお屈強な、遥か古代馬の威容。化石に残る原始哺乳類の巨体と洗練されたサラブレッドの姿態を兼ね備えた異端芸術。

馬でいえば首にあたるそこから生えた、相対的にちっぽけな上半身。

内から膨れた筋肉でミチミチに膨れた袖は、ハムのよう。前を留めるチャックはすべて開け、豊かな胸を留めていたらしいブラと破れたシャツの残骸が汗で張りつく。

顔はぼさぼさに伸びた髪と、額から伸びた枝角に隠れて見えなかったが——

「な、何だありゃあ!!　ば、化け物……⁉」

「幻想種だ!!　ウソだろ、マジかよ!!　超レアじゃん!!」

酔っぱらって道端に寝ていた人獣がふたり、爆音と熱波を受けて目を覚ます。

間近で目撃したその姿は、まさしく神話伝承に語られる古代の人馬そのもの。

「絶滅したって大昔のバケモノ——博物館にあるみてェな肉や骨から作ったヤツ!!　市販品なんて比べ物になんねー、超ブッ飛んで超強くなるって、噂の!!」

「はァ⁉　何ソレズッリ、そんなのあんの⁉」

人獣特区にまことしやかに流れる都市伝説のひとつ。

市販されている怪物サプリ、覇権企業《Beast Tech》が販売するそれは一般3種、特殊2種。肉食草食爬虫類両生類、そして安全が確保された施設などでのみ販売される飛行可能な鳥型、主に業務用としてプロダイバーを中心に販売される魚類型などが存在する、その中で。

それらすべてを遥かに超えて、キマるブツがあるらしい、と。

究極のハイ。神秘を覚醒させる——幻想サプリ。

裏路地に寝ていた酔っ払い。汚らしいドブネズミ男たちは、アルコールによる酩酊で恐怖を感じることなく、ただただ伝説を思い出し、炎に立つ怪物を見上げるばかり。

「フ――……ッ……!!」

その眼。完全に《キマッた》眼に、目撃者たちは震えあがった。

「やべ……ブッ飛んでやがる!! 逃げ……ぎゃっ!!」

「あひぃっ!?」

逃げ出そうと背中を向けた瞬間、ひとり死んだ。

疾駆する巨体。鉄槌じみた大きさの蹄に踏みつけられ、ネズミ男の頭蓋骨が砕ける。

かき混ぜられる血とうどん玉じみた内容物。ビニール袋のように足に絡まる死体を捨てると、半人半馬の怪物――《轢き逃げ人馬》は逃げるもうひとりを無慈悲に追った。

「ひぃいいいいいいいいいいっ!!」

瞬間、縮まる距離。

いつでも踏み潰せる。だが、そうしない。ズガガッ、ズガガッ、舗装道路にU字傷。

弄ぶように背後を駆ける怪物に、ドブネズミ男は自棄を起こして叫んだ。

「んだお前、んだお前、んだよ!!」

「何もしてねえよ俺!! 酒飲んで寝てただけじゃん!! やめて、許して――……!」

「ッ!!」

にぃ、と細く歪んだ眼に愉悦。

明らかに楽しげな感情。衝動でも怒りでもなく、ただそれは楽しいから男を追いかけ、その命を奪おうとしている。ぶるるる、と鼻を鳴らし、舌で唇を湿らせて、笑顔で。

ドブネズミ男の脳天を踏み潰そうとした、その直前に。

「ア……——……っ!?」

はじめての人間らしい声音で、轢き逃げ人馬が驚きを表した。

ネズミ男を庇うように、路地から飛び出してきた何か。

勢いがついた巨体は止まらず、人馬の蹄がそれを引っかけ、蹴り飛ばす。

金属音。地面にバウンドし、したたかに叩きつけられる——

——車椅子、外れた車輪、ひとりの少女。

「ひいいいいいいいい!!」

逃げ出すネズミ男。人馬は追わない、それどころではない。

べしゃっ、とスラムのドブじみた水溜まりに、撥ね飛ばされた少女が転落する。

泥にまみれ、擦り剝いた頰、鼻血があふれた轢死寸前の、彼女は。

「……ッ、たあっ……し、死ぬかと思ったわ……!!」

むくりと、辛うじて折れていない腕で、上半身を起こす。

下半身は動かない。萎えた足を荷物のように引きずりながら、それでも——前を向いて。

「何やってんだよ、後輩」

「え？　ア。それ、だっテ。あいつ、ラ……！」

イントネーションのおかしな、けれど小鳥が囀るような声。

路上に這いつくばったジャージ姿の少女――賣豆紀命は、唸るように巨体を見上げた。

「仕返しのつもりかよ？　誰が頼んだのさ、そんなの」

「だってテ……だってテ。酒飲んデ、暴走しテ、それデ、アイツ……！」

弱者と強者が逆転している。

車を蹴散らし踏み殺す轢き逃げ人馬が、立つことすらできない少女に怯み、震えて。

「アイツら、みたいなのガ!!　センパイヲ、走れなクしたんだから!!」

言い訳じみた叫びに、ぶちりと。

「あたしの話、聞いてたか？　――誰が頼んだってんだよ、バカ野郎!!」

叩きつけた拳に、泥がびちゃりと跳ねる。

「悔しいよ!!　腹立つよ!!　バカに轢かれて、夢ブッ壊されて!!」

「全員ムカつくし殺してやりたいよ。けど、やるとしたらあたしだろ!?」

「あたしがやんなきゃ、ただの人殺しだろ!?　何でお前がやってんだ！　……バカ!!　バーカ!!」

「あ……ああああああああ……!?」

子供じみた罵倒を浴びて、轢き逃げ人馬は数歩、背後によろけた。

羽織っていたジャージを脱ぎ捨てる。裸の乳房がゆさりと揺れる。学校──

命とお揃い、都立アカネ原陸上部のジャージが捨てられ、ドブの色が染み込んでいく。

街灯の光、わずかに。

ぼさぼさに振り乱した髪、額の枝角、炯々と光る血走った眼。

それらすべての基盤となる顔は──あどけない、幼いとさえ思える、女の子だった。

「わかんだよ‼　靴下真っ赤にしてさ、血の染みって取れねえんだよ‼　陸上部のロッカーにまんま入れとくとか、バカだろ‼　臭ぇんだよ‼　気づくっての‼」

それは昨日のことだった。

命が居心地の悪い教室を抜けて、部室にサボりに行った時。

生臭い異臭に気づいて、あるロッカーを開けて。

ゼリーのように凝固した生々しい血痕つきの靴下と、空の注射器を──

「バレたくないならせめてちゃんと洗うか捨てるかしろよ‼　動かぬ証拠だろ、アレ‼」

教師にすぐ訴えた。だが表向き何の動きもなくて、どうしたものかと悩み続けて。

今朝、『後輩』が来るかと思って学校に行けば空振りで、そうなればきっとここに。

仮面舞踏街に行ったのだ、と感じた。特殊な持病でもないかぎり、医療関係者でもない人間が注射器を使うことなど、この無法の街でしかありえないから。

そして、騒ぎの現場を目撃して。

来てみれば、母校のジャージを着たバカが、人を笑って、撥ねていて。

「どうした？　――何とか言えよ。言っとくけとあたし、マジ切れてるから」

「わ、わたシ。ゆるセ、なくて。だから、あいつら、みんな……」

ぐちゃりと、血と肉片のこびりついた蹄を上げる。

にちゃにちゃ尾を引く血のしずく、脳のかけらをそそくさと隠すようにドブで洗って。

「コロして、やりたくて。サプリ……かって。キメたら、できるように、なって……!!」

しだいにテンションが上がっていく。自分の言葉に鼓舞されて。

自分を抱きしめるようなジェスチャー。夢見る乙女のようなしぐさで頬に手を当てながら、返り血でまだらに染まった髪を乱して、轢き逃げ人馬は身を屈める。

前足を曲げて、ぎりぎりまで手を伸ばして。

「センパイ。……乗っテ？」

「は？」

誘う言葉に疑問で返し、命は瞬きしながら壊れた後輩を見上げた。

嘘でも冗談でもない。うっとり蕩けた笑顔は、最高に楽しいパーティーに友人を誘う顔だ。

けれどそれは、地獄の酔っ払い轢殺パーティーに違いなくて。

「マジで言ってるの、あんた」

「とうぜん。いっしょにバカ踏み潰して、あそボ？　スッキリ。……サイコー。たのしイ‼」

唇を舐め舐め、ぐにゃりと歪んだ笑顔。

元は可憐な少女だったのだろう、異形のグロテスク。

少女を象った蠟人形を炎で炙り溶かした残骸のように、それは壊れていた。


「――……ざけんな‼」


差し伸べられた手を、命は迷うことなく払いのけた。

「義憤ってやつは気持ちいいよな。あたしの不幸をあんたの正義にしてんじゃねぇ‼」

「……エ？」

理解できない、と言うように、轢き逃げ人馬は凍りつく。

「あたしの痛みを、勝手に語んな‼　悔しさも‼　怒りも‼　あたしのもんだ‼　あたしだけの物語だ‼　横から勝手に哀れむな‼　同情すんな‼」

そうだ、と命は思う。

共感されるのはかまわない。だが勝手に見下されて同情されるのは、絶対に嫌だ。

なるほど足は喪った。走ることすらできなくなった、だが。

――自分が弱くなっただなんて、これっぽっちも思っちゃいないのだから。

「たかだか足ごときで諦めたなんて決めつけんじゃねえ‼　あたしは勝つ‼　絶対に勝つ‼　足で走れなきゃ手で走る‼　よくわかんないけどパラリンピックとか出てやるわ‼」

「え？　ア？　へ？　……あ、ああ、ああああああ……⁉」

強い強い強い強い強い。

そうとしか言いようのない、筋金入りの我の強さに。

戸惑い数歩後ずさる轢き逃げ人馬に、さらなる言葉を叩きこむ。

「未来の金メダルはあたしのもんだ‼　てめーみてえにそのへんの酔っ払いブッ殺してるほどヒマじゃないのよ、バッッカじゃないの⁉　アホ‼　とっとと戻れ、後輩‼」

「わ、わあ　あ　わ　た　シ　せん　パイ　の　ため　ニ……！」

途切れ途切れの震え声。

だが、断罪の言葉は止まらない。

「あたしのためじゃない、あんたがしたことは、あんたのためだ」

「あたしがやられたあたしの怒りを勝手にあんたの物語にして、あんたが好きで人を殺した。あたしには罪はないんじゃね、って思うけど」

……それでも。

「自首しな、後輩。……警察が何言うか知らないけどさ、罪になるかわかんないけどさ」

「一緒に謝るから。頭だって下げるし、懲役だって食らうから。――……戻ってきなよ」

涙が滲み、声が震えて。

最後は喘ぐように、祈るように願う贖罪の勧めを。

「セン……パァイ‼」

「‼」

轢き逃げ人馬は顧みることなく、殺戮の蹄を高々と。

棹立ちとなって振り上げて、倒れた少女を踏み殺そうとした。

「……しょーがねえ、か」

U字の鉄槌。ハンマーじみた一撃を、命は受け入れるように目を閉じた。

「死んでやんよ。……舞」

「――勝手に、死ぬな」

贖罪者の顔をした少女の間近に、突然。

思ってもみなかった第三者の声が、間近で囁かれた。

「え？　……あぐっ⁉」

直後、腹部に激痛。衝撃。まるで霧のように揺らめきながら割り込んできた人影が、人馬の足が届かない位置まで、命の腹を強引に蹴り飛ばして、引き離した。

転がる命。ゴミとヘドロにまみれながらドブへ落ち、水音をたてる。痛みの中薄目を開く。

スローモーションで落ちる蹄。割り込んできた人物、その頭がグチャッと割れた。

「あああああああああああああああああああああ!!」

賣豆紀命、殺される寸前まで泣かなかった女が。

ついさっきできたばかりの友達が。頭を踏み潰されて、スイカ割りのように。

壊れて吹っ飛んだ少年、霞見零士の《死》を目撃して——泣き、叫んだ。

＊

命の悲鳴が響く中——凄惨な現場を見下ろすように建つ、廃墟。

崩れかけた屋上にふわりと立つ男がひとり、少女がひとり。

「あれが例のお気に入り？」

「ウン。まだ新人なんだけど、とびっきりの逸材だよ？」

落ち着いた色合いのジャケットにタートルネック。

上背のあるスタイルと眼鏡が似合う知的な容貌が、大人の男としての品格と遊び心を両立。

遊び慣れた大学教授とでも言うべき形容が似合う、そんな人物と。

「吸血鬼だっけ。でもさすがにあれは死にそうだけど」

「ややややや、違うんだよ。吸血鬼じゃない」

その傍に立ち、スマホをいじっている少女。

年齢は12、13歳ほどか。あどけない美貌に長い白髪、クールなようで愛嬌のある美貌。

華奢な痩身、艶めく肌と相まってまるで白磁の器の如く、儚い芸術作品のようだ。

「でも、記録だとそうなってた。うそ？」

「嘘でもないんだよねえ。知りたい？　あの子の正体」

「もったいつけ、うざい。キャバクラとかで嫌われる話し方。やめたら？」

「……本題から入るとね、他に分類できる種族がなかったんだよ。お役所だからさあ、独自の分類を認めてくれなくて、少しでも関連性のあるやつにするしかなかったのさ」

鋭い指摘に泡を喰ったように、男はやや早口に言う。

「霞見零士。そう、あの子の正体は、ね――？」

＊

裏路地で、惨劇の幕が開く。

砕けた頭蓋。撒き散らされた骨片や肉や鮮血が瞬く間に崩れ、黒い霧となって広がった。

「アアアアアアッ⁉　が⁉　アアアアアッ⁉」

混乱しきった轢き逃げ人馬が、黒い霧の中で暴れまくる。手足を振り乱し、蹄を鳴らすが、形なき霧は漂うばかりで、何の手ごたえもなく――逆に舞い上がり、包み込む。

人馬の顔に、手に、足に、乳房に、べたべたとまとわりつく黒い粘液。

「……あたしには、くっつかない……？」

倒れていた命が漂う霧に触れようとするが、それはぬるりと指の間に奇妙な感触を残して、かすかな染みさえ残すことなく、すり抜けてしまう。

たちまち裏路地全体に広がる黒い霧、その中で。

命の眼にはしっかりと映る。

首無しの人影が、ついさっき友達になったばかりの少年の成れの果てが。

影絵の人形のように、霧の中で踊るさまを。

栓を抜いたシャンパンのように、穴の開いた風船のように。

砕けて千切れた首から勢いよく噴き出し続ける、黒い霧の源を――。

「蛇……⁉」

しゅるるる、と。

霧の中、艶のない黒が凝縮して蛇のごとく鎌首をもたげた。シュルシュルと音をたてながら路と壁を這い回り、暴れ狂う人馬を取り囲むと、それが一斉に突き刺さった。

「ギャアアアアアアアアアアアアッ!?」

　無数の刺突音。連続連続連続連続。影絵の蛇が突如ゴシック調の装飾が施された槍先になり、足元から、壁から、ほぼあらゆる方向から槍衾となって人馬を刺し、抜き、刺す。

「イダッ!!　いだ、イダイッ!!　なに　コレ　ササレ……!?」

轢き逃げ人馬が悶えて暴れると、黒霧が凝固したゴシックの槍はガラスのように割れた。

砕けて散った破片は再び宙で溶け、細かな黒い粒子となって霧と混ざる。

霧は新たな槍となり、おもちゃのような槍先が人馬の足を、胸を、脇腹を、首筋を、全身のあらゆる骨や筋や血管や眼球を狙い、突き刺さっていく。

(あれは……檻!?)

(血……霧の、檻だ。足元、脇下、背後……メチャクチャ正確に、刺してる……!)

ただ呆然と見上げる命にも、それだけはわかる。

獲物を捕らえて逃がさない拘束と、獲物を傷つけいたぶり弱らせる刃を兼ねた——踊り続ける首なしの影が仕掛けた《攻撃》なのだと。

「ギイイイイイイイイイイイイッ!!」

昆虫じみた悲鳴と、フルパワーの剛腕。

　ビキビキと血管を浮き上がらせた極太の腕が霧をかき混ぜ、槍となる直前のそれを散らす。

辛うじて刺されるタイミングをずらすと、轢き逃げ人馬はその場を逃れんとした。

逃がすはずが、ない。

踊り続ける首なし死体の中で心臓が跳ねる。どくんどくん。

聞こえるはずのない心臓の音。なぜ聞こえるのかという疑問は、すぐに晴れた。

(伝わってくる。肌から、耳から、骨まで——‼)

黒い霧に触れている箇所、手足の皮膚はもちろん耳、呼吸を通じて喉の奥、内臓まで。

目視できないほどの超微粒子が。そのひとつひとつが心臓であり、血であり、そして。

「——あんた、なの⁉」

「そういうことだ」

首なし死体に首が戻る。

黒い霧が凝縮し、マスクに隠れていた半分が露わになった素顔が。

墨絵のようなモノクロに一瞬固まって、ただちにすべての色彩が戻り、形作られる。

「吸血鬼。特殊永続人獣管理台帳のカテゴリ分類だと《吸血鬼》だが——」

「うちの社長いわく、本来の俺は違うらしい」

——霧の怪物。

闇より深い霧の中。本来決して見えないはずの姿が、見える。

命の眼に貼りついた霧が、そのどうでもよさげな面持ちを視せ、伝えてくるのだ。

「具体的にどういうものなのかは知らない。ブロッケン現象……霧の中照らされた光により、影が妙な形になるそれに引っかけた、こじつけみたいな分類だからな」

故にそれに意味はなく。

彼が何なのか？　説明できるものは、何も無い。

「だから俺は人間じゃない。怪物サプリならぬ、人間サプリを毎日キメないと、ヒトの姿でいることすらできない。こんなふわふわとした、《欠陥品》だけど」

「ガア……アアアアアア‼」

霧の中、バリバリと刺さり続ける槍をへし折り、人馬があがく。

ヤシの実、ボウリングの球、それほどの大きさの拳を振り上げ、零士を狙う……が。

「欠陥品も。──うまく使えば、武器になる」

背後に迫る巨体。怯えも驚きもせぬままに、霞見零士はただ指をクンッと曲げて。

「黒白霧法──傷黒牢」

「ガアアアアアアアアアアアッ⁉」

刹那。これまでを遥かに上回る密度で、霧が槍となり、檻となり、牢となる。

縦横ナナメ。ゴシックの槍が枝分かれしながら広がり、人馬の全身を犯すように——貫いた。

「あ……ア……‼　いた……イ・ダ・イ……‼」

ミシミシと音をたてて牢が軋む。

余すところなく全身を刺されてなお人馬は足掻き、もがく。

「人間サプリは、レアなんだ。市販されてないし、保険も利かない。だから、値段が高い」

捕まえた虫を観察するような、突き放した目で零士は人馬を見上げた。

乙女の胸、発達した大胸筋により変形した果実を、つまらなそうに。

「つまり、金が要る。ヒトになったら、金がかかる。飯がいる、家がいる、服もいる、一緒に過ごす誰かも欲しいし、《普通》でいるのは……大変だ」

《普通》で居続ける時間のために。

《ヒト》で在り続けるために。

《害獣》を駆除することを生業とする、掃除屋稼業。

「悪いな。ここまでだ——《轢き逃げ人馬》」

「ウ……ぜええええええええええええええええッ‼」

絶叫。人馬が暴れ、黒の檻が砕け散る。

破片はたちまち霧となり、紅茶に落とした角砂糖のように空気に溶けた。

全身に穴を穿たれながらも、拘束を振り切った人馬は凄まじい平手で零士を叩く。

が……それはふわりと音すら立てず、空を切る。

「ア……れ……⁉」

「俺は霧だ。ヒトの形をしていても、実体はただの飛沫に過ぎない」

殴られる直前輪郭がぼやけ、平手はまるで蜃気楼のようにすり抜けてしまう。

「ウガアアアアアアアアアアアアッ‼」

癇癪じみた地団駄。数トンを超える巨体に大地は揺れ、道路の舗装がひび割れる。

衝撃波さえ肉眼で見えそうな大暴れ。だが零士は雲のごとく、霞のごとく、影のごとく
――半人半馬の怪物の周りに次々と現れ、踏まれ、かき消されながら、再び現れる。

「色が……変わった？」

その時、不意に命は視た。

音もなく、轢き逃げ人馬の周辺の霧、その色が一斉に変わっていく。

木炭のような艶の無い黒から、降りしきる灰のようなくすんだ白に。

「ぢイッ⁉」

黒から白へと変わった霧に触れたとたん、轢き逃げ人馬の皮膚が焼け爛れた。

熱した鉄板にバターを放り込んだような音。まとわりつく白い霧、黒い牢獄に囚われた傷も
癒えぬ怪物が、猛烈な薬品臭あふれる強酸の霧に包まれていた。

「ギャアアアアアアアアアアアアアアアアアアアアアアアアアアッ⁉」

白濁する眼球、鼻腔、喉。悲鳴を上げたとたん酸素と共に吸い込まれる強酸白霧。

あらゆる粘膜が焼ける。皮膚が熔けて崩れる。悲鳴、悲鳴、悲鳴。絶叫、のたうつ巨体。

悶え苦しむ人馬に、離れた位置で倒れた命はつい、手を伸ばしかけて。

「触るな。あんたも怪我をする」

「何、したの……あいつに、何をした⁉」

命は叫ぶ。その間にも、強酸の白い霧は轢き逃げ人馬に絡みつく。

それはまるで遺体をくるむ包帯のように、全身を、くまなく――。

「言ったろ。――俺は極微の飛沫だ」

どくん、と再び心臓の音。

瞬時に零士の全身が霧へと変化。

周囲のそれに混ざって消えたかと思うと、瞬時に命の間近で霧が固まり、心臓が結ばれる。

ほぼ瞬間移動。1秒に満たない瞬きほどの時間で分解した全身を再構築した零士は、人馬へ伸ばしかけた命の手を掴んで止めると、その耳元に囁いた。

「ナノサイズのブロックに近い概念と思えばいい。分子の組み合わせ、結合によってあらゆる物質を形成できる。さっきの『檻』のような硬質の物体も――」

そして今、怪物を襲っている白い霧のように。

「霧状のまま、シンプルな化学的性質を操作することもできる。水素イオンを下げれば水は酸、触れれば皮膚が爛れ、肉が溶ける劇物に変わる」

「酸って……じゃ、あいつの周りの霧、全部⁉」

「ああ。肺と気管が爛れ、眼球も皮膚も焼け溶ける。超強酸の霧」

残酷極まりない処刑法。

「黒白霧法――白霧酷夢」

取り込まれた時点でグシュグシュに溶かされ無残に死ぬ。

「俺の胃袋だ。栄養にはならんが、まとめて消化してやるよ」

「……やめて‼」

誇りもしない、笑顔ですらない。ただ当然の事実を語るような零士に、命は抗う。

必死で触れようと伸ばす手、だがそのすべては零士を摑めず、空を握った。

「何してんだ‼　助けてくれなんて、頼んでない‼」

「友達と呼んだのは、お前だ」

「……え？」

思いがけない言葉に、命が固まる。

「友達は助けるべきだ。人類社会の常識だと思うが、違うのか？」

「いや、それは合ってる。けど、あたしは……！」

見つかるとは限らないのに、命はこの街へ来た。

自分の背骨をヘシ折ったクズどもの巣。絶対に近づきたくもない場所へ。それは。

「――死んでやる気で、来たんだよ！　あの馬鹿な後輩を、止めたくて……！」

「本当に、そうか？」

静かな疑問。

その間にも轢き逃げ人馬は酸に包まれてのたうち、もはや末端は炭化している。

「命が死んでも、あれは止まらない。あれは、お前のためにしていない」

轢き逃げ人馬が人を轢き続けた理由、それは。

「義憤で人を殺すのが楽しかったからだ。正義の棍棒で、悪と信じた相手を殺すのは楽しい。それは命、お前が自分であいつに言った言葉のはずだ」

「ああ、そうだよ。けど、それでも……でも……!!」

たとえ利用されただけだとしても。

電車で道を譲るサラリーマン、ポイントに釣られて親切顔をする奴ら。優しさへの感謝より、強要された親切への拒否感と、どうしようもない惨めさが勝る、乱れた心。

けれど、それでも、どうしても。

「助けたくて、来たんだ!!」

自分がどれほど惨めだろうとも。

友達を助けない理由には、ならない。

「舞はクソ悪いやつだけど、それでも、だから……！　うまく言えねえけど!!」

「あっさり殺すのは違うだろ!!　このままだとこいつ、大して後悔もしないで、何が悪かったのかもわかんないまま、ボケッと死んでくだけじゃないか!!」

そんなのは嫌だ。ダメだ。間違っている、と思うから。

「殺るなら、あたしも一緒に殺れ!!　だから……お願いだから、止めて……くだ、さい……！」

ぐしゃぐしゃの顔で泣きながら、命は叫ぶ。

強酸の霧の中、のたうち回る轢き逃げ人馬。

皮膚や肉の薄い関節はもはや溶け、骨すら覗きはじめている。

「……そうか」

滅茶苦茶な理屈だな、と零士は思う。

単なる身内びいきとは違うだろう。轢き逃げ人馬の罪を理解し、その上でこの女は――命は、その助命を願い、自らの命すら差し出そうとしている。

悪をただ悪と断じて殺して終わり、ではなく。

悪に己が悪だったのだと教えてから、ヒトとして裁くために。

「ああ。……そうか」

霧の怪物。姿無き、掴みどころなき気体の怪物。

形作られた仮想の心臓がどくどくと高鳴る。

それは霞見零士という存在が己を人間であると決め《普通》を願う理由、その根源。

「……わかったよ。一花」

双子の妹がいた。

自分によく似た顔だったけど、心はまるで真逆のようだ。

人懐こくて誰にでも優しい。いつも自分で壁を作ってしまう自分と違って。

『お父さんもお母さんも、きっとわかってくれるよ』

『お兄ちゃんはバケモノなんかじゃない。——すごく優しいんだよ、って!』

優しいのはお前だと何度も思った。

12歳の春だった。全身が崩れて霧になり、部屋に充満した怪物に怖れ慄く両親は、部屋にダクトテープをくまなく貼って、密室に閉じ込めて、存在しなかったことにした。

世間的には急病で通した。引きこもりで通した。哀れな子供を持った可哀そうな親になった。

そんな中で妹は自分をかばってくれた。食事をくれた、おやつをくれた、遊んでくれた。

(〜〜〜〜〜〜〜〜〜——ツッツ!!)

けれど、妹は死んだ。

思い出すだけで、形なき心臓が潰れるほど痛む。

あいつこそ幸福になるべきだった。普通に結婚して子供を産んで老いて死ぬべき人だった。

なのに生き残ったのは怪物で。

(だから俺は《普通》にならなければならない)

妹が飼っていたハムスター。まるで懐いてくれない。エサをやるたびに咬んでくる。

妹が好きだった服。ひらひらしたスカート、可愛らしい。残念だが俺には、似合わない。

食べたがったクレープ。歩きたかったショッピングモール。過ごしたかった友達との時間。

(全部、全部、全部だ)

取り戻すために。平等に普通に生きるために。

妹のぶんまで、誰かの幸せを守るために――怪物は《普通》に焦がれ、生きている。


……ジュワッ!!


焼け石に水をかけたような音がして、渦巻く強酸の霧が収束する。

ひとりの少年、薄靄のマフラーで顔を隠した霞見零士の姿。どのような奇跡が働いたものか、着ている服までも一度微粒子に変換され、そして寸分違わず元の像を結んでいた。

「あ……ぎ……」

「生きてるな。さすが、幻想サプリだ」

路上に倒れた轢き逃げ人馬。

溶け崩れた泥沼のような裏路地に、全身の皮膚と粘膜を剝がされた巨体が転がっている。

死体としか思えない惨状、だが呼吸はしているし、手足はヒクヒク痙攣を続け、すでに身体のあちこちで皮膚が再生をはじめ、恐ろしい速度で回復に向かっている、が。

「幻想種の超再生があったところで、サプリが切れるまでに完全回復は無理だ。全身焼け爛れ、ヒトに戻っても傷痕や後遺症が間違いなく残る。——殺した方が慈悲だが、それでもか？」

「当然でしょ」

命は、迷わない。

「やらかしたまま、恥かいたまま、一生苦しみながら」

「惨めに生きてくのが、あたしとそいつの罰だから。……助けて」

やらかした事件、殺したヒト、壊したモノから逃げない。

苦しいと理解していても背負う。そう言い切るかのような言葉は、揺るぎない。

「そうらしいですが。……一応確認しますが、いいですか？　社長」

「白々しいねえ。最初っからその気でしょ、君？」

「は⁉」

不意に飛んできた声に、命がはっと顔を上げた。

近場の廃墟、裏路地を見渡す建物から現れるスーツの男。

軽薄かつ重厚、チャラついた遊び人めいた雰囲気と妙な知的さを漂わせる人物は、裏路地に漂う凄まじい薬品臭に鼻をつまみながら、パキッと指を鳴らした。

「どうせこの街の犯罪に、捜査も責任もないからね。後片付けしたあと、病院送りかな？」

「そりゃいいですけどね社長。アレ運ぶの手伝ってくださいよ、何トンあるんスか⁉」

「やだよ、重いし。キリキリ働きたまえ、労働者諸君」

「ひでえ話だ……ブラック企業め……」

イヌ科専用だろう。鼻と口元をしっかり覆う特殊なマスクを嵌めた狼男——月が現れる。

「お疲れ。後は頼む」

「ちったあ手伝えよ⁉　ひでーやり方しやがって、臭いだけで死にそうじゃん……」

その背後に停まるトレーラー。カッと強烈な光で裏路地を照らし、十数人の屈強な獣人達が、清掃用のツナギとビニール袋やモップなど、さまざまな道具を持って踏み込んでくる。

道具や制服、すべてに記されたロゴは——《Beast Tech》。

「……あれが、あんたの勤め先？」

ロゴを指しながら言う命に、つまらなそうに首を振る零士。

「車や道具は本社の備品だ。俺たちは下請け」

「だから給料安いんだわ。……つーか、俺の出番無かったじゃねえか！」

「無くていいんだ。おかげで後処理の手配がスムーズに終わった。5分で撤収、いけるか？」

「あいよ。よっしゃフックかかった。オーライ、オーライッと！」

ギギギギギ、と錆びた音をたてながらウィンチが唸る。

「触って大丈夫なの、あれ？　火傷しない？」

「しない。とっくに無害化した、濡れているのはただの水だ。多少臭いが、勘弁してくれ」

命と零士が語る中、車のレッカー移動に近い手順が実行される。

弱り切ってヒクヒクと痙攣する巨大な人馬の肉を、テキパキとツナギの男たちはワイヤーで固定してフックをかけると、トレーラーに設置されたウィンチで吊り、積み込む。

「……大丈夫なの？　助かるんでしょうね」

「手配が早かったからね。本社の医療チームも呼んであるし、助かるでしょ」

恐る恐る口にした命に答えたのは、月でも零士でもなく、奇妙なスーツ男。

「説得に応じるようなら逮捕で済ませたい――零士くんの要望でね。犯人が《外》の学生なら更生の余地がある可能性も考えるべきだ、って。優しい話じゃないかい？」

「……ガチ殺し寸前にしか見えなかったけど⁉」

「そらそうよ。命を殺そうとしてたじゃん、こいつ」

トレーラーに積み込んだ人馬に手際よくカバーをかけながら、月が振り返る。

「命がここに来てたの、彼女の説得のためだろ？」

「……そこまでお見通しだった、ってこと？」

「同じ陸上部だし、他に来る理由ないだろ、こんな街」

だから――。

「生かしてとっ捕まえて治療するのもアリ、ってことで。俺が輸送と医者の手配に回って」

「零士くんが捕獲に回っていたわけだ。ま、実際には友人まで手にかける寸前、説得も無駄。そりゃ殺る気にもなるってもんだけど――」

月の言葉を繋ぐように、スーツの男は指を1本立てて軽く振った。

「不手際の八つ当たりにしちゃ、派手だねぇ」

「……すいません」

「いいさ。治療は任せてくれたまえ。《本社》から流出した幻想サプリ――その出どころ、流出経路の調査が必要だ。末端の実行犯にそんな情報、無いかもしれないけど……」

頭を下げる零士にそう言いながら、男はスーツのポケットを探る。

取り出される素っ気ないボトル。見たことのない言語でラベルが記された医療用のアンプル、ビニールで密封された注射器と針がセットになったそれを、放るように渡した。

「射っておきたまえ。煙くて困るよ」

「……はい」

黒い霧が空中でそれを掴み、パッケージを剝いて薬品を吸い上げる。

一見ただの水としか見えない透明のそれがふわふわと揺れながら零士の腕へ刺さると、中身を体内に押し込んでいく。すると、ぼやけていた少年の輪郭がはっきり固まっていった。

「それ……人間サプリ、ってやつ？」

「だね。普通のサプリは動物の肉片や体毛を配合するが、これはヒトのＤＮＡを使っている。特殊な配合なので、そこそこ高価。社割が使えなかったら泣ける金額だよ」

「……効くんだ、社割。工場か何かかよ……」

「工場ならもう少し楽だろうがな」

呆れ混じりの命に、ヒトの形を取り戻した零士は、うさんくさいスーツ男を指して。

「紹介しよう。その怪しいオッサンが《仮面舞踏街》の運営請負、業務内容は街路清掃」

その言葉を繋ぐように、スーツの男はどこからか取り出した名刺を1枚。

未だ泥を舐めるように倒れたままの命へ、しゃがみながら差し出した。

「怪物サプリ開発販売卸元。総合幻想企業『Beast Tech』関連子会社――《幻想清掃》。社長、楢崎です。よろしくね？」

「はあ……？」

うさんくさげな顔で見上げながら、受け取って。

後片付けの喧騒が響く中、《轢き逃げ人馬》事件は解決した。

＊

「あいつ、助かったって。——ありがと」

都立アカネ原高、中庭。開放された芝生と小道で、車椅子を押しながら。

月と命、そして零士が昼食の入ったコンビニ袋を片手に歩いていく。

「まー、全身ズルズルに焼かれちまったもんな。よく生きてたわ」

「幻想種の生命力だ、効果が切れるまでに最低限は治ったはずだが……」

「うん。証言どころか、意識も戻るかどうか怪しいってさ。医者が言ってた」

車椅子を押す月、庭を吹き抜ける風を心地よさげに受ける零士。

運ばれながら、疲れたような……そしてどこか晴れ晴れとした面持ちの、命。

「……親御さんがさ。見舞いに来てて、初めて会った」

「そっか。……どんな人だったん？」

「普通。めっちゃ普通のリーマンと、主婦だってさ。こんなことしてるなんて知らなかった。

ごめんなさい、ごめんなさいってめちゃくちゃ泣いて謝ってて——」

思い出すだけで辛いのだろう。

苦すぎる記憶を吐き出すように深く、命は言う。

「娘が殺した人たちに、家族に償うために努力するってさ。仕事は続ける予定だけど家や車を全部売って、被害者の身元も調べたいって。……わかんないかもしれないけど、それでも」

「無駄だろう。仮面舞踏街での殺傷は、ほぼ責任を問われない」

「どうして。人が死んでんでしょ⁉」

「シンプルに身元が不明だからな。被害者が特定できない、《人間》だと証明できない」

あの街に集う獣たちは、社会の鎖を外している。

スマホを切り、SNSを忘れ、身分証など持たない。

故に身元は特定できず、その死はただ動物が死んだだけ、として処理されるのが常だ。

故に償うことなどできず、罪に問われることもなく――

「それでも、やるわよ。……そういう親だって、思った」

「……そうか」

娘が犯した罪を認め、償おうとするそれは、優しさなのか、厳しさなのか。

それは3人の誰にもわからなかった。

「仲、良かったんだな。……そういうもんなのかね、普通の家庭ってのはさ？」

「俺に訊くな。12の時、全部ぶっ壊れた」

うんざりとした顔で零士は言い、下げていたコンビニ袋を探る。

中から取り出したおにぎり——手作りらしい海苔(のり)がべとついたそれのラップを剥(む)いて。

青い空、梢(こずえ)に咲(さ)く名も知れぬ花を見上げながら。

「キツい道を選んだのは、そっちだ。貫(つらぬ)けよ」

「当然でしょ。けどあんたたち、普通(ふつう)に学校来てるけど、いいの？　調査とかでしょ」

「いいの。すげー手間かけて書類揃(そろ)えて正規入学したんだぜ！　元とりてーしよ」

「そういうことだ。もったいない。学費も払(はら)った」

「そ。……そんじゃしばらく、同級生(タメ)なんだ」

なんでもなさそうな言葉。だがそこに嬉(うれ)しさのニュアンスを、誰(だれ)もが感じた。

「つーか零士(レイジ)、ひとりで食うなって。座ってからにしようぜ？」

「行儀(ぎょうぎ)が多少悪くても、減点されるSNSはないからな。社会に参加してない者の特権だ」

「せめて手ぇ洗いなさいよ。ほらわんこ、ティッシュ出して」

「あいよ。……って、わんこってオレかよ！　差別じゃん⁉」

そんなくだらない会話に、口元を綻(ほころ)ばせながら。

零士(レイジ)は空を見上げ、吹(ふ)き抜ける風と共に、塩辛(しおから)い握(にぎ)り飯(めし)を口元へ運ぶ。

（太陽の下、知った顔と飯を食う。間近で話すこともできる。繋(つな)がることができる。

俺はこれで『普通(ふつう)』なのかな。……一花(イッカ)が願った通りに、生きてるのかな？）

わからない。死んだ妹は、答えてくれない。

けれど、たどりついたこの場所が間違っているとは、思わない。

「やらかしたまま、恥かいたまま、苦しいまま——」

「生きてくわ。それがあいつがやらかしたことと」

呟きを繋ぐように、零士に続いて命が、空を見上げて。

「私自身の、償いだから。……あんたは、どうするの？」

「同じだよ」

この狂った世界、壊れた時代で。

「——『普通』に生きてく。約束だからな」

呟きが風に消えた後。

「……日曜。見舞いに病院行ったあと、服とか見たいんだけど」

「何だ、ついてこいとでも言うつもりじゃないだろうな」

「いいじゃん、行けって。そういうのも『普通』で『青春』じゃん⁉」

「あんたも来なさい。その田舎のヤンキーみたいなカッコ、クソダサいわよ？」

「え？　マジ⁉　ダサいこれ⁉　イケてっと信じてたんですけど⁉」

連れ立って歩きながら――新たな日常が、始まった。

＊

「あと、3本？」

蒐集家、好事家、数寄者と呼ばれる人種に特有の癖。

自分の居場所、寝室、書斎、オフィス、プライベートもオフィシャルも問わず、滞在時間が長い空間すべてを好みの何かで埋め尽くし、常に目にしようとするものだ。

仮面舞踏街、夏木原。幻想清掃本社オフィス社長室もそれに従い、楢崎が趣味で集めたわけのわからない珍品、奇品で埋め尽くされている。

メインは標本だ。保存料の樟脳臭を漂わせた数々の蝶の展翅標本、貝殻に剝製、化石に骨格。中には明らかに異常な形をしたものまであり、膨大なコレクションの一端を見せている。

その中、恐ろしく重厚なデスク。樹齢何百年という樫の巨木から採取した一枚板のそれは、今や素材となる大木が地球上に存在せず、入手不可能なことから天文学的な価値をもつ。

肩に挟むように受話器を持つ。今や骨董品と化したダイヤル式のアナログ電話機――スマホをはじめとする携帯電話の使用が白眼視される仮面舞踏街では現役。

そこから流れてくる声に、耳を傾ける。

『研究部から紛失した幻想サプリは、今回を除いてあと3本です』

はっきりとした報告を聞き取って、楢崎は呆れたように眉をひそめた。

「処方されたものかい？」

『処方前の原液です。希釈すれば1本につきおよそ30回、30日は効果が持続できます』

「……どこの馬鹿だい。そんな代物を持ち出せるような場所に置いといたのは」

『本社の重役はその責任問題で大揺れですよ。洗いましたが、何も出ません』

「つまるところ本社の偉いさんがモメた結果や、足を引っ張った結果じゃなく、外部犯かな。それで、例の女子高生……加害者兼被害者の、人馬ちゃんに関しては？」

『背後を洗いましたが、現時点では何も。……調査は続行しますが』

「それじゃ犯人は、死ぬほど警備の厳しい本社の極秘倉庫から盗み出した超ヤバ薬物を、特に何の縁も無いその辺のこじらせ女子高生にタダ同然で配った、ってことかい？」

『……………』

電話相手の沈黙は、消極的な肯定。

『明らかに割が合いません。愉快犯、あるいは宗教、イデオロギー的な思想犯でしょうか？』

「さあねえ。あるいは……どうでもよかったのかな？」

がちゃん、と音をたてて受話器を置き、楢崎はデスクに手を伸ばす。

パイプ置き場に飾られた海泡石のパイプ。長年使いこまれ、琥珀色に染まったそれを取ると、湿度管理された保管庫から葉を取り出し、軽く詰めてマッチで灯す。

ゆったりとした煙を柔らかく吹かす。紙巻のようにスパスパと忙しなく飲み込むのではなく、近代の愛煙家たちが好んだように、己をリラックスさせるための手段として。

「だとしたら、今頃――かな？」

紫煙の中、静かに呟いた時。

同日、同時刻、同じ街の、異なる場所で。

その懸念は、実現する。

＊

都内某病院、集中治療室。

包帯を巻かれ、無数の管で医療機器と接続されて眠る少女。

あまりに痛々しい娘の姿、それでも涙をこらえて見つめ続ける両親。

娘が犯した罪を知っている。償う覚悟もしている、だが――……。

「SNSに、書き込めないの」

「やっぱりか。……私もだ。どうなっているんだろう」

手にしたスマホ、表示されたSNSのホーム画面は無慈悲に《凍結中》。

事件が発覚し、娘が病院に運び込まれ、数々の証拠を示されて、罪に問われぬとはいえ無数の殺人、破壊行為を立証されて、その罪を贖うべくSNS上で告白した、直後。

公開から数秒のレスポンスで画面は凍結され、数日間そのままだ。

「本社に問い合わせたんだが、聞いてもらえないいんだ。役所かな……」

「わからないわ。警察はどう言ってるの？」

「『そんな事件は起きていない』の一点張りだ。……どうしたら、いいんだ……！」

罪は認めない。

罰は与えない。

まるですべてから目を背けるかのように。

罪人とその父母は社会から弾き出され、この小さな病室で肩を並べている。

チク、タク、チク、タク……。

「あれ？」

今時珍しいアナログの時計音に、ふと父親が気付いた。

音の源を探す。周囲を見渡し、ベッド脇の医療機器の傍に、場違いなケーキの箱。

つい先ほど、様子を見に来た看護師がここに立って――。

そう思い出した父親が、ケーキの箱に手を伸ばした、その時だ。

「忘れ物、か……？」

――爆発。

ケーキ箱に仕込まれたアナログ時計と連動した高性能火薬の炸裂。

集中治療室。耐テロ、耐爆設計が功を奏し、衝撃波は外部に漏れず、破壊は室内限定。

黒煙と火災、自動消火装置のけたたましい響き。絶叫、異臭、灼熱。

被害者は3名。

連続轢殺犯《轢き逃げ人馬》こと都立アカネ原高1年、池田舞。即死。

その父母、即死。死因は仕掛けられた爆弾によるもの。

事件後3分で犯行声明がダークウェブ上に掲載。くどくどと書き連ねられた政治的要求。

男女平等、性的マイノリティに救済を、あらゆる差別と闘う、うんぬんの決まり文句。

わざわざ病院の重症患者とその家族を狙った理由は一切語られず、警察の事件ファイル内で要調査の項目に追加された後は、数名の反体制ゲリラが摘発され、犯行を自供。

――隠蔽。

とある看護師のスマホ。

ＳＮＳ画面の個人メッセージに届く秘匿メッセージ。

『おめでとうございます。社会秩序貢献Ａ＋、達成されました。
信用スコア＋１０００。特別賞与、本社医療部への昇進が付与されます』

『新時代の秩序のために
ご協力に感謝いたします。――Beast Tech』

真実とは、それを語る者が不在ならば、嘘によって書き換えられる。
超管理社会における、それはあまりにグロテスクな《普通》だった。

用語解説

CONFIDENTIAL

01. WORD

特殊永続人獣（トクニン）

02. MEANING

■　太古の幻想種の末裔たち。人権は制限されており、すなわちルールには縛られないが、当然保護もされない、社会の逸れ者。

03. IMAGE

MAN-BEAST

01. WORD

幻想種（ファンタビ）

02. MEANING

■　神話伝承に語られる古代の怪物。そんな伝説上の怪物へと姿を変えることのできるサプリが存在するという巷説が、まことしやかに語られている。

03. IMAGE

NOT FOUND ???

CONFIDENTIAL

用語解説

01. WORD

怪物サプリ

02. MEANING

■■■■ 肉体を一時的に獣化させる魔剤。市販サプリは変身先を特定できず、《肉食》フレーバーを選んだとして、犬か狐か狼かまでは任意に選べない。■■■■■■■■

carnivore

herbivore

reptiles and amphibians

03. IMAGE

01. WORD

仮面舞踏街（マスカレード）

02. MEANING

管理社会のガス抜きのために承認された《怪物サプリ》合法特区。現在の秋津洲（アキツシマ）において、匿名性を得られるのはこの街だけ。

03. IMAGE

NOT IMAGE

2nd chapter

ＪＫバニー狩り（ハント）

JK bunny hunt

いついかなる時代であろうと、宗教や情勢によって形は変われども。

ヒトが社会性を保つ限り、失くした大切な誰かを悼む葬儀、祭礼が絶えることはない。

秋津洲、京東某所の催事場は宗教的な色彩こそ排除されているものの、白布で包まれた遺体を納めた棺を3つ並べ、ささやかな花を供えた壇に、鎮魂の想いがよく表れている。

「よう」

「寂しいもんだな。オレたちだけかよ？」

「来てくれたんだ、ありがと。一応、遠縁の人に連絡はしたみたいなんだけど……」

制服姿、車椅子に座ってたったひとり。

かつての轢き逃げ人馬。陸上部の後輩、アカネ原高1年、池田舞とその両親の葬儀に参列し、その死を悼んでいるのは賣豆紀命と、今しがた現れた奇妙なふたり――。

特殊永続人獣にして転校生、霞見零士と頼山月の、たった3人だった。

「会ったこともない親戚の葬儀なんか出たくない、ってさ」

「……きついな」

命の投げやりな言葉に、零士はただそう答えることしかできなかった。

最初に問いかけた月もまた、痛ましげに並んだ3つの棺と遺影を眺め、静かに頷く。

病院の爆破テロ。その情報が耳に届いたのは数時間前だ。その頃には葬儀の手配が終わり、この場もあと数十分で撤収、火葬された遺体はロッカーじみた公共墓地に合葬される。

あまりにも突然の出来事に、半ば呆然と――

「……後輩はさ。絶対許されないことをしたよ。法律で裁かれるのは、しょうがない」

覚悟していたことだ。

凶行の引き金となった自分も同罪として、背負うつもりだったのに。

「やったことを考えりゃ、死刑になったっておかしくないでしょ。たとえ罪に問われなくても、一生抱えなきゃいけないことだ。けど……こんなのって、ないよ」

悔しさに手が震え、握りしめた拳が震える。

そんな彼女の傍に立ち、人狼の姿なら尻尾を丸めてクンと鳴きそうな月。

零士は平然としているように見えたが、遺影を眺める眼には複雑なものがあった。

「おかしな気分だ。せっかく助かったのに、こんな形で消されるなんてな」

「そりゃそうだろ。……話したこともねーし」

いかに理由があろうとも、彼女が殺人犯であることに違いはない。

過剰な同情の余地はない、といえばそうだ。しかし家族のサポートを受け、罪を償うために動こうとしていた矢先の出来事だけに、心に棘が突き刺さったような痛みがある。

そしてそれは、身近な人間であるほど鋭く深く、痛むのだろう。

「どうして、あいつは死ななきゃいけなかったの？　病院ごと爆破されるとかさ……無いわ。テロだとか警察の人が言ってたけど、マジでそうなの？　ねえ！」

命の叫びに、特殊永続人獣たちは、答えない。

「……教えてよ。お願い……！」

「教えたくても、何も知らない。……答えようがないんだ」

「俺ら、警察じゃねえもんな。街を出ちまったら、市民権もまともにねえくらいだ」

泣き崩れるような懇願に、ふたりは答える術がない。

仮面舞踏街の中でなら、害獣駆除を名目に治安維持活動を行う権限が会社にある。

ふたりはそれを委託され実行する立場だ。が、街を出てしまえば、その立場は企業に身元を辛うじて保証され、最低限の社会参加が認められているだけの《動物》に過ぎない。

故に、この病室爆破による一家惨殺事件に対して本来、何も答える術はない……が。

「これはあくまで想像だ。根拠はない。が……口封じの可能性が考えられる」

「口封じ？　何それ、どういうことよ⁉」

考え込む癖か、こめかみをトントンと指を叩きながら言う零士を、命はキッと見つめる。

「命。犯罪歴はあるか？」

「は？　あるわけないでしょ、そんなの」

「なら知るはずもないか。この国で、仮面舞踏街以外での犯罪は——徹底的に、追及される」

治安維持は国家が担う最重要の役割のひとつだ。

特にこの超管理社会において、その体制を揺るがす可能性のある犯罪行為は断固たる対処が求められ、発達した犯罪抑止、捜査、逮捕は極めて強力に推進される。

「現場周辺の監視カメラ映像と顔認証、ＳＮＳ行動履歴。市民権を持つ人間が犯人なら、全部回避して逃げ回るなんて不可能だ。確実に捕まるし、今回は手口が危険すぎる」

「そりゃヤバいでしょ、爆弾だもん」

「ヤバさのベクトルが違うんだって」

想像するだに嫌なのだろう。うげえ、と苦いものを噛んだ顔で月が続く。

「普通に暮らしてるとわかんねーけど、仮面舞踏街の外じゃ武器の不法所持は超重罪だぜ？　爆弾とかその原料はもちろん、造ろうと企んでいるのがバレただけで捕まっちまう」

「実行しなくても、ってわけ？」

「もちろん。だもんでこの国じゃ、外国と違って爆弾テロなんてメチャクチャ難しいんだよ。現場はナノ単位で調査されて、部品のカケラや残った爆弾の成分、全部調べられっからな」

そのハードルを越えて、テロを実行するには——反政府、反体制組織。

単独の犯罪者ではまず不可能なレベルの資金、技術、あらゆる支援が必要なはずで。

「そんなトンデモ軍団が狙うのが入院中の犯罪者とその家族だと？　まともに立件すら怪しい女子高生を吹っ飛ばすより、もっと優先して狙う標的がいくらでもあるだろう」

おかしい、あまりにも。

「つまり、狙われる理由があるとしたら《轢き逃げ人馬》がキメていた……幻想サプリ絡みだ。そうしたテロ組織が薬を流し、逮捕されたと知って口を封じた可能性はある」

そう推理する零士だが――思わぬところから、異論が寄せられた。

「そんな組織が実在するとして、未だそれが逮捕されていない、という事実」

パキッ、と指を鳴らして、大きな弔花を抱いた男が現れる。

着崩した高級ジャケットにタートルネック、知性と遊び心を捏ねた紳士のような――

「それそのものが異常だね。なかなかいい推理だとは思うケド」

「社長⁉」

「そうだよ、社長だよ。やっぴー♪」

適当かつ軽薄な挨拶。海外俳優じみたイケオジ顔から繰り出されるギャップがおかしい。

だが、葬儀の場でそれはまったくウケずに浮き上がり、場には嫌な沈黙が降りた。

「おやおや、ウケなかったか。場を和ませたかったんだけどね」

「和むか‼　何よオッサン、イラつかせに来たの⁉」

花を宗教色の排された祭壇に捧げ、手を合わせてから振り返った男に、命が突っかかる。

「違う違う。そうだねえ、この超管理社会で国家権力がどれほどヤバいか、法を犯したことのない普通の市民では、まず理解できないだろう。ま、結論から言うと……」

この国、秋津洲において。

「個人情報に紐づいたSNSが義務化された社会、信用度が数値化され、可視化された時代。

今やテロリスト、犯罪行為に至る可能性のある人間は、社会が事前に弾き出す」

犯罪、ないしそれに類する迷惑行為。

いかなる犯罪者も最初は微罪に始まり、社会に排斥され、エスカレートしていく事例が多い。

その芽を徹底的に摘むシステム。微罪が蓄積し、信用度が下がれば、治安組織にマークされ、AIによる自動監視、行動ログの精査によって、予防的な逮捕すら執行対象となる。

「つまり罪を犯す前、その準備や計画の段階で捕まるのさ。これを逃れるためにはSNSを一切使うことなく、行政サービスや社会インフラから外れた状態で生活するしかない」

「……それって、まともに暮らせないでしょ？」

突然現れた《幻想清掃》社長。

楢崎に、命は行政から外れた生活を想像して答える。

「信用決済が使えないんじゃ、まともに通信料も光熱費も水道料金だって払えない……部屋も借りられない、食べ物だって現金払い以外ダメになる。原始人じゃん、そんなの」

「そうなるね。山奥でウホウホ言いながら暮らせる可能性はあるけど、そんな連中がわざわざ爆弾なんて造って、大都会の病院を爆破できると思うかい？」

「いや無理よそんなの。そもそも電車もバスも乗れないわよ」

移動時のSNS、顔認証などで弾かれ、逮捕されるのがオチだ。

「そういうことさ。この社会における犯罪は、事実上不可能だよ。少なくともテロの実行犯が逮捕されるどころか手がかりも掴めず、一切の報道もなされないとか、ありえない」

「……陰謀論じみてきたわね。何、国がもみ消してるとでも言うの？」

「その通り。わかってるじゃないか」

「は⁉」

ありえないだろうと思って適当に出した答えを、楢崎は呆気なく肯定する。

「轢き逃げ人馬の一件を社会問題化したくない、そう考える権力者は多い。問題や犠牲は多くとも、管理社会のガス抜き、必要悪としての仮面舞踏街を潰しかねないからね」

「だからって、あいつを……家族ごと殺したって言うの⁉」

「そういうことだ。別にそれが正しいと認めているわけじゃないが」

被告人の殺害。訴えるべき原告の消去と社会秩序に挑戦したテロリストの逮捕。

「そういう物語が動きはじめている、ということさ。たぶん近日中に過激思想を持つ人物か、あるいはグループが検挙され、今回のテロの実行犯として処理されるだろう」

「冤罪で……か。胸糞悪いな、根本的な解決になってなくね？」

口を挟む月に、くすりと楢崎は意地悪く笑う。

「そうかい？　国家政策を脅かす問題を発生前に潰せた。ついでに不穏分子の掃除もできる。根本的解決じゃないか。正義とか道徳とかの概念さえ気にしなければ」

「一番気にするとこじゃね、そこ⁉」

「ばれなければ、証拠がなければ――ＳＮＳに記録されなければ、すべては闇の中だ。無かったことになるものさ。国家が広めた物語の信憑性を、君たちが覆せる可能性は無い」

近代における最先端の《戦争》。メディアを通じた戦いにおける概念。

認知戦。自陣営の都合のいいストーリーを広め、正当性を演出して支持を得る。

「かつての宣伝戦、プロパガンダから発達したものさ。ＳＮＳとメディアを完全に握り、国家の管理統制を強めている現政権と、それを支持する国民の意思に逆らうのは、まず不可能だよ」

「……こんな場所でする話なの、ソレ。政府批判とか炎上モノでしょ」

この社会における『炎上』は、ネット黎明期のそれより遥かに重い意味を持つ。

ＳＮＳ上で寄せられた意見はＡＩによる監査を経て信用スコアに反映され、社会的、経済的制裁を受けることとなる。文字通り、己の社会的地位に火を放つのと同じ行為だ。

しかし、楢崎は涼し気な顔で、怯む命に微笑みかける。

「おやおや、心配してくれてるのかい？　気にしないでくれたまえ、この場の会話は他の誰にも聞こえていない。そういうふうに対処している、と考えてくれたまえ」

「は？　何それ、仕切りも何も無いんだし、聞こえるでしょ普通」

「できるんだ」

胡散臭げな命に、零士が口を挟む。

「社長は死ぬほど胡散臭いし、詳しい説明はし辛いが——そういう事ができる人なんだ。この場の会話が漏れることはないと思っていい、だから言うが」

霧の怪物たる彼が《空気》——この国特有の文化を好かない理由。

「外国と違って、この国の自由を縛ってるのは国民自身の《常識》だ。ノーマスク、飛沫を飛ばしながら大声でしゃべってるやつを見て、命はどう思う？」

「は？　汚いオッサンだと思うでしょ、そりゃ」

「それが作られた《常識》だ。マスク着用を国家が法で義務付けるんじゃなく、感染リスクを感じた国民自身がそれを望み、SNSで未着用者を炎上させ、望んで罰を下している」

マスク着用そのものは否定しない。むしろ感染対策には非常に重要だ。

「——今回の事件も似たようなものだ。痛ましい事件、犯人への罰を望む国民の意思を反映し、直ちにそれらしい奴が裁かれる。いかにもやりそうな、酷い目に遭うべき人物を」

「大昔、罪人の処刑は娯楽だった。ギロチン台の周りには犯人の動機や極悪非道の手口をある事ない事書き立てたパンフレットや、軽食やお菓子の屋台まで出ていたそうだよ」

零士の言葉に乗っかるように、楢崎が嗤う。

「現代において、正義は娯楽だ。それっぽい奴をまず叩いてから、ゆっくりと真相を暴く——。別に放置するわけじゃない、真犯人は捕まると思うよ？　本社絡みでなければ、だけど」

「本社って。……あんたたちの親会社よね」

「Beast Tech──パンデミック後に大躍進した総合企業。ぶっちゃけた話、今回の事件の大本は幻想サプリの流出を許した彼らの落ち度だ。もし池田舞さんの治療がうまくいって、彼女の証言が明らかとなれば、管理責任が大いに叫ばれることだろうね？」

洒脱な示唆。それが意味することが、わからない命ではなかった。

「じゃあ。……あんたんトコの会社がやった、っての⁉ 爆弾⁉」

「可能性はゼロじゃないかな？ ってところだネ。怪物サプリや群衆マスクを中心に、本社の影響力は本邦全域に及んでいる。政財界、警察、ＳＮＳ世論操作もお手のもの」

つ・ま・り、とリズムを取るように。

「国家、国民、本社。表裏からこの国を治める力のすべてが、今日の葬儀を以て彼女の死と、幻想サプリ流出による轢き逃げ人馬事件を解決させようと動いているわけだ」

「だから、諦めろっての？ ……ふざけんじゃないわよ、おっさん‼」

強い眼でまっすぐ、命は楢崎を睨む。すると彼はぱたぱたと手を振った。

「そうじゃないさ。つまり、まともなルートでこの事件は追えない、ってことだね」

「回りくどいな。手短に」

「そうそう、社長。いっつもぐちゃぐちゃ喋るからガチ嫌がられるし」

口々に部下、零士と月に攻められ、楢崎は驚いたように。

「え？ マジかいそれ。私嫌われてる？ 愛され社長だよね⁉」

「……妄想だな。誰がこんなになるまで放っておいたんだ」

「病院行った方がいいスよ、社長。もしくは給料上げるか」

「この不景気に毎月ちゃんと給料払ってるだけでも感謝して欲しいんだけどなあ。安いけど」

「ボヤきはいいわ。事件を追う方法、他にあるの⁉」

まともなルートで追えないのなら。

まともではないルートなら、この事件を追える、と。楢崎は言外に匂わせていた。

「外の警察や探偵では無理だね。だが我が《幻想清掃》は仮面舞踏街内の犯罪抑止、治安維持、街路清掃がお仕事だ。危険極まる幻想サプリ、その入手経路の特定や被害者の調査」

「大したもんね。おたくの親会社が黒幕じゃなければ」

「おお、なんということだ。そんなことがあるはずがない！　本社の潔白を証明するために、忠実な犬である僕たちが働こうじゃないか。けれど困った、予算が足りない！」

まるでスポットライトを浴びる俳優のように、楢崎はくるりとターンして。

「っかー！　予算さえあればなあ！　調べるんだけどなあ！　悲劇だね！」

「……金を払えばいいわけ？　あんたんとこのクソ本社が黒幕だったとして、あんたらはそれをキッチリ追いかけて、筋道たてて追い込んでくれる、って。信じていいわけ？」

「本社の潔白を証明するのも仕事だからね。まあガチでヤバいものが出て来たら悲しいけど、その時は隠蔽に関与していた上が責任を取って、ポストがいくらか空くわけだ」

それは嫌らしく、生臭い話。

「話の持っていき方次第で、僕と《幻想清掃》には大きな利益がもたらされるだろう。この件をどう騒いだところで、潰すのは不可能だ。それをやったらこの国が潰れるからね」

「……隠蔽を指示したヤツは、ブッ飛ばせる？」

鋭い眼。覚悟の面持ちで、命はその醜さに立ち向かった。

「可能性はある、とだけ答えよう。我が社のお客様満足度はそれほど高くないからネ」

「偉そうに言うこっちゃねーっスよ、社長……」

ぼやくような月の突っ込みをよそに、命は喪服のポケットを探る。

「女子高生のお小遣い程度で動くほど、うちも安くは――」

「それで上等よ。金なら出すわ」

言いかけた、その時だ。

「2億でどう？」

「全力で調査したまえ、諸君！」

「おぉいっ⁉」

つきつけられたスマホ、銀行アプリの預金額に、楢崎はコロリと掌を返した。

「調子よすぎだろオッサン、何即転がってんだよ⁉」

「安くないんじゃなかったのか……。というか、こんな大金、どこから持って来た？」

「エリート女子陸上選手、ナメんじゃないわよ。あたしを撥ねたクソからたんまり絞った保険金、示談金、その他いろいろ」

ひとりの人間の命。右脚と、スポーツ選手としての未来の代金。

そのすべてをつきつけ、迷うことなく差し出し。

「――全部渡すから、正式な依頼にして。幻想サプリなんてものを撒いたヤツ、後輩と家族を殺したクズ、探して。いるんでしょ、あの街か、あんたの会社のどっかに！」

「大丈夫なのかよ、大事な金じゃん……。あとあと生活に困ったりしねえ？」

「問題ないわ。親が金持ちだから」

「ぐうの音も出ねえ‼」

大いなる経済格差を見せつけられて止める声を無くす月の肩を、楢崎がポンと叩いた。

「さて。依頼人が現れた以上、これは立派な仕事だよ、特殊永続人獣諸君！」

まんまと仕事を得たせいか、貴族的な顔を俗物じみてニヤつかせ。

「信頼できる情報筋から得た話によると、本社から開発中のサプリ――それも希釈前の原液が4本盗み出されたそうだ。今回の《轢き逃げ人馬》は恐らくその内の1本だと思われる」

「ってことは、あと3本⁉　マジか、そんなにあんの⁉」

「マジだよ。幻想種は本来、ヒトの器に収まるようなものじゃないからね。うかつにキメようものならただちに暴走状態に陥り、全能感から大惨事を引き起こすだろう！」

浮かれたようなタップダンス。ブランドの革靴、踵をカカッと鳴らして。

「それを防ぎ、街の平和を守るついでに陰謀も暴く。実にいい仕事じゃないか！」

「……完全に乗せられたな」

大袈裟にポーズを決める社長をよそに、零士は命に語りかける。

「社長はあんたと本社、両方から金と利益を引っ張る気だ。やめるなら今だぞ」

「ふぅん」

それがどうした、と言いたげな命。

「あたしの報酬2億、零士たちにはいくら入んの？」

「ゼロかな。会社として給料払ってるからね！」

「……せめて半分、1億はこいつらに渡して。成功報酬よ、その方がやる気出るでしょ？」

「マジ⁉」

その言葉に、貧しき少年たちがギシリと固まった。

「い、いちおく……っておい。いくらだよ、何買えっかな、零士⁉」

「落ち着け、たかが1億だ。慌てずに1億。……とりあえず」

慌てふためき袖を引く月に、零士は。

「――松野屋で特盛に卵がつくし、バネの飛び出たベッドも新品にできるな」

「マジかよ！　か、金持ちじゃん……⁉　すげェ‼」

「それもIKUAのじゃない。《良印》のヤツだ。新品のシーツにマットも」

「オイオイオイオイオイ!! やる気がマジ出てくんじゃねえか、相棒!!」

「ああ。……悪くない」

生活水準の低さを露呈したふたりに、じとりと命は彼らの雇い主を睨んだ。

「もちょっと給料上げてやったらどう？ ド貧乏じゃない、おたくの社員」

「経営者として耳が痛いね」

まったく辛そうにない薄笑い——楢崎は場を見渡し、〆の言葉を口にする。

「いいだろう。本件は2億で《幻想清掃》社が請け負った。後ほど正式な書類として契約するとして、とりあえず手付として半金、1億振り込んでくれたまえ」

「ボりすぎでしょ、社長……。まだ何もしてねーのに億っスか？」

「口約束なら何とでも言えるからネ。彼女の覚悟が見たいんだよ、僕は」

笑いながらも鋭く深く。油断ならない面を社長は覗かせる。

「これは正当なビジネスだよ。君たちの給料を払う経営者としては当然のことだろう？」

「試すつもりなら、無駄よ。こんなもんただの数字、未練なんか無いわ」

迷うことなく勢いのままにスマホを操作。

提示された振込先に、自らの口座から振り込み操作——並ぶ9ケタの数字。

「振り込み終わり。きちんと仕事しなさいよ、手ぇ抜いたら後悔させちゃるわ」

「おお、怖い怖い。だが即断即決素晴らしいね。いいだろう、契約成立だ！」

自らもスマホを取り出し、残高を確認すると——喝采を浴びた手品師のような笑顔で、楢崎はパンと両手を叩き、自らの社員たちに向き直る。

「業務内容は幻想サプリ流出事件、および加害者爆殺の調査、犯人特定、しかるべき《処分》と規定。任務達成の暁には報酬の半分、1億が諸君らの取り分だよ」

「……い、いちおく。ほげぇ……。現実感ねえなあ、ンな数字」

「経費は？　捜査に資金が必要な場合の処理を決めてほしい」

目を剝く月、やや冷静さを残しつつ、細かい条件を詰める零士に。

「捜査費用として手付の半額、5000万を出そう。秘書のネル君に領収書さえ出せば、自由に使ってかまわない。その分は折半で会社と君らの報酬から差っ引く計算だ」

「つまり……経費を使い切ったら、社と俺達の取り分は、7500万か」

「そうなるね。ま、所得税やら何やら面倒な処理がある分目減りするけれど、まとまった額が君らのポッケに入る計算だ。少なくとも、わが社の通常業務より遥かに稼げるね」

特殊永続人獣たちの目の色が変わる。

感情的な義憤に大義名分、そして利益が付与された結果。

それは資本主義社会に生きる怪物たちの意欲に燃料をくべ、二人は静かに頷き合った。

「了解。その仕事、確かに請け負った」

01 《プチ》疑惑

――《轢き逃げ人馬》こと都立アカネ原1年、池田舞とその両親の葬儀の翌日。

「で？　さっそく捜査を始めるんでしょうね。金払ってんのよ、こっちは」

「任せろ」

放課後の教室。

命の車椅子を囲み、青空を映す窓を背負うように立つ零士と、行儀悪く屈んで座った月。

３人が今後の方針を話し合おうとすると、そそくさと他の生徒たちは姿を消していく。

「なあ。……なんかオレたち、避けられてね？」

「柄悪いのよ。その座り方とか、昔のドラマとかでバカがやるやつでしょ」

「そうかもしんねーけどさあ……椅子ないじゃん。他の人の席借りるの悪いでしょ？」

「立ってれば済む話だろ」

「一番いい窓際ポジ確保しといてそれかよ⁉　ひっでー、ひっでー！」

ぶうぶうと文句を言う月。零士は意に介すことなく話を続ける。

「幻想サプリの入手経路を探る」

率直な方針。

「本社が関係者の口を封じてまで訴訟沙汰になるのを止めたのは、そこを深掘りされると困るからだろう。なら、徹底的に嫌がることをしてやればいい」

「性格悪いわね、あんたも。そういや舞の家とかは調べたの？」

「逮捕後すぐに。目ぼしい手がかりはなかったが、夏木原駅ロッカーから池田舞の私物が発見された。着替えや教科書に混じって《幻想サプリ》の使い残しを押収している」

プリントされた数枚の写真を提示。悪ノリしたらしい楢崎のピースサイン。その背後に写る重厚な机に制服や下着がキチッと並び、中心にプラスチックの瓶がある。

「これ？　……見た目地味ね。もっとヤバい感じかと思ってたわ」

「製造過程はファンタジーだが、工業製品だからな」

ゴムの栓がされたプラスチックの瓶は、注射用の薬剤を入れるバイアルだ。

栓に注射針を刺し、薬を吸い上げてそのまま打てばただちに効果を発揮する。

「未使用の注射器と針もあったが、大量生産品で流通過程を追うのは難しいだろうな」

「……こういう器具って簡単に使えるもんなわけ？　あたし自分で注射とか無理だけど」

「注射器といっても技術が進んでいるからな。素人でも扱いやすい」

針は極細、苦痛も出血もほとんど無く、簡単なレクチャーで扱える。

「幻想サプリはまっとうな薬じゃないからな、血管に打つ必要もない。最悪、そのまま飲んでも一定の効果を発揮する。適当に皮膚に打ち込むだけだから、楽だよ」

「詳しいのね。経験者みたいだわ」

「似たようなものなら、毎日扱っているからな。仕事でも、プライベートでも」

「物騒な話だわ。雇っといて何だけど、あんたたちも十分ヤバいじゃない」

呆れたような命に、零士はクスリと笑う。

「正々堂々と戦う光の戦士がお好みか、スポンサー？」

「ケンカ売って来たバカを殴れるなら釘バットでも光の剣でもいいわよ」

「ひってえ会話だ。釘バットかよ、オレら？」

ぼやくような月に、

「釘バットに、１億の値がついた。俺達はその価値を証明しなければならない」

「……だな。そんだけ出すなら全自動ぶん殴り機能くらい期待するわ、オレなら」

「それが俺達だ。命は動かなくていい。動くのは俺達だ。報酬分、それ以上の働きを示す」

仕事モードとでも言うのだろうか。

今の零士に命と出会った時のような感情的な態度はなく、あの夜目撃した人馬狩り――

怪物を狩る怪物の、冷酷さ。

ぞくりとする凄みのようなものを感じつつ、命は口を挟む。

「で、具体的にはどうするの？」

「轢き逃げ人馬こと池田舞、彼女の足取りを追う。普段の素行、仮面舞踏街での行動、接触者。どこかでサプリを流した黒幕との履歴が見つかるはずだ」

「なー、命ちゃん。足の事故って去年の冬だよな？」

「そうだけど、関係ある？」

唐突とも思える月の疑問に、古傷を擦られたと感じた命が不快感を示す。

「あり寄りのあり。池田さんの動機……少なくとも最初のきっかけは、慕ってた先輩を襲った不幸な事故っつーか、轢き逃げ犯への復讐。これは大前提だろ？」

「……そうね。それは嘘じゃない、と思う。たまにいるでしょ、暴力にブレーキが無いバカ」

家庭で、生活で、拳で、言葉で、権力で、他者を攻撃するのに躊躇がないタイプ。

「けどあいつは、そんなんじゃなかった。理由がなきゃ、虫も殺せないヤツよ」

命が知る限り、池田舞に暴力的な傾向はなく。

それだけに数々の証拠を見てもなお、本人の暴挙を目撃するまで確信が持てなかった。

「池田さんって、どういう子だったんだ？」

「内向的っていうのかしら。友達いないタイプよ、かなりの陰キャ」

命は微かに目を閉じて、失くした思い出を偲ぶ。

「けど――気が合った。ほらあたし、性格悪いでしょ」

「それは間違いないな」

「ちっとはかばいなさいよ。……ま、その性格悪いあたしを、あいつはやたら尊敬してたの。速い、強い、カッコいいって言ってくれた。まるで、憧れ(あこが)のアイドルみたいに見てたのよ」

尊敬と愛情で築かれたガラスの彫像(ちょうぞう)。

だが砕(くだ)けて、二度と戻(もど)ることはなく。

「あたしが轢(ひ)かれたあと、見舞(みま)いに来たあいつはずっと泣いてた。走れなくなったあたしの倍もわんわん泣いて、犯人を殺してやりたいって、ガチで言ってた」

「幻想(ファンタビ)サプリを手に入れても、轢(ひ)き逃(に)げ犯を直接狙(ねら)わなかったのは何故(なぜ)だろうな」

「あたしが教えなかったからよ。そりゃ住所や名前くらい知ってるけどさ、それ言ったらあのバカ、本気で殺しに行くかと思ったから、教えなかったの」

「調べるようなツテもなかった、か」

「もし教えてれば、轢(ひ)き逃(に)げ野郎(やろう)が殺されるだけで済んだのかしら？　………って」

自分の言葉に傷ついたように、命(メイ)はキッと唇(くちびる)を結んだ。

「ごめん、バカなこと言った」

「……ああ」

もし伝えていれば、轢(ひ)き逃(に)げ人馬(ケンタウロス)は犯人を直接狙(ねら)って殺したかもしれない。

だとしたらそれは命(メイ)の意思であり――友達を利用した間接殺人で。

「クズ、死ねとは思うけど殺す気はないのよ、あたし。それやったらあたしもクズだわ」

「そうだな」

だが、とクッションを挟むように呟いてから、零士は続ける。

「きっかけになった事故は去年の冬だ。それから今までかなり時間が経っている」

ヒトは冷めるものだ。

燃え上がった復讐の熱もいずれ衰え、下火になっていく。

「なのに彼女は犯行に及んだ。正直今更ってタイミングだろ？　何かあったんだ、事故から今までの間に、復讐を実行できるだけのきっかけが」

「……幻想サプリか？」

「恐らくは。ここ数か月の池田舞、その足取りと接触した人間、仮面舞踏街での立ち寄り先を調べれば、何らかの手がかりがつかめる可能性は高いと思う」

月の問いに頷くと、零士はもたれていた窓枠から背中を離す。

そのまま教室の出口、非接触型の半自動ドアを開きながら歩く背中に、ふたりがついてきて。

「どこ行くのよ？」

「陸上部だ。命の古巣だし、池田舞が印象通りの陰キャなら、クラス内より共通の話題がある部活の方が人間関係が作りやすい。最近の彼女の情報があるかもしれない」

「意外と頭いいわね、あんた」

「入試の成績は月より良かったからな」

「ちょっとじゃん！　3点くらいだろ⁉　大した違いねえし！」

自然と車椅子の前後を挟むように、エスコート。

前を進む零士、真ん中をキコキコ車輪を回す命、最後尾をいく月が列を作る。

古典ゲームのパーティじみた奇妙な一行に、すれ違う生徒が妙な顔をしたが――

「最近、陸上部に顔は出したのか？」

「行ってないわよ。ロッカーに入れっぱなしだった私物、こないだ取りにいったっきり」

「例の証拠を見つけた時か」

命が血まみれの靴下や遺留品を発見したことが、事件に絡む発端だった。

「なら、池田舞のロッカーも調査できれば何か出てくるかもしれないな」

「下着とか漁る気じゃないでしょうね。クサいだけよ、あんなの？」

「知ってるよ。こないだ行った。そん時は特に何も無かったけどな」

ふっと漏らした月に、ギロリと命が振り返る。

「はあ⁉　何よそれ、勝手に女子のロッカー漁るとか、通報するわよ⁉」

「調査だっつーの‼　この学校の、部活に入ってる生徒。現場の目撃証言からそこまで摑めて、転校初日に片っ端から部室のロッカーだの何だの、こっそり調べて回ったんだ」

とんとん、と月は己の鼻を軽くつつく。

「こいつでな。命ちゃん、見つけた血まみれ靴下とか処分しただろ？　その臭いがロッカーに残ってたし、その流れで池田舞の靴箱とか、上履きなんかも嗅いだんよ」

「変なとこ嗅ぐイヌね……。変態っぽいわ」

「そのクズを見るような目やめてくんない⁉　仕事だよ、仕事！　なあ零士⁉」

「……擁護しにくい。仕事でも女性の体臭を嗅ぐことに違いはないし」

「あ、ひっで！　裏切ってんじゃねーよ⁉」

ジトリと横目に睨む命、弁解する月、我関せずと零士。

「それじゃ、最近の池田舞の情報は無いのか？」

「血まみれの靴下見つけたあと、部活仲間に連絡とって訊いたくらい。最近学校サボってて、特に放課後はほぼ来なくなってた。んで……」

部活に出ず、姿を消していた時期に。

「部活仲間の友達が、夏木原であいつを見たって話を聞いたのよ。あのバカ、あんな街で何かヤバいことやってんじゃないかと思って、あの日あいつを捜しに行った」

「そして、あれに遭遇か。……豪運と言うべきか？」

「踏み潰されかけたのって、ラッキーの枠に入れるもんじゃないと思うわよ」

会話を続けながら、3人は校舎を出た。

そのまま午後の傾きかけた陽に照らされて、校庭に出る。本格的な練習はまだなのだろう、スポーツウェアに着替えた陸上部員たちがアップを始めていた。

「何黙ってんのよ。さっさと話しかけたら？」

「いや。――待て、今気を練ってるんだ」

「そう。何つーかよ、ウケのとれるいい感じのタイミングとか、あるやん？」

そんな陸上部員たちを物陰に隠れて見つめる二人。腰が引けきった姿に。

「コミュ障か。陰キャすぎるでしょ、あんたたち」

「いや、未経験だしさぁ……。怖いじゃん？　こう、入れてくんなかったらマジ凹むし」

「ああ、予習してから挑むべきだな。月、おまえ陸上部役をやれ」

「え？　……おし、わかった。じゃあオレ陸上部！　えーと……何すんだ、陸上部？」

「走るんだろう。だがその前に俺が話しかけるわけだ。待て、今パターンを設定する」

「……おい」

呆れ切った目を向けていた命が、今度は大まじめに小芝居を始めた奴らを睨む。

「いい加減にしなさいよ、バカども。こんなんは普通でいいのよ、普通で」

「その『普通』がわからないからこんなことをしている」

「そうだっつーの！　えっと、オレが普通の人として、いきなり零士に話しかけられたら……。

まず通報だよな？　助けて、おまわりさーん！　的な！」

「完全に同意だが話が進まんな。……通報を避ける方法を考えるべきだ。何か無いか？　全裸で自転車に乗りながら登場するとか、股間でピアノを弾きながら話しかけるとか」

「全部裸芸じゃないの……。あんた、そういうのがツボなの？」

呆れ切った顔で突っ込むと、命は自ら車椅子を漕ぎ出した。

「話しかけるのはあたしがやるわ。あんたたち、ついてきなさい」

「ヒュー！　マジあざっす!!」

「助かる。ありがとう」

「……1億やるって言った時と同じくらいマジ感謝されてる気がするわ。どうなのよ、それ」

冗談で言ってるのならともかく、真剣なのが伝わるあたり救いようがない。

この二人組、特殊永続人獣たちは驚くほど世情に疎かった。仮面舞踏街という環境に特化したせいもあるだろうが、それ以上に単純な社会経験に乏しいように、命は感じた。

「命さん!?　……お久しぶりっす！　あざっす！」

「うす。今日、あんたらだけ？」

準備運動中の陸上部に近づくと、あちらから声をかけてきた。

リーダー格らしい、どこか蓮っ葉な雰囲気の女子が頭を下げる。他にも数名の部員がいるが、彼らは命とその後ろにいるふたりをちらちらと眺めるだけで、近付こうとはせずに。

「……何か命ちゃん、引かれてね？」

「あたし、入学以来当時の2年3年入れても一番速かったから。最速だったから」

「速さ本位制か……。さすが陸上部、速い奴が偉いんだな」

「まーね。つまり今のあたしはクソザコ枠だから、別に気にしなくてい－わよ？」

月と零士に返事をしてから、命は女子に振り返る。

頭を上げた彼女は、癖のあるショートカットをぶんぶんと勢いよく振った。

「マジ怖いんでやめとくっス！　ざっす！」

「……速さ以上に何かある気がするんだが、あの対応。暴力的な」

「気にすんじゃないわよ。で、あんたたち。何で舞の葬式、出なかったわけ？」

ストレートな糾弾に、陸上部女子たちがはっ、と顔を歪めた。

「だって、亡くなった場所が、場所だったんで……」

「顧問に止めとけって、言われたっス。不祥事だから、ヘタに騒いだら陸上部丸ごと大会出禁もありうるんで、ネット焼香だけしとけ、的な」

「薄情なもんだな。──仲間だろうに」

責めるというよりは、不思議そうに零士は言う。

「友達じゃなかったのか？　こういう部活仲間はもれなく親友だと思ってたんだが」

「……そういうのは漫画の中だけの話だと思うっスよ？」

「そうだったのか……残念だ。またひとつ《普通》を知ってしまった」

どこかしょぼんとした面持ちの零士に、陸上部の女子はうさんくさげな顔をした。

「変わった人っスね。まさか……命さんの、彼氏とか⁉」

「ンなわけないでしょうが。最近つるんでる連中よ」

ふむ、と顎に手を当てて考えてから。

「いろいろ事情があって、仮面舞踏街に詳しいの。舞が死んだ理由、原因、そのへんを頼んで調べてもらうつもり。このまんま放っておくとか、絶対ないから」

「評価、落ちますよ。そんなこと、バレたら……！」

「上等。ウチ金持ちだし、あたしひとり信用最低ぶっちぎっても死にゃしないわ。ダチを吹っ飛ばされて平気なツラできるほど、人間できちゃいないのよ」

ある種、傲慢な言葉。失うものなどない、失ったところで耐えられる。

そう確信した命の言葉に、陸上部女子は気まずそうに唇を嚙んだ。

「……みんながみんな、命さんみたいなわけじゃないっスから……」

「は？　普通でしょ」

「……それはねーな、うん」

「ああ。世情に疎い俺たちだが、命が普通は無い」

「っさいわ！　アンタらどっちの味方よ！」

気まずそうな陸上部女子、茶々を入れてきた零士と月を流すように、命が怒る。

本気ではない、突っ込みに近いニュアンス。それを陸上部員たちも理解しているのだろう、あまり場は険悪にならず、むしろ同情に近い眼を不審な二人組に向けていた。

「最近来た転校生さんたちですよね？　関係ない人たちに、内々の話はできないっスよ」

「そう突っ込んだ話はしなくていい。最近の様子、どこに行っていた、誰と会っていた……。その程度でいいんだ。細かい部分はこっちで調べる」

「はあ……。まるで探偵みたいっスね」

「残念。掃除屋だが――似たようなものだ」

少し警戒がとかれた様子の女子部員に、零士は十分に距離を置いてからマスクをずらした。隠されていた貌が暴かれる。黒と白の髪、ナイフのように尖った、されど刃紋の整った刀のような眼元に、シャープな輪郭のライン。部活一筋の女子たちが、ざっとざわめく。

「……い、イケメンだからって騙されないっスよ⁉　あとで写真いいっスか⁉」

「あ、ズッル‼　わ、私も欲しい！」

「悪いが勘弁してくれ。顔が売れて得することは無いんでな」

そう静かに言ってから、零士はじっと女子部員を見つめ、圧をかけていく。

「命はヤバいヤツだと俺も思う。だが――友達の、後輩の理不尽な死に怒り、不正があるならそれを暴こうとしている。詳しくは言えないが、大金をかけて」

犠牲を払う。身銭を切る。それは覚悟の証。

「仲間を少しでも大切に思う気持ちがあるのなら、協力してくれ。頼む」

「そう言われちゃ、断りづらいっス。それじゃ……正々堂々、勝負っスよ！」

ビシッと強く零士を指して、陸上部女子は挑戦する。

「100m1本勝負。うちらが勝ったらイケメンさんの写真、頂くっス！」

「……その場合情報はなしか？」

「いえ、話します。イケメンさんが勝ったら写真はなしで知ってることは話すっス」

「勝負する意味あんのか？　それ……」

「イケメンをスマホに保存しときたいだけだわ。男っ気ないのよ、女ゴリラばっかだから」

「黙っててくださいっス命さん！　どうっスか、挑戦、受けるっスか⁉」

わっと盛り上がる部員たち。彼らの喝采を受けて挑戦してくる陸上部女子に――。

「――いいだろう。やってやるよ」

静かに零士は言い、位置についた。

＊

陸上部女子たち、そして仲間たちの歓声は――一瞬で終わった。

「おっっっそ‼　ビビるほど遅っせえ‼」

「強キャラぶってたのは何だったのよ⁉　クソザコじゃないの、零士‼」

「はあ、はあ、はあ……っ！」

　１００ｍ競走。結果、陸上女子代表、記録１００ｍ11秒。

霞見零士、記録およそ１００ｍ14秒。裁定不要――一目瞭然のボロ負け。

「紙一重だった」

「嘘つくんじゃないわよ。……あんた、こないだ空飛んでたじゃない。何で負けんの」

　額に汗を浮かべて肩を落とす零士に声を潜め、ポコポコと肩を叩く命。

「《人間サプリ》を朝打ったからな。キマッてる間……あと1時間はただの《ヒト》だ」

「いや普通以下よ。その顔でくそ運痴とかどうなの……？」

　呆れた面持ちの命。

　女子たちは約束通り汗ばんだ零士の顔をスマホで撮りながら。

「顔がいいだけにメチャ残念っス……」

「イケてる……うんち……イケっち……」

　滴る汗をハンカチで拭う零士に、女子の視線が突き刺さる。すると呆れ顔をしていた命は、
スマホを操作してある文字を表示すると、彼の眼前につきつけた。

「ちなみに勉強は？　これ、読める？」

　見せたのは《薔薇》――まあ中学生くらいなら普通に読めるか、という漢字。

「……わらび？」

「微妙にわかりにくボケてんじゃないわよ！　マジッぽくて怖……」

「草冠だから植物の名前だと推理した。ここまでは合ってるな？」

「マジだわ!!」

驚愕、ぷっと噴きだす笑い声。

漫才じみた呼吸に笑いを誘われ、陸上部女子たちが笑い転げていく。

「ぷっ……くくく……。や、やるっスね!!　そんなネタを仕込んでくるなんて……！」

「真剣なんだが」

「いや、まさかまさか。転校生、けっこう面白い人っスね、命さん」

「ま、そうね」

素っ気ない素振り。だがこっそり頭を抱えている月の顔を、命は見逃さなかった。

力強く手を伸ばし、襟首をひっ摑むと耳元に囁く。

「ギャグだと思われたっぽいけど……あれ、マジよね？　バカなの、あんたたち？」

「義務教育も受けてねーんだぞ、オレら。独学で高校受かっただけ褒めてくれっての！」

能力に関係なく、教育を受ける機会がなければどうしようもない。

特殊永続人獣として人間外の扱いを受けてきたふたりにとって、それは大きな問題だ。

「施設で勉強はしたけどさ、テキストは大昔の教科書、小学校から中学までバラバラのでよ。

先生もいないからネット検索と授業動画見ただけなんだわ、正直いろいろわかんねーの」

「その状況で高校受かるあたり、逆に頭良くない？」

地頭がいいのは確かだろう。正直、同じ境遇なら同じことができる自信は命にはない。

だが、それはそれとして。

「おっしゃ！　んじゃ、次はオレと勝負しようぜ。相棒の仇はオレが討つ！」

「え？　……えっと、いいですけど、あなたの写真はいらないっスよ？」

「いや、撮られたいわけじゃねえし⁉　ちっとはやるとこ見せとかないとさ、調査とかいったって説得力ないじゃん。オレが勝ったら、いろいろ話してくれると助かる」

「わかったっス。じゃあ、受けて立つっスよ！」

ふたたびスタートラインに並ぶ陸上部女子。クラウチングスタートに構える彼女と対照的に、コキコキと首を鳴らしながら、子供のかけっこのように立っている月。

正直、素人丸出しだ。普通に考えれば男女の差があったところで、陸上部女子に勝てる道理がない。ぶっちぎりの大差で勝つはず、と予測しながら――

「勝つでしょ、月っちゃん」

予想は外れる、と。

確信をもって、戻ってきた零士にそう告げた。

「俺は呼び捨てであいつはちゃん付けか。親近感が強いな」

「言いやすいのよ、その方が。ゲットチャンスで縁起もいいし」

「そういうもんか？　どうだろうな、あいつも走りは素人だ。負けるかもしれないぞ」

涼しい顔で言う零士を、車椅子の肘掛けに頬杖をつきながら命は見上げる。

「嘘下手ね、あんた」

「そうか？」

「うん」

スタートの合図が響く。大地を蹴る陸上部女子、見事なスターティング。

飛び出す。だが、一陣の風が彼女の真横を貫くように吹き、癖のある前髪を乱していく。

「……はああああああ⁉」

「はっっや⁉　黄色い流星⁉」

スポーツ用ですらない、ありふれたスニーカーが土を抉る。爪先を立てたおかしな走り方、だがほとんど瞬間移動じみたスピードで陸上部女子を追い抜くや、100mを走り切って。

「こんなもんでいっか。俺の勝ちだろ？」

「き、き、記録は⁉　何秒っスか今の⁉　あなた今すぐ入部してください即入部‼　超記録！　世界新！　オリンピック行けるっス‼　金メダル！」

「いや、悪いけどそれ無理」

最後まで走ることすら忘れて立ち止まり、月に憧れの視線を向ける陸上部女子。

月は汗ひとつかかず、頬を軽く掻きながら振り返ると。

「それって、ヒト限定だろ？　俺もあいつも、出禁だわ」

闊達な笑顔で、そう言った。

＊

残念なイケメンと認知された零士、陸上部女子の株は急降下しつつも一定値で固定。

顔はともかく超速い月――陸上部女子株、記録的な上昇。

モテてニヤける顔を必死で堪える月だったが、ここは仕事優先、と聞き込みを再開して。

「――うちの学校に、特待生枠ってのがあるんスけど……」

陸上部女子の証言が、始まった。

「あー、知ってる。補助金で授業料とか食費とか家賃とか免除になるヤツ？」

「詳しいな」

「申請できねーかと思って調べたことあんのよ。クッソ条件厳しくて諦めたけど」

語られた噂話。陸上女子を囲むイケメンと黄色いヤンキー。

ふたりをきょろきょろと見渡しながら、陸上部女子は話を続けていく。

「そうなんスよ。めちゃ優遇されますけど、成績落ちたら一発退学、ってくらい厳しくて……SNSの信用スコア、死ぬほど高くないと通らないって話っス」

「で、その特待生が、どしたん？　池田舞って子はそうじゃないっしょ？」

「はい。今ウチの学校にいる特待生なんですけど、最近変な噂があって――」

社会的信用とSNSが紐づいた現代に至っても。

不特定多数の出会いの場、人と人との繋がりを作る以上、負の側面からは逃れられない。

「《プチってる》って噂なんス……」

「何それ？」

「《プチH》の略っス。その、本格的なエッチじゃなくて、胸とかお尻とか触らせる感じのやつ。SNSで出会って、お小遣いもらって……」

「……はあ⁉」

驚きの声をあげる月。零士もまた、不快げに眉をひそめた。

「今時マジでやってんの⁉　ディープウェブでもねえSNSで⁉　絶対バレるじゃん！」

「信用スコアが下がるのが怖い子は絶対やらないっスけど、どこにでもその……落ちこぼれ、というか、もともとスコアが低い子はいるんで、そういう子がやるらしい、とか。

――詳しいことは知りませんけど、あくまで噂ってやつっス」

そんな風に、ためらいがちに陸上部女子は語る。

「で、その特待生と舞ちゃんが――部活に出てこなくなるちょっと前くらいに。何度か、一緒にいたのを見たことがあるっス」

「帰り道逆なのに、一緒の電車に乗って。夏木原の……あの街の駅で降りたとこを、知り合いが見てて。おかしいんじゃないかって、噂になってて」

「けど、誰も止められなくて。……ごめんなさい。ごめんなさい……！あんなことになるなんて、思わなかったんス……！」

最後は涙。感情があふれ、言葉を詰まらせる陸上部女子。

その話を聞いてからおよそ、10分後――。


「やらせてくれる特待生ってのは、あんたか？」

「驚くほど失礼ね」

放課後の校舎、とある廊下の片隅を歩いていた少女に、霞見零士は声をかける。

黒髪のセミロング、艶々とした濡羽色。

アーモンド形の大きな眼は強く輝き、突然現れた黒白髪の少年を胡乱げに眺めていた。

零士が持ったガラケーには、ＳＮＳの公開プロフィールのスクショ画像。

『国民登録番号XXXXX　京東都立アカネ原高校2-C』

『柿葉　蛍　賞罰履歴　特になし』

『16歳　誕生日　12月24日　趣味：読書』

『入試成績トップ　新入生総代』

『親族・係累・父母なし　生活援助・社会支援度：B認定』

天涯孤独の身の上、そして極めて優秀な成績、信用スコア。

それだけで非凡な人物だとはわかるが、本人を前にすると——

（とても、後ろ暗いバイトに手を出すような人間には、見えない）

キリリと伸びた背筋といい、こちらを睨みつける迷いなさといい。

（何か《やってる》やつは、たいてい心のどこかに負い目がある）

だからだろう。過剰に攻撃的になったり、刺激に対して過敏に反応してしまう。内心自分のしていることの危険性や犯罪性を理解しているからこその反射的行動パターン。

だが、この清く貧しく美しく賢そうな、言わば才色兼備の少女には……無い。

「怒らないんだな。ひっぱたかれる覚悟はしてきたんだが」

探るように訊ねてみると。

「今日、3人目だから。手が痛いわ」

「前ふたりは叩いたのか……」

蛍は呆気なくそう言って、左手で軽く素振りをはじめた。

「左、いけるかしら」

「検討しなくていい」

どこかずれたテンポが、不思議と噛み合ったような会話。

放課後の廊下で睨み合う二人の背後、廊下の角に身を隠して——

「……人選、間違ってない？　零士のコミュ力、思ったより最低だけど」

「まあ、そーだけどよ」

車椅子の命と、そのハンドルを握る月。彼らは《轢き逃げ人馬》こと池田舞が接触していた人物、柿葉蛍の聴取に出向いた零士の様子を、少し離れた物陰から見守っている。

「最初の零士と同じセリフでオレが声かけたらさ、シャレになってなくね」

「通報するわ」

「マジ凹むから即答すんなよ……いや、ガラ悪いのはわかってるけどさ？」

黄色い髪といい雰囲気と言い、話してみれば気のいい性格がすぐわかるとはいえ。

ヤンキー風の月よりはマイルドな接触ができると考え、零士単独で接触を試みたのだ。

「ぶん殴られる方に１０００円」

「あ、俺もそっちに賭けたいんだけど」

「賭けになんないわよ、それじゃ」

外野となったふたりはそう考え、零士がぶん殴られて交渉決裂を予測。

そのタイミングをしばらく待っていた……が。

「……なんか話、弾んでね？」

「嘘でしょ。あのクソ雑ナンパに引っ掛かる女がこの世にいたの⁉」

会話の内容までは聞き取れない微妙な距離から、二人は身を乗り出した。


「成績優秀、品行方正、才色兼備。トップ入学の優等生——

そんな彼女が、頼んだら《プチH》とやらをやらせてくれる、と聞いた」

骨董品じみたガラケーに送られてきたメールには、《幻想清掃》本社が検索したSNSログの解析結果がある。公表された情報を適切に検索、精査する試みは一定の結果を出していた。

「ここ……アカネ原高の1〜2年、主に男子の間で噂らしい。ディープウェブの学校裏サイト、もしくはSNSのダイレクトメッセージ上で広まっている、と」

個人情報と紐づいた公的SNSで誤った風説を流布した場合、信用スコアが減る。

それを恐れたのだろう、年頃の男子たちのセコセコとした、くだらないエロ話に。

「……」

柿葉蛍は、しばし考えてから人差し指と親指で○を描く。

「訴えたら儲かるかしら？」

「弁護士費用でチャラか、赤字だと思う」

古典的な《金》のハンドサインと共に言った彼女に、真正面から零士は答える。

すると彼女はさほど残念そうでもなく、くすっと軽く笑った。

「そ。うまい話はないものね」

「どうせなら実害があってから訴えた方が利益率が高いと思うが、止めた方がいい」

「あら。心配してくれるの？　転校生さん」

知ってるのか、と考えた零士がわずかに眉を動かすと。

「何で知ってる、って顔ね。だって有名よ、あなた。クラスに絶対溶け込もうとしない、謎のぼっちな転校生。ＳＮＳのタイムラインで最近何度も流れてくるわ」

「……そうなのか？」

「ええ。ついさっきも、陸上部の子が共有してた。足が遅いのよね？」

「紙一重の勝負だった。……ＳＮＳはやっぱり悪い文化だな。ろくなもんじゃない」

嫌そうな顔をすると、蛍は制服のポケットからスマホを取り出した。

ＳＮＳを表示。スワイプしてタイムラインを更新し、ざっと眺めてから――。

「それで、その噂を聞いて来たの？　性欲が強いのね」

「違う。あんたがそういうことをしてないくらい、調べがついてる」

「それはそれで怖いわ。ストーカー？」

「俺じゃなく、会社の事務の人に頼んだ。俺はSNSをやってないからな」

「さらに嫌な情報が入ってきたわ。事務員さん、かわいそう」

「……反論の余地がないが、一応弁解を聞いてくれ」

ばつの悪そうな顔で、零士はガラケーを操作する。

「あんたのSNSのログを検索した。世間一般で言う《プチH》――テンプレ構文はだいたい以下の通りだ。《プチ希望　ナマF1　ゴムF0・5》とか、サービス内容と価格を告知する」

「最高に知りたくない知識ね」

レートは0・1につき1000円、といったところ。

若さと性を売り物にする個人営業、最古の商売と呼ばれる最底辺。

「虫の裏側みたいな話を解説されても困るわ。セクハラかしら」

「俺もやりたくない。とにかくその手のテキストをあんたのログから全検索したが、ヒット数はゼロ。少なくともSNS上で客を探してはいなかった」

「あなた、つきあう女性にとって自分がはじめての彼氏か確認するタイプ？」

「違うが、言葉を濁してくれてありがとう。汚い方の表現をされたら傷つく」

「処女厨かしら」

「……礼を言った意味が消滅したんだが？」

「初対面の男性にいきなり性的な話題を出された不快感を少しでも味わって欲しくて」

「嫌なもてなしをするな。……いや、当然の報復ではあるか」

夕暮れの校舎、廊下の真ん中に陣取って。

男と女が見つめ合い、交わす会話にしては——微妙にネジがずれている。

「アイドルとか、どうだろう」

「……アイドル？」

突然出てきた不釣り合いな言葉に、蛍は数度瞬きし。

対する零士は、ただ感じたことを語り続ける。

「美人だからな」

「……そう？」

「ああ。プチＨなんて危ない橋を渡らなくても、それだけで高く売れる」

「褒めてるのかしら、それ」

「そのつもりだが。……違うのか？」

不思議そうな少年に、少女は呆れながらも——

その外しぶりが心のどこかに触れたらしく、クスッと笑った。

「変な人ね。悪い噂のある優等生がアイドルとか。おかしな勧誘？」

「そっちのツテはないな。探せば見つかると思うが」

３Ｄスキャナじみた眼。性的なニュアンスのない観察眼が、少女を足元から眺めていく。

頭が小さく、胴体が小さく、足が長い。いわゆるモデル体型。意図した節制の結果ではなく、自然な生活によって維持されているスレンダーな体形に、歪なニュアンスは微塵もない。透き通るような美貌。化粧も薄く、清潔ではあるが最低限の加工でも十分すぎるほど映える。もし自分を磨く術を覚えたなら、凄まじい結果となることが予想できた。

双眸に灯る好奇心のきらめき。クールなようでいてどこか温かい。鉱物的な柘榴石の美、それにちらりとのぞく笑顔の温かみがプラスされて、熾火のような温もりを感じさせる。

「変な人……」

「そうか？」

「やらしい目を向けてくる人はよくいるわ。電車でも、教室でも、廊下でも」

自慢ではない。それだけの価値があると100人に訊けばほぼ全員納得する、それだけの美貌。

勘違いではなく、自分の造形が優れているようだ、と自認している様子。

「けどあなた、私の顔や胸や足を、公園に落ちてるカッコいい枝くらいに思ってるでしょう」

「……ああ、なるほど」

言われてみれば、という顔で零士は頷く。

「とてもいい枝だ。妹が拾ったら確実に聖剣として扱うだろう、誇っていい」

天然自然に生まれたものであれ、あるいは人為で磨かれた芸術であれ。

「人は美しいものに触れたがる。近付きたい、そのために代価……金を払うだろう。存在する時点で商品価値が高いとか、素晴らしい才能だ。存在だけで価値を証明できる」

ドブの底じみた汚い街で掃除屋稼業を営む必要すらなく。

純粋な羨望すら零士は感じていた。造形だけならば彼自身も価値があると理解しているが、特殊永続人獣である以上、毛並みのいい野良猫以上のものにはなれない。

「いやらしいモデルのスカウトですら、そこまで堂々と値踏みはしてこなかったわ」

呆れを通り越して不思議そうな面持ち。

「奴隷商人か何かなの？　あなた」

「いや。価値を示すのに写真1枚で済むのが、羨ましい」

働けど働けどなお我が暮らし楽にならざり。そんなどこかで聞いた言葉を思い出す。

野良猫は野良猫だ。どれほど毛並みが美しくとも、拾って帰ったりはしない。最高でも道端で気まぐれのように、善意と優越感の混じった顔で猫缶を置いていくのがオチだろう。

だがそれこそ、零士が望むものだった。

「俺や相棒は働かないと認められない。少し話を聞かせてくれ、柿葉蛍。時間はとらせない」

「キツネうどん」

「……………？」

「お昼、食べてないから」

聞き込みの依頼に対する返事にしては意外性があり、一瞬零士が考え込む。

だが蛍はあっさりと、廊下の奥――学校に設置されたカフェスペース、食堂を指して。

「おごって」

とてもシンプルに、要求した。

＊

――するする、と。

すする音がほとんど聞こえない滑らかな動きで、細麵のうどんが唇に吸い込まれていく。

何かのタイムラプス映像でも見ているかのようだ。汁につかないよう髪をかき上げ、つゆの熱さに汗ばむ肌を時折ハンカチでぬぐいながら、注文後ほぼ3分で、一気に――!

「――ごちそうさま。あなたはいいの?」

「金がない」

つゆ1滴、ネギのかけらも残すことなくキツネうどんを平らげた柿葉蛍は満足げに言い。

古びた財布の中身を勘定していた零士はどこか痛ましげに答える。

「貧乏学生だからな」

「私も。おごりで助かった」

「俺の金で食ううどんは、美味いか？」

「すごく。あなたがそこでお腹を空かせていると思うと、特に」

「俺の悔しさをダシにするな」

澄ました顔で、冗談を言っているようにしか見えない少年だが、空腹はガチだった。

昼の弁当──魚肉ソーセージと握り飯。本日は同居人、月が当番。料理はそこそこできるが食費節約のため最低ライン。塩気の薄い米とソーセージ、味は合うが心が冷える。

そんな食生活を思い出すと熱々のうどんが羨ましく思えて──若干、惨め。

「で、話って？」

丁寧に割り箸をそろえ、丼を下げてから蛍が言う。意外と協力的な態度。

「嫌な質問には答えないけど、うどん代くらいは答えるわ」

「協力に感謝する。先日亡くなった、陸上部の1年。池田舞についてだ」

ピクリ、指先の微振動。表情は自制。だが微かな心理的ショックがそこに表れている。

柿葉蛍は《轢き逃げ人馬》を──生前の池田舞を、知っているという確信。

「生前、彼女が君と接触していた姿が目撃されてる。どんな話をした？」

「亡くなった人のプライベートを探るのは、良くないと思う」

「俺もそう思う。だが俺は彼女の友人に依頼されて、その死を調査している」

「……探偵？」

「みたいなものだが、掃除屋だ。探偵業の営業許可は無い」

つまり非合法だが、そもそも人権が制限されている特殊永続人獣には無縁。

ルールに縛られない――当然保護もされない。保護を得るからには縛りも受ける、二律背反。

「非合法ね。管理社会への挑戦かしら」

「ある企業に勤めている立場だ。挑戦どころか飼われてるし、税金も高い」

公共サービスへの参加費としての所得税、住民税、その他。

所属する《幻想清掃》社の信用スコアによって、辛うじて《ヒト》でいられる窮屈さ。

「顧客に対するサービスみたいなものだと思ってほしい。仕事だ」

「そういうの、秘密とかじゃないのかしら」

「特にないな。それで、返事は？」

答えるかわりに、蛍はスマホを取り出した。

「350円――キツネうどんのお代、返すわ。決済させて」

「生憎、現金のみだ」

決済用の電子マネーアプリなど入っていない、骨董品じみたガラケー。

それを見せられて、蛍は少し鼻白む。

「……今時、アナログだわ」

「信用スコアがまるで足りてないんだ。いつかクレカを持ってみたい」

そう言いながらも、スマホをしまって財布を出す。

零士のそれに勝るとも劣らないくたびれた財布だ。何世代も前のアニメキャラのプリントが剝がれ、もうゾンビじみた無残な形になったそれから、数枚のコインを取り出して。

ピシッ、と――

棋士が一手を指すような音をたてて、きっちり代金をテーブルに置いた。

「話せない、ということか？」

「うん。彼女と話したのは事実。それは認めるけど」

蛍は丁寧にボロ財布をしまい、学食の席を立つ。

「内容は言えない。プライベートに関わるから。だからお代は返すわ」

「そうか。なら、勝手に調べる」

「わかった。バレないようにするわ」

「ああ。健闘を祈る」

「ん」

言うなり、くるりとターン。

モデルじみた迷いのない足取りで食堂を出ていく背中を見送る零士の背後に、軽い衝撃。

「オラァ!!」

「……痛いな」

頭を平手で軽く叩かれ、振り向く零士。するとそこには、思った通りのふたりがいた。

「痛いな、じゃないわよ！　アンタ、まじめにやってんでしょうね!?」

「直球過ぎるんだよこのド天然！　つーか正面から訊いてもダメだって！　もちょっとさあ、うまくコマす感じで口を滑らせるとかそういうの無理なん!?」

ずっと成り行きを見守って、やきもきしていたのだろう。

我慢していたことが堰を切ったように飛び出すが、零士はあっさりとそれを流した。

「許可は得た。調べていいそうだ」

「ンな宣言してどーすんだよ……。警戒されるだけじゃね？」

「したところで無駄だ。行き先はわかってる」

「は？」

慌てず騒がず、それどころか動きもせず。

学食を出ていった柿葉蛍を追う素振りもなく、零士は淡々と言う。

「柿葉蛍と池田舞、ふたりが繋がるきっかけを想像してくれ。悪い噂のある優等生と復讐志願の陸上部が、自然に絡むと思うか？」

「そりゃ……ねーかな」

「ああ。そして柿葉蛍はあの性格だ。彼女の方から声をかけたという可能性は、ない」

「陰キャ同士だからかしら。説得力が違うわね」

呆れつつも納得するような、半々の顔で言う命。皮肉っぽい言い方をそのまま受けて。

「陸上部の証言によれば、柿葉蛍と被害者は数度にわたって学校で接触している」

陸上部女子の証言。『何度か』校内でふたりの接触を目撃している。

「ただの立ち話じゃない。継続的な関係なら、池田舞が主体となって柿葉蛍と接触した結果、その関係は結ばれた、ということだ。その接点は——」

優等生と復讐者。

ふたりを結びつけるものがあるとしたら、それは。

「校内の悪評、恐らくそれだ。池田舞は事件以前から仮面舞踏街に出入りしてたわけじゃない。部活を休みがちになったのはここ最近、長くて1か月ってところだった」

「ああ、陸上部の子たちの証言だと、ンな感じだったか」

「つまり部活一筋のマジメな子、それも人間関係が苦手な陰キャ女子が、単独で仮面舞踏街に潜入、ヤクザやチンピラと渡り合って本物の幻想サプリを買いつけた、ってことになる」

「……言葉にされるとムチャクチャね、それ」

「命から見て、池田舞はそういう真似ができるような子だと思うか？」

「無いわ。キレると怖いとこはあったけど、そこまで器用じゃなかった」

微かな煙、焦げくさいような臭いが漂いはじめる。

学食の壁際には大きな窓。そこから覗く空は赤く、夕暮れは間近に迫っている。

「案内役がいた、と考えるのが自然だ。街に不慣れな人物をディープなエリアへ連れていき、幻想サプリの取引まで導いた人物が」

微かに揮発しはじめる零士の髪。ほどけるように、くすぶる火口のように、末端から。

薄く紫煙をまといながら、零士は軽く前髪をいじり、その鋭い眼光を露わにしつつあった。

「命。あんただったら、仮面舞踏街に出入りしてるなんて簡単に言うか？」

「言う訳ないでしょ。ンなクソ恥ずかしいっていうか、バレたら停学か退学よ」

「未成年がフーゾク行くって言うようなもんか」

納得した様子の月。零士は小さく頷き。

「仮面舞踏街の本質は、個人認証システム無しでストレス発散できる、管理社会のガス抜きだ。個人認証のある施設――それも学校で身バレするなんて悪夢だろう」

よほど信頼関係を築いているか、あるいは一蓮托生――互いに弱みを握り合ったグループか。

どのみち身内感の強い集団でない限り、団体であの街に通うことはなく。

「交友関係がない池田舞が、単独で無法地帯に潜入するのは不可能だ。心理的にまず動けないだろうし、行って何ができるという話でもある。命の事故から事件まで、かなり時間的な間が空いたのは、恐らくそういう事情があったはずだ」

「復讐したい気持ちはあったけど、ひとりで仮面舞踏街に乗り込むのは無理だった……か」

ツテがない。学校内でそういう繋がりを得たくても、普通は仲間内で秘密にし、洩らさない。

そんなすぐに知り合っただけのインスタントな関係で明かしはしない、なら。

「だが、そこに身体を売っていると噂の優等生がいる。ラブホすら個人と紐づいた電子決済が当然の世の中で、未成年がそんな真似をしているとしたら――」

「現金取引、場所は当然仮面舞踏街だな。つまり噂がマジなら」

「ああ」

月の言葉を繋ぐように、零士は結論を導き出した。

「柿葉蛍は、この学校で最も確実に仮面舞踏街に出入りしている人物……となる。池田舞は、学校裏サイトかＳＮＳで彼女の悪評を仕入れ、接触を図った可能性が高い」

「そして事件は起きた。んじゃあ……」

くん、と月は鼻を鳴らす。蛍が去った学食の出口。そこはもはや無人、誰もいない。

空っぽの空間に残り香――安物だが清潔な石鹸と、健康な女性の体臭。

常人には決して感じ取れない分子レベルの痕跡を、古の血統たる人狼は感知していた。

「あの娘が池田舞の《案内役》ってことか？」

「可能性はある。本人の反応、言いたくないことがあると明確に示した。連れ立って夏木原の駅で降りるところを目撃したという証言もある以上、ほぼ確実だろう」

根も葉もない誤解なら突っぱねて、平手打ちのひとつもして、おしまいだろう。

だが二人は共に駅で、仮面舞踏街の入り口で目撃されている。

「柿葉蛍がその手の商売をしている可能性。ＳＮＳでの勧誘行為以外で客を見つけ、あの街で密かに活動しているなら、幻想サプリが絡むような深部の情報を得られるかもしれない」

そして連れ立って行動していた、という『複数』の目撃証言。

一度や二度の接触ではない、数度にわたって街への出入りがあったという陸上部の話。

総合して導き出される結論は——

「——池田舞と柿葉蛍、両者の間に取引が成立した。その可能性が高いんじゃないか？」

舞は蛍の秘密を知り、それを守ると約束した。

蛍はその代償として、舞に仮面舞踏街を案内し、幻想サプリを得る手伝いをした。

そう推理するには十分な材料。証言と反応によって導かれた結論に、命は啞然とする。

「……まともに漢字読めないのに頭良さげなこと言うわね、零士」

「学歴は小学校中退だからな。学習内容が歪なのは認める」

知識と知恵は＝ではない。

知恵あれど知識に欠ける歪な育ち。管理社会から弾かれ、戻ろうとする怪物たち。

「命はここまでだ。この先は俺たちがやる」

「……あの子を追うわけ？　いなくなっちゃったけど、大丈夫なのよね？」

「心配いらない」

微かな煙に包まれた零士が、ちらりと視線を向ける。

その先にいるのは、月。未だその名は天に昇らず、真の姿は露わにならずとも。

「キツネうどんで助かったな。油揚げにダシとネギ、女の子らしい臭いが混じってらあ」

イヌの嗅覚は人類の何万倍、という俗説がある。

だが、イヌの嗅覚はヒトほど得た情報を整理できず、伝える術も限られている。

ならば人狼ならば？　イヌの嗅覚に、ヒトの頭脳の処理・伝達能力を併せ持つならば？

「１km離れたって逃がしゃしねえよ。行くか、相棒？」

「ああ」

心配げに見送る命を置いて、怪物たちはふたり揃って追跡にかかる。

――02　JKバニークラブ――

「何つーかさあ。女の子を追っかけるのって、微妙に嫌な気分じゃね？」

「仕事だ。……いい気持ちはしないが、な」

学食を出て走り出し、およそ数分で追いついた。

滑らかに走る列車内、そこそこに混み合った雑踏の向こうに浮かぶ柿葉蛍の黒髪を追って、吊り革片手に通路に立った零士と月は、そんな会話を交わしながら尾行を続けていた。

公共交通機関における当然のマナー、マスク着用。顔半分を覆う零士はともかく、月は少しずらした鼻マスク。マナー違反に眉をひそめる高齢者もいるが、注意はされず。

その理由――必要ないから。社内カメラに鼻マスクが映れば、顔認証とSNS連携によって本人特定の上ペナルティが科され、ごく少額ながら信用スコアが減額される。

放っておいても下る天罰。バカな若者がいるもんだ、と陰でせせら笑えばそれで終わり。

だが、SNSに参加すらしていない怪物たちに、罰が降るはずもなく――。

「ん、来たな」

「っぜーよな、これ。ま、みんなそうだから文句も言えねえけど」

ポケットの中で微振動。わざわざ開いてみる気にはなれないが、何が起きたのかはわかる。

チェックポイント――各駅ホームと駅間一定区間に設置されたビーコン。ほぼ全国民が所持する携帯端末と連携し、ポイントを通過した時点で位置情報をサーバに伝達する。

つまるところ、スマホ・ガラケーを問わず通信機能を有する携帯端末を所持している人間は、公共交通機関を利用する限り、常にその移動を国家に監視、把握されているのだ。

「どこに行こうが監視下だ。広すぎて存在すら忘れさせるような、見えない檻」

「息抜きくらいしたくなる、ってか？　酒飲んで暴れるくらいならいいけどよ」

「俺達は仕事をするだけだ。……ん」

新たな振動。チェックポイントの通過通知ではない、通話の着信。

迷惑にならないよう隅に移動。無線イヤホンを装着、骨伝導式マイクでごく低音の会話。

ほぼ外から聞き取れない秘匿通話が繋がったのは――幻想清掃オフィス、秘書室。

「――お疲れ様です、ネルさん。情報は？」

『公開情報の精査終わり。柿葉蛍、生活援助、社会支援度Ｂ認定』

挨拶もそこそこに、子供っぽいキャンディ・ボイスが鼓膜をくすぐる。

楢崎の秘書を名乗る幼女、鬼灯ネル。氷のような寒色の髪、子供にしか見えない体格、キャリアウーマンの仮装に近いが、きちっとした仕立てで身体に合ったビジネススーツ。

《本社》から出向してきた人物だと聞いているが、詳細は零士たちにも明かされていない。

彼女が外見に似合わぬ優れた技術者であり、情報支援において頼れる存在という事実だけがある。

『家賃をはじめとする最低限の生活には十分な補助が下りてる。つまり――』

「家賃タダか～……くっ！　い－な、い－な－！　すげえ助かるじゃん！」

切実な月の呻き。毎月毎月、安月給からガッツリ家賃を引かれる貧乏人のぼやき。

『そのかわり週一度の生活指導、民生委員とのオンライン審査面談。クレジット全決済記録は毎月精査され、会計士への提出が義務化されるけど』

「……やっぱいいわ」

想像するだけに面倒すぎて、べぇっとマスクの中で月は舌を出すふりをする。

「つまり、妙なバイトをしなくても生活には困らねえってことか」

『少なくともお昼は経費扱い。補助が下りるから実質無料』

「キツネうどんくらい余裕で食えるわな。んじゃ、何で昼抜いてたんだろな、あの子？」

『彼女の決済記録を入手した。――使途不明のクレジット出金、厳重注意されてる』

「待った。……ネルさん。それ、違法では？」

聞き捨てならず零士が突っ込む。だがイヤホンから届く声はしれっとして。

『担当民生委員のセキュリティ意識の低さが問題。コピーした決済履歴を職場支給のＰＣに入れたまま、パスワードも初期設定。舐めてる』

「そういう問題なんですかね……？」

たとえ野ざらしにされていようが、勝手に持っていったら犯罪な気がする。

本社出向――ＢＴ本社の紐づきでありながら、鬼灯ネルはそういう人物だ。違法、またはグレーに近いギリギリの脱法行為も、成果を出すためなら平気で行う。上司の楢崎が放置していることもあり、ほぼ野放しといっていい状態だった。

「まあ、しょうがねえじゃん、やっちまったもんは。いつものことだし……」

『そそ。続けるよぃ？』

「お願いします。……慣れていいのか、これは？」

零士のため息をよそに、イヤホンの奥から幼い声が、危険な内容を響かせる。

『使途不明金は総額およそ、さんびゃくまん。けっこーな大金』

「行方は？　決済履歴があんなら辿れんじゃねーの？」

『複数のＡＴＭから少額ずつ現金化。ネット上での履歴なし。だから、もんだい』

「どこの誰に払ったかも不明な金の流れ、か。今時通る話じゃないですね」

『そゆこと』

その時、不意に零士は思い出し、雑踏の奥に垣間見える蛍の様子を窺った。

列車の扉にもたれ、古びた文庫本を広げている。タイトルは大昔の文学作品のようだった。かなりの古本だろう、破れたカバーをテープで留めているが、それすら劣化し剝がれている。

楚々とした文学少女――そのようにすら映る、芸術じみた構図に、闇は感じない。

「覚えてるか、月。キツネうどんの代金を、彼女は現金で支払った」

「そういやそうだったな。最初はスマホ決済しようとしてたけど」

「俺達は普通に持ってるから忘れがちだが、今時小銭入れを持ってる女子高生がいるか？」

『ほぼいない。ご年配のお年寄り、または災害時用の備えくらい？』

キャッシュレス化が推進され、電子決済が普及した今、現金を持ち歩く者は激減した。

アカネ原高の学食のように昔年の名残として現金が使用できる窓口はあるものの、利用者は極端に減っている。ただし、超管理社会のごく一部では、今こそが主流となりつつあった。

「決済履歴を辿れない金の使い方。現金化した大金を使う場所といえば——仮面舞踏街だ」

「他にねえわな。あそこじゃスマホが使えねえし」

故に、夏木原をはじめとする仮面舞踏街では、電子決済は使用不可能に近い。

そもそも支払いの時点で本人認証が行われるため、せっかくの匿名性が死んでしまう。故に金の流れを辿れない旧態依然とした現金決済は、特異点じみた無法の街の主流となった。

『ついでに交通局の位置情報追跡ログと、彼女の住んでるマンションの入退出記録』

「……めちゃくちゃプライベートな情報ですね、それ」

『いまさらいい子ぶっても無駄無駄無駄無駄。柿葉蛍、ここ1か月間帰宅がめちゃ遅。日付がほぼ変わってからの帰宅がざらだし、夏木原駅での乗降記録がばっちり残ってる』

「優等生のイケない夜遊び……。普通に考えりゃ仮面舞踏街だよな」

吊り革に体重を預け、ぎしりと軋ませながら言う月に。

『その発言、おやじくさい』

「……エロ作品の雑なタイトルみたいだな。加齢臭がする」

「っせ！　っせーよ！　何でオレをいじる時だけ息合ってんの!?」

「隙がある方が悪い。……と、到着だ」

微かな重圧、ブレーキによってかかる慣性。特に挨拶もなく通話が切れる音。

二人は揃った動きでイヤホンを外し、ポケットに放り込む。ホームに降りる人波、柿葉蛍の姿を決して見失うことなく眼で追いながら、流れに任せて続いてゆくと。

乗り換えの客以外は、ホームを降りて改札を抜けるや、いそいそとカプセル状のロッカールームへ入っていく。中でスマホを切り、怪物サプリをキメて、街へ出るために。

柿葉蛍——彼女もそのひとつを目指す。小さな手荷物の中身は着替えだろう。

ある意味究極の個人スペース、使用中の部屋にヘタに近寄れば凄まじく目立ち、覗こうものなら袋叩きにされかねない。周囲にはすでにキメた人獣も多く、相応に感覚も鋭いのだ。

「どーする？　……キメちまったら体臭も変わるし、キツいぜ」

「中は監視カメラもない。あったところで非合法調査中の身だ、閲覧の許可なんて下りない」

ならば、中の様子を確認するには……《覗く》しかない。

零士はロッカーの列から少し離れた物陰、壁側を向いて座り込む。

ちょうど気分を悪くした学生が嘔吐でもしているかのような、そんな風を装って。

「《人間サプリ》もほぼ切れた。ちょっと視てくる」

「……便利っつーか、何つーか。お前が変態じゃなくてマジ良かったけどさ」

しゅううう…………――と微かに、スプレー音。

道端にしゃがみこみ、伏せた顔。零士のそれが半分解け、白く淡い線状の煙となっていく。

ロッカー内、飛沫やウィルスの充満を防ぐため常に換気。吸排気を繰り返すそれに接近し、柿葉蛍が今まさに着替え、サプリをキメている最中を覗き見ようとする。

霧に浮かぶ《眼》。

超精密な点で描画されたようなそれが吸気口に吸い込まれてゆく。

遠隔操作される無人ドローンに近い視界。トンネルのような吸気口から対ウィルス用のフィルタすら抜け、零士の視界は保たれている。霧状にほぐれた肉体、微量の分子が繋がる限り、
ロッカー内の情景――微かな肌の色、服をはだけた蛍の姿が視えかけた、その時。

「さすがに、女子の着替えを覗くのはマズくね？　コンプラ的に考えて犯罪じゃん」

「……ッ!!」

ぴたりと霧の《眼》が止まり、しゅるしゅると萎えるように散る。

視界を閉じ、排気口から再び吸われて脱出。

溶けた半面が戻るや、零士は力尽きたように膝を突き、顔を覆って呻いた。

「確かに。……最低だ……！」

「いや、オレが悪かったって！　ゴメン!!　仕事なんだからしゃあねえって！」

「性犯罪はダメだ。《ヒト》として最低限のルールは守りたい。俺には……できん!!」

「めっちゃシリアスに言うのな!?　いやそうだろうけどさ、ゴメンって！」

「一瞬だが視てしまった……俺は、俺は……何てことを……！」

本気で苦しむ零士。相棒の背をさする月。

「あーもー、落ち着けって！　……やべ。出ちまった」

「何？」

驚くほど速い。レンタルスペースがいつのまにか空室に。新たな利用客が入っていく。

覗きを断念し、目を戻して自責に苦しむ数分の空白。監視が消えたタイミングを見計らうかのように、その隙をついて柿葉蛍は仮面舞踏街の雑踏に消えてしまった。

「すまない。……臭跡を追えるか、月」

「だいぶ変わってんなあ。……自信ねえけど、だいたいの方向くれーならギリ何とか」

すんすんすん、とマスクをずらして鼻を鳴らし。

「適当な場所で《戻れ》ば鼻も良くなる。それまでわりーけど、ボカしを頼むぜ」

「了解」

しゅっと音をたてて、零士の白髪が風に溶ける。

淡い白煙が二人の身体を覆うように包み、視界に微妙な《ボカシ》を入れる。

人獣が集う仮面舞踏街、ヒトの形をしていればそれだけで目の敵。異形に変わるまでの間、周囲の目をごまかすための煙幕は、駆け出した二人を適当な裏路地まで隠していった。

＊

「現役女子高生多数在籍！　60分2000円飲み放題……」

「……JK、バニークラブ？」

むくむくとした毛深い人狼。黄色いメッシュの入った毛を困惑に曲げた月と、霧のマフラーで顔半分を隠した零士が、駅から徒歩15分ほど離れたある店で、看板を読み上げる。

ピンク色のネオンサイン。今時レトロなセンスだが、そのいかがわしさが逆に目を惹く作り。雑居ビルの1フロアを借り切っているらしく、このあたり——仮面舞踏街、駅近の風俗街では、そこそこに大きな商売をしている、儲かっていそうな店構えだった。

時間が早すぎるせいだろう。周囲に客の姿はなく、静かだ。これから真夜中が近づくにつれ、酒や暴力に酔った人獣たちが訪れ、その欲望を満たしてゆくだろう。

見失った柿葉蛍。

だが裏路地で人狼の本性を現し、その鋭い嗅覚を頼りに追跡した結果が——ここだった。

「これ、オトナのお店じゃね？　やっぱすんの、してんの、エッチなこと⁉」

「俺に言われても知るか。酒を出す店なのは間違いなさそうだが」

「対応に困んなあ、これ。ＪＫの闇暴いてどうすんのよ、俺らの仕事じゃねえって……」

思わずぼやく。想定していた方向性――オヤジ相手のソフトな売春行為よりはマシなのか。それともより悪化したと思うべきなのか、判断の基準すら不明。

「零士、こーゆーの、わかる？」

「わかるわけないだろう。未成年だ」

「オレもだわ。おっぱいくらい、イケんの……？」

「……無いんじゃないか？　たぶん一緒に飲むだけだろう」

「何それ、わかんねー。酒飲むだけで楽しいもんなのか？」

「子供かお前は、何でも訊くな。……俺だってよくわからん」

首を傾げる少年たち。街の汚い面ならばさんざん視てきた。今更濡れ場を目撃したところで頰を赤らめるような初心さもない。だが、この手の店のサービスに通じているはずもなく。

「とにかく、入ってみるか。それ次第で判断しよう」

「気乗りしねえなあ……」

防音材がたっぷり入った重たいドアを開くと、ピンク色の光が眩しい。

いかがわしい照明――南国風の楽園をイメージしたか、観葉植物のヤシの樹が飾られた内装。

ブルーのカウンターは海をモチーフにしたものか。

ビンテージのピンボール・マシンにダーツボード、スロットマシンにジュークボックスは、古のアメリカ風の自由なエッセンスを加え、全体の雰囲気を明るく演出していた。

「いらっしゃいませ！――『Pink Press』へようこそ♪」

零士たちには想像もつかない、とある南の島の超有名ホテルをもじった名前。

カラフルな酒瓶が所狭しと並ぶ棚を囲むカウンター内に、ウサギ娘たちが４人。

服装は制服――ただしどこの学校のものでもないジョークグッズ。ブレザーからセーラー、各種取り揃えつつもスカートは短め、胸元は若干開き気味。

「はえー、っげえ……」

口をポカンと開き、初めての世界に唖然とする月。

（何だ、これは）

ウサギが６、ヒトが４。背丈も年恰好もほぼ揃ったウサギＪＫに、零士は密かに戦慄した。

（ここまでヒトに近い人獣、見たことがない）

普通の人獣は獣が７、ヒトが３。

動物の要素がヒトのそれより少し勝るだけで、骨格はヒトのもの。ほぼ二足歩行の動物に近い。故に個人を特定することなどほぼできず、匿名性がかなり高い変化となっている。

しかし、ここに並ぶ４人のＪＫバニーは――その常識を、超えていた。

頭頂部に移動した長い耳。下顎から頬にかけての輪郭はヒトのそれとほぼ同じ。

全身を覆う体毛も首筋から胸元にかけてかなり薄く、地の皮膚がうっすらと透けていた。

手足の形もはっきりとヒト、霊長類のそれそのままで、毛皮や肉球だけが現れている。

普通の怪物サプリでは、この状態には絶対にならない。――なれない。

「お好きなお席へどうぞ。私、アメリカンセーブルです♪」

「ゆったりお楽しみがご希望なら、私がお相手しますよ。フレンチアンゴラです♪」

「ゲームのお相手なら私に任せて。ベルジアンヘアです♪」

「ご指名お待ちしています。――ベファレンです♪」

「うっわ……やべ、鼻血出そう」

圧倒される月。カウンター内で手招きする４人のＪＫバニー、漂う色香にノックアウト。

それぞれが源氏名に対応したウサギの品種に変じているのだろう。

少し小柄で元気そうなアメリカンセーブル。

ふかふかの長い体毛にセクシーな胸元が特徴のフレンチアンゴラ、しなやかでスレンダーなベルジアンヘアに、純白の体毛がクールで美しいベファレン。

いずれも頬から眼元にかけては薄い体毛で覆われ、マスクのように隠れている。そのため、顔立ちで個人を判別するのはかなり難易度が高いようだ。

「――わかるか？」

「アルコール。化粧。香水」

「ダメか」

短い3つの言葉だけで不可能だと理解。店内に漂う酒、共通してる化粧と毛皮に吹きかけた香水。嗅覚の鋭い種に変じた人獣ほど惑わされ、個人の識別はできそうにない。

「えっと、お客様。ご指名は誰になさいますか？」

「いや、すまない。……酒は飲めないんだ」

リーダー格らしいアメリカンセーブルが不審げに尋ね、零士は軽く手を振った。

「ソフトドリンクを。ノンアルコール、あとはお任せで」

「わかりました！　ではこちらへどうぞ。ご指名がないなら、私がお相手しますね？」

「……お願いします」

ペースを乱され、少し小さくなりながらも、月と並んでカウンター席に着く。

「おい、零士。腰引けてんぞ、いいのかよ？」

「お前こそ何とかしろ。俺はこういうのが苦手なんだ」

「俺だってわっかんねーよ！　……おい大丈夫か、あんま金ないぞ？」

「堂々としてろ。……俺までビビリだと思われるだろ」

「あ、ずっり！　お前自分だけいいカッコする気だろ!?」

「あはは♪　とても仲がおよろしいんですね。お友達同士かな？」

にこやかに微笑みながらも、アメリカンセーブルはパキッと指を鳴らした。

「ベファレンちゃん、『アレ』お願い！」

「はい」

ＪＫホワイトバニー、ベファレンがそれを合図に動き出した。

ピカピカに磨き抜かれたミキシング・グラスに、次々とジュースを投入。

スピーディー、かつ正確に注がれてゆき、クラッシュアイスとクリームを加えて撹拌。

「《ピンク・レモネード》。——どうぞ♪」

クールな言葉、最後にシロップのような甘さを沿えてグラスを勧める、プロの技。

透明なピンク。キンキンに冷えたクラッシュアイスが浮かぶ南国風のノンアルカクテルは、微かな緊張感を漂わせるふたりの目にも美味そうに映り、つい手が伸びていく。

「ん……うまっ⁉　美味いな、これ。甘酸っぱくて、めっちゃ爽やかで！」

「わからん。……特売の缶ジュースとは、だいぶ違うようだ」

べたべたとした甘さがない。すっきりとした飲み口、ハデな色合いなのにさっぱりと。

まさしく南国気分を味わえるようなウェルカム・ドリンク。

「ふふ、でしょでしょ♪　ベファレンちゃんのドリンク、超美味しいんですよ♪」

人懐っこい笑顔で迫ってくるアメリカンセーブル。

「いや、マジ美味いわ。これ、有名なカクテルってヤツなんですか？」

「南の島の有名ホテルの名物なんですよ。お客さんたち、慣れてないみたいですけど……それにそちらの方、サプリも使ってないんですね。大丈夫？」

心配そうに零士を見ながら、褐色のウサギ娘は小首を傾げ。

「見たところ、学生さんですよね。ダメですよ、素顔で出入りしちゃ。怒られますよ？」

「どうする。正論でしかない」

「負けんなっての、零士。お前こういうのホント弱いな！」

「……………」

困り顔、グラスを傾ける。ごまかすように煙がふわりと巻きつくように顔を覆って。

「逃げんなっての。悪いね、お姉さん。こいつ美人に弱くってさ」

「あはは、か－わい－♪　でも、狼さんは平気なのかな？」

「ドキドキはするよ？　お姉さんたち美人ばっかだし」

けど、と月が言葉を区切ると、それを受けたかのように――

「……違和感が強いな。ここは、ひどくおかしな店だ」

零士が、感じた違和感を口にした。

「え～？　そんなことないですよ、ウチはいたって健全です♪」

「そういう意味じゃない。この街で市販されている怪物サプリの仕様上、あんたたちみたいな割合に変身するのは不可能だ。だいたい、どうやって全員《ウサギ》にしたんだ？」

市販されている怪物サプリはごくごく大雑把にしか変身先を特定できない。
《肉食》《草食》《爬虫類・両生類》の一般販売3種。どれもランダムだ。摂取する人間の性質や体格によってある程度乱数が偏ることはあっても、完全に指定は不可能とされる。

「それは――」

「……代わるわ。セーブルちゃん」

めしっ。

床板が軋んだかと錯覚するような巨体が、店の奥から現れた。

「追加の女の子、じゃねーよな。つーか……でけえ⁉」

「《フレミッシュジャイアント》――フレちゃん、でいいわよ」

ドスが利いた野太い声だ。女性的な言葉遣いだが、明らかに男声。みっちりと肉が詰まった1940年代アメリカ風ズート・スーツ、洒落たマフィアじみたスタイルの巨漢。

頭にウサ耳。本来なら愛嬌を漂わせる特大ウサギの顔は、女の子たちと違う比率――ウサギが7でヒトが3。街中でよく見かける、ケモノらしい人獣だが。

左耳が欠け、壮絶な古傷で左眼すら喪った、片耳隻眼の大ウサギ。荒事慣れした歴戦の風貌は、いかにも酒場に侍る用心棒じみていた。

「この店のオーナーやってるわ。お客さん、飲みたいなら素直に楽しんでくれる？」

「そういうわけにもいかない。ただ飲みに来たわけじゃないからな」

調子を戻したらしい零士が、グラスの中身をクッと飲み乾す。

空の盃をカウンターに丁寧に戻し、濃霧のマフラーをまとった少年は巨漢に向き合った。

「この街で暴れたヤツがいた。――《轢き逃げ人馬》、幻想サプリをキメて、何人も殺してる」

「……噂には聞いてるわ。まさか幻想サプリなんてものが実在するなんてね」

言いながらも、巨漢のウサギと零士はじっと睨み合い、油断なく距離を測る。

危険を察したのか、カウンターの女の子たちが奥へ隠れた。その様子をちらりと窺ってから、零士はポケットからガラケーを取り出すと、一枚の画像を表示する。

「サプリが抜けた《人馬》は、ある病院に送られた。だがそこで家族ともどもテロで爆殺され、幻想サプリの出所ごと消えちまった。そしてこの、明らかに異常なサプリを使った店だ」

「関係がある、って言いたいのかしら？」

「そう考えるのが自然だろう。俺たちはこの街の運営側から調査を委託されている」

「運営側？　この街に、そんなのがいたのね。警察にしては若すぎるけど」

「民間なんでな。年齢制限はないんだ。逮捕や捜査の権限もないし、喋らなけりゃ営業停止、みたいな強権だって持っちゃいない。が――」

ナイフのような視線が、世界最大級のウサギ、その品種名を名乗る巨漢を貫いた。

「ここは無法の街だ。話したくなるまで、力ずくであんたから聞くこともできる。――とはいえ、できれば穏便に済ませたいんだが。あんたらに迷惑はかけないよ」

「いきなり乗り込まれた時点で迷惑だわ」

ぼきぼきと指の関節を鳴らし、フレミッシュジャイアントは尖った前歯を剝く。

草食獣とは思えない狂暴なそれは、どうやら笑顔らしかった。

「ドリンクはオゴッちゃうから、帰んなさい。口でダメなら、腕ずくになるわよ？」

「そうか」

淡々と言い、しゅるるるる……とスプレーを吹くような甘い音。

零士の髪が、身体が、輪郭からぼやけて崩れ、霧となって微かに散る。

それが死をもたらす幻想の技だと、巨漢のウサギはおろか店の誰も知らなくて——。

「待てって、零士。お前じゃ殺しちまうだろ、この人」

「……手加減はするが？」

「どのみち危ないってんだよ。——ウサギの相手なら、狼さんに任せときな」

倣うようにドリンクを一気。飲み乾したグラスをカウンターに戻して。

黄色のメッシュが入った人狼、頼山月は巨漢の前に立ちはだかった。

「遊ぼうぜ、おっさん。俺をぶっ飛ばせたら、相棒は責任もって連れて帰るよ」

「あら？　骨っぽいこと言うじゃない。好みだわ、そういうタイプ」

「俺もあんたみたいなのは嫌いじゃねえよ。殴り合いでナシがつくなら楽だし……」

無言、ウサギが動いた。

常人の2倍、3倍も膨らんだ極太の腿。それに合わせて仕立てたらしい特注のボトムが跳ね、人狼の横腹めがけ、情け容赦ない回し蹴りを見舞った。

「……なっ、と!!」

「あらッ⁉」

めちっ、と鈍い音。トラック用のタイヤを蹴ったような密度の高い感触。

巨漢のウサギに動揺が走る。人狼は中段回し蹴りを腕で捌き、かつ掴んでいた。

「素人じゃないわね。何かやってるでしょう、あんた⁉」

「幻想種ったっていろいろさ。相棒と違って俺の能力は地味〜なもんでよ」

ぎりぎりぎりぎりぎりぎり、みちッ。

「っ、〜〜〜〜〜!!」

掴まれた足首が激烈に痛む。辛うじて悲鳴を噛み殺し、巨漢ウサギは片足で跳ねた。

だが、逃れられない。人狼の異様な握力で掴まれた骨が、筋肉が軋み続ける。

「鼻がめっちゃ利く。知ってるかい、ウサギさん。生き物ってのは動くたんびに臭いが微妙に変わるのさ。特に誰かをぶん殴ろうとする時なんて、ぷんぷん臭う」

「あら、やだ……!! お風呂は必ず、入っていてよ⁉」

「フェロモンってやつさ。ほんのちょっと、普通感じられねえ臭いを俺は嗅ぎ取る」

　人狼に奇襲はありえない。

　まともな生き物ならば、攻撃しようと考えた瞬間に嗅ぎとり身体が動く。さらにくんと鼻を鳴らしてひと嗅ぎすれば、巨漢ウサギの痩せ我慢すら看破してしまう。

「あんたの痛みはちょい酸っぱいな。ライムっぽい香りだよ」

「ぬおおおおおおおおおおおおおおおおおおあっ!!」

　凄まじい気合い。激痛を堪え、摑まれた腕を力任せに引っ張る。

　見事な体幹。片足立ちの不安定な状態でそれをやるのは、単なる人獣の強化身体能力ならず、何らかの格闘技をそれなり以上に学んだ成果だろう、しかし。

「っと！」

　呆気なく手を離す。足が自由になり、じんじんと痺れる右をかばいながらウサギが立ち。

「……っっっ！」

　骨にひびくらいは入っているのだろう。軸足から体重が移った瞬間、足首に激痛が走った。

　フレミッシュジャイアント。身長２ｍ超えの巨漢を支える足は頑丈だが、重要であるが故に弱点ともなる。ほんの一瞬、反射的にギュッと瞼を閉じるが、覚悟を持ってそれを開いて。

「まだまだぁっ!!　かかってこいや、おんど……ヒッ!?」

「悪いな。——遅すぎんよ、おっさん」

　巨漢で空間が埋まった店内。狭い空間、並んだ椅子ひとつ倒すことなく。

反射的に眼を閉じた、一秒にも満たない一瞬で。黄色いメッシュが眼前に迫り、野太い爪が喉笛を握る。ぬるりと滑り込んだ月の手、鉤爪の伸びた指先が肉と毛皮に食い込んだ。

めきめきめきめきめきめきめきめきめきめきめきめきめきみしり。

「~~~~~~~~────……か……が……おげ……!!」

もがく、あがく、暴れる。

ダンスのパートナー、女性をエスコートする紳士のように懐へ滑り込んだ人狼、体重にして倍はありそうな巨漢ウサギに対し、一切力負けすることなく圧倒していた。

器官が圧迫され、舌が飛び出る。

(違う!! 違いすぎ!! 無理!! 無理よ、こんなの!! なんて圧倒的な……暴力!!)

巨漢ウサギ。舌骨が折れそうな圧迫感、脳がブラックアウトする寸前に閃くような賞賛。

すべてが違う。違いすぎる。素人ではない、武術家として彼は相当なものだ。体力だって、同年代の素人はおろかプロ級の筋肉を維持している。さらに怪物サプリの絶対強化だ。

草食獣は肉食獣より弱い──?

そんなことはない。

野生の場で、多くの肉食獣は群れをなし、弱ったりはぐれた草食獣を狙って狩るではないか。

多くの場合草を食む獣は肉を喰らうそれより餌に困らず、より大きく重く強いのだから。

怪物サプリをキメた人間にもその原則は当てはまる。

狂暴なのは肉食獣、だが真に喧嘩が強いのは草食獣、それも大型だ。彼がキメている大兎、フレミッシュジャイアントは戦闘向きの動物ではないが、武術と場慣れで補うはずだった。

だが、違う。違うのだ。そんな小賢しい計算など——

「——いいだろ、おっさん。もう」

「ごう、ざん……ごうざん、よぉ!! だず……げ……!!」

すべて力で、捻じ伏せる。

凄まじいという他ない膂力。圧倒的極まる瞬発力。敵を読み嗅ぐ鋭敏な鼻。

強い、速い、鋭い。3種を兼ね備えた戦闘生物——幻想種に、敵うはずがない。

「げぇほ! げほ、えほっ……!! し、死ぬかと思ったわぁ……!!」

「そのつもりでやんねーと。ぬるいことしたら余計怪我させちまうだろ?」

骨を軋ませていた手が外れ、空気を貪るように吸うウサギを、人狼は助け起こした。

「悪い事してねえんなら、ビビらなくてもいいぜ。何もしねえよ、な?」

「しないな。さっきも言ったが、俺達は警官じゃない」

椅子から立ちすらせず、カウンターに座ったまま鉄火場を眺めていた少年。

零士は、カウンターの奥に隠れた女性たち、そして腰を抜かした巨漢へ。

「知っていることを、隠さず話せ。——いるんだろ、柿葉蛍」

「……こういうお店で本名を呼ぶの、空気読めてないと思うわ」

演技ではない素の言葉は、学校で聞いたものとまさに等しく。
隠れていた物陰からぴょこんと覗く純白の耳。
ヒトであった頃にしなやかな強靭さ、草食獣のスタイルをプラス。
化粧で印象を変えた目元を拭い、特徴的な光を蘇らせて――

「ごめんなさい、オーナー。私の、客よ」
「ベファレン……いえ。蛍ちゃん……!!」

純白のＪＫバニー。白兎娘ことベファレンは、その正体を明かした。

――03　告白――

「お話の間、貸し切りにしたげる。なる早で済ませてちょうだいね？」

「ありがとう、オーナー」

「いいのよ、蛍ちゃん。それじゃみんな。2時間くらい外で遊んでてちょうだい！」

「はーい。どーしよ、スロでも打ってく？」

「ごはん行こうよごはん。ちょっといいサラダバーのお店見つけたんだけど――」

指示を受け、JKバニーたちが店を出る。が、巨漢ウサギのオーナーは残り、どすんと大きな尻を椅子に乗せた。

「オーナー。……いいんですか？」

「男の子たちの中に蛍ちゃんだけ残しちゃ危険でしょ。ボディーガードよ」

「助かります」

「気にしないで。ああ、口を挟んだりはしないわよ？　少し離れて、聞いてるわ」

大人らしい気遣いを見せて、オーナーはカウンターに並んで座った零士と月からやや離れた入り口側に座ると、高級そうなウィスキーの封を開け、グラスに注いだ。

濃い酒精の香りが場に漂う。カウンター内に立つ白兎娘――

柿葉蛍は、その様子を見て空のグラスを、掌で支えるように持ちながら言った。

「何か飲む？　――おかわりとか」

「あれはマジ美味かった、ごちそうさん。けどま、話を先に済ませちまおうぜ？」

「そうだな。できればあんたもこの店も傷つけたくない。素直に話してくれると助かる」

「……気を使ってくれるなら、そもそも凸して来ないで欲しかった」

やや呆れ気味のジト目に、零士はさらりと答える。

「ここは、かなりまともな店だと判断した。そういうところを潰すと上が嫌がる」

「そゆこと。内装の趣味もいい、ドリンクも美味い。んで――」

ぴすぴす、鼻が鳴る。

人狼たる月の超嗅覚は、店内の不審な痕跡を残らず洗い出していて。

「ヤバいお薬とか、エロい臭いとか、そういうもんが一切ねえ。酒と食い物と女の子だけだ。つまり、エロいサービスも何もない、酒飲むだけの優良店。そういうこったろ？」

「お給料も高い。しかもオーナーは素敵。――正直、めっちゃ助かる」

「褒めても何も出ないわよ？　……時給、ちょこっとだけ上げちゃおうかしら♪」

「やた」

オーナーの茶々に、小さくぴすっとVサイン。そんな愛らしい蛍の笑顔など意に介さず。

「この街じゃ法律も何ない。キャバクラだろうがガールズバーだろうが無視して営業できる。

そんな中、律儀に看板掲げて、守る必要のない法律を守って商売している
「かなり珍しい店だよな。何か理由でもあんの？」

冷えた言葉の零士、繋ぐように言う月。トスされた話題に、蛍は答える。

「オーナーは、仮面舞踏街になる前からここでバーをやってた人だから」

「古参ってわけか」

「ビルごとアタシの持ち物よ。ローンも終わって、家賃なし。好き勝手やれるわ」

カロン、と氷が鳴った。

オーナーが掲げたグラスの中、琥珀色のアルコールに丸い氷が解けていく。

「昔は商店街の会長なんかもやってたけど、こんな風になっちゃったでしょう？　昔の仲間はみんないなくなっちゃって、アタシだけ残ってお店を続けてるのよ」

「商売替えすりゃ何倍も儲かるんじゃねえの？」

「お金より愛よ、おわかり？　エロスじゃないわ、アガペーなの」

「わかんねーよ」

性愛よりも無償の愛。古典ギリシア語の概念など、若者たちに通じるはずもなく。

「柿葉さん、あんた保護受けてんだろ？　生活援助B認定。生活費は支給されてるはずだ」

「……ええ」

「なのに、水商売みてえなバイトをやってるのはまずいだろ。そんなに金が必要なのか？」

率直な月の質問に、蛍はわずかに目を伏せてから、吐き出すように答えた。

「私、子供の頃の記憶が無いの。――児童養護施設で育った」

「……………」

特殊永続人獣たちは静かに聞いた。

促すような沈黙に、蛍は語り続ける。

「個人経営の施設で、身寄りのない子供たちが大勢、家族みたいに暮らしてる。

私は年長の方で、弟や妹たちの面倒をよく見てた」

「……幸せ、だったと思う。ちょっとうるさく感じることもあったけど。

小さい子の世話は嫌いじゃないし、施設の寮母さんは厳しくて、けど優しくて」

「本物の家族だった。私は……そう、思ってた」

最後に滲む感情、どこか重さと苦しさを隠すようなそれを、零士は問う。

「違ったのか？」

「国が、そう認めなかった。私は成績が良かった。生活態度が良かった。あと美人だった」

「堂々と言うな……。自己肯定感が強めの女子しかいないのか、アカネ原高」

「さあ、知らない。そんな時、路上で転んだお爺さんを助けた。そうしたら、バズった」

それはただの偶然だった、と蛍は語った。

たまたま転んだお年寄り。足を挫いて動けなくなる。短距離だからと自動運転を解除した車。

気付かず脇見運転で突っ込む。とっさに飛び込み、お年寄りを抱えて脱出。

言葉にすると、それだけだ。たまたま目撃した人が動画を撮影、SNSにUP。勇敢な行動、バズって本人が特定され、蛍の信用スコアは爆上がりし――

「私は、生活援助Bに認定された。申請もしてないのに、施設を出ろって言われたわ。学費がタダとか、生活費がもらえるとか言われても、望んだわけでもなかったのに」

「拒否とか、できねーの？　施設の生活、悪くなかったんだろ」

「できない。前例がないから無理だって」

法とそれを執行する機構は、動き出すのは極めて遅い。

されどひとたび動けば障害をすべて圧し潰し、目的を達成するまで突き進む。

バズり、その人格と有用性を示した柿葉蛍は、保護すべき存在と認定され――拒否権はなく。

「施設の財政も良くないから、私の分の学費や生活費が浮くなら、その分家族も助かる。断る理由はないだろ、って言われた。……言い返せなかった」

「みんな、引き留めてくれた。施設の寮母さんは、泣きながら見送ってくれた」

「私はお金をもらって、褒められて、家族を捨てさせられた。

――ムカついてもしょうがない、って思うんだけど」

続けざまの言葉。胸の奥に溜まったものを吐き出すように蛍が告げると、月が首を傾げ。

「まあ、しょうがねえ、か……？」

「その話のままなら、金銭的な負担を考えるだけならかなり楽になったと思うが」

零士はざっと計算を進め、掌に数字を描きながら言う。

「柿葉は生活援助を受け、施設側は予算が浮いた。深夜バイトで稼ぐ必要はないだろう」

「……もう少し、続きがあるから」

重い話だった。蛍は言い辛いことを口にするためだろう、グラスに注いだ水をひとくち。

唇を湿らせ、酒でも飲んだかのようにくはっ、と息を吐いてから――。

「私が施設を出たあと、寂しがった施設の子……弟のひとりが、学校でトラブルを起こした」

「え、何だそりゃ。イジメ？」

「その逆。イジメられてる子を助けようとして、手を出した」

暴力に対する暴力。正当性があるようにも感じてしまう出来事。

だが世間の審判は、そんな感情とは真逆に動いた。

「同年代の男の子と喧嘩して、軽い怪我をさせた。――私とは逆のことが起きた」

「弟は炎上した。人をケガさせた最低のクソガキ。礼儀知らずのカス。抗議が大量に届いて、施設の責任が問われて、公的援助のランクが下がった」

「……最悪だな」

胸が悪くなるような展開に、零士は顔をしかめる。

「被害額は？」

「ざっと私の学費の5倍。相手の怪我は2週間もせず治ったけど、弁護士を雇って民事で詰めてきて、示談。……責任を感じて、弟は学校に行けなくなって」

示談金に加え裁判費用の負担。民事での和解金。一度上がった公的援助が逆転。生活レベルの低下。支払えるはずだった支払いが滞り、さらに信用スコアが下がる悪循環。

「ひきこもりとか、不登校とか、昔は珍しくなくて、罰則もなかったらしいけど。今の法だと認められなくて、施設の評価がさらに下がった」

「……何つーか……きっついな、そりゃ」

坂道を転がり落ちる石ころのように。

ありとあらゆる物事が負債となるような展開に、月は苦しげだった。

「弟さん、今どうしてんの？」

「無理に学校に通おうとして、ストレスで胃潰瘍。今は入院中――お見舞いに行っても『ごめんなさい』以外喋らない」

「今の税法でランクが下がると、国からの補助や税優遇がひとケタ変わるの。昔、名ばかりでまともに子供やお年寄りを保護しなかった福祉施設が多かった時代の……名残よね」

昔を知る年長者だからだろう。

傷だらけのふっくらとした毛皮を掻いて、オーナーが言う。

「アタシはね、そんな蛍ちゃんの事情を聴いて、力になろうと思って雇ったの。優秀な子だし、お店のためにもなるから。そういうことよ、おわかり？」

一方的な施(ほどこ)しや優越(ゆうえつ)感ではなく、ビジネスぶって。

照(て)れ隠(かく)しのように酒を呷(あお)る巨漢(きょかん)のウサギを、零士(レイジ)はじっと見つめる。

「無茶な話だ。給料の支払(しはら)いは、この街じゃ電子決済は無理だし、足がつくから——現金か？少額ならまだしも、施設(しせつ)の助けになるほどの高額を外で決済すれば追跡(ついせき)される」

そうなれば当然、監査(かんさ)にひっかかる。

出所不明の現金の流入——犯罪等の関与(かんよ)の可能性。さらなる評価の低下。

「そこは考えたわよ。蛍(ケイ)ちゃんのお給料、アタシが施設(しせつ)に寄付してんの」

「個人的な寄付なら、お金は施設(しせつ)の口座に入るから。——決済されても問題ないわ」

「あ。使途(しと)不明のクレジット出金っての、もしかしてそれか？」

柿葉(カキバ)蛍(ケイ)が監査(かんさ)に睨(にら)まれたという使途(しと)不明金。口座から抜(ぬ)かれた多額の金は。

「そう。私のお金を一度現金化して、オーナーを介(かい)して寄付したの。施設(しせつ)の子が進学したり、急な病気になったりして、支払(しはら)いが重なった時の穴埋(あなう)めに」

「……マネーロンダリング、って言うのかねえ？　こういうのも」

「俺が知るか。例外的な処理をしているらしいが……俺達が咎(とが)める筋はないな」

月(ゲツ)に話を振(ふ)られ、零士(レイジ)は苦い顔のまま天を仰(あお)いだ。

「この件、他に知ってる人間は？」

「……あの子にも、した。私をつけてきて、この店のことを知られたから」

蛍が示唆する、その人物に――特殊永続人獣たちは、心当たりがあった。

「池田舞。……《轢き逃げ人馬》か」

「そう。亡くなる前、1か月くらい。……私の前に、あの子は突然現れた」

その時の出来事を思い出す。客からは見えないカウンター内、天板の裏を指で探る。

現れる録音装置――古めかしいそれは、今や骨董品と化したアナログテープ。

「うっわ、古っ⁉ 博物館でしか見たことないぜ、そんなの！」

「この街だとスマホは使えないから。お店でお客さんとの会話を録音するのに使うやつ」

「客の話を録音？ 脅しのネタにでも使うのか」

「やあね、そんなんじゃないわよ。あなた、接客ってものをナメてない？」

零士の想像を、オーナーが否定する。嘘のニュアンスがない、実感のこもった言葉で。

「この街じゃ常連さんの顔が毎日違うなんてザラよ、ザラ。今日アライグマなら明日ライオン、なんてことだってあるんだから。けどお客さんにとっては違う――店の女の子が、昨日の話の内容も覚えてなかったら、がっかりしちゃうでしょ？ もう来てくれなくなるわよ」

「だから客との会話を録音して、記憶するわけか」

「そういうこと。危ない話とか、プライベートの話題なんかはすぐ消すように指導してるわ。秘密は厳守、口が軽い酒場なんて最悪でしょ？ あくまで接客のためよ」

「……くっそ真面目な商売してんなあ。あえてテープ使ってんのは、なんで？」

「デジタルデータだと持ち出しが簡単すぎるからよ。店の女の子たちはいい子ばかりだけど、持ち出しやすい環境だと魔が差すかもしれないもの。アナログテープなんて再生できるハードもまず手に入らないし、このお店でしか聞けない。簡単な保険ってとこね」

「は～。凄っ、考えてんなあ」

思わず感心する月。接客のための心配りが、思わぬ情報を保存していた。

蛍はレコーダーを操作、巻き戻す。キュルキュルと鳴る磁気テープ、そして――

《……ムカつくの。命さんの足を奪った、くずどもが……！》

音質の悪い声がした。《轢き逃げ人馬》の声ではない、池田舞という女の子の肉声。

そこには深い苛立ちと、隠しきれない憎悪が混じっていて。

《ハメを外すためにこんな汚い街を作って、好き勝手してる大人が》

《――ブッ殺してやりたい》

《けど、あたしは弱いです。クズはみんなサプリをキメてるから。……武器が、欲しい》

《あたしでもクズを殺せるようになる力が……あるんでしょ、この街には？》

《……何のことか、わからない。何が欲しいの？》

違う声が挟まる。

カウンターの中に立つ蛍が辛そうにきゅっと手を握りしめる。彼女の声だ。

《迷惑はかけないよ。この店、特別なサプリを使ってるよね？》

《店の評判をディープウェブで調べてみたら簡単だった。

いつ行っても必ずウサギの女の子がいる店、ＪＫバニー専門ガールズバー》

《他のお店にはない、ヒトっぽい人獣。普通のサプリじゃ、絶対無理》

《あるんでしょ、特別なサプリ。変身先を選んだり、動物っぽくなくするような――。

なら逆に、動物っぽさを濃くしたり、強い動物を選んで変身できるのも、あるよね？》

《……無い。そんなの、無いよ》

《嘘つき。ちょうだい。売ってるなら買う。お金はいくらでも払う》

《虎とかライオンとか熊とか、メチャ強い獣になれるやつを。

あたしから命さんを、先輩を奪っていったくそどもを捻り潰せるような力を》

《売ってくれないと――あたし、このことを全部》

《学校に、あなたを知ってる人たちに、みんな……バラしちゃいますよ？》

脅迫は最後に、嫌らしい響きを帯びて。

カチャリと音をたててテープを停め、蛍はそれを再生機ごとカウンターに置いた。

「選択の余地はなかった。けど……絶対、嫌だった」

対面のふたりではなく、テープレコーダーに視線を落とす。呪いの言葉が詰まったそれに、恨みよりも悲しみと罪悪感、自分を責める苦しみをこめて。

「ちょっと変わったサプリは、ある。けど――」

「私が売ったそれで人を殺すなんて、嫌で嫌でたまらなかった。だから、断った」

「……そうか」

嘘や演技にしては、真に迫り過ぎていた。零士はちらりと相棒を見る。

人の感情を読み、嘘を嗅ぎ取る人狼は、痛ましい表情で頷く。嘘はない、そう示すように。

「断ったあと、報復はあったのか？　秘密をバラされるような出来事が」

「あった。……悪い噂を流されたわ。もともと仮面舞踏街への出入りを学校の人に見られて、裏サイトに小さな書き込みが何度かあったらしくて」

当初は『優等生もやることとやってるんだ』的な、些細な暴露。

だがそれに燃料をくべ、盛大に燃やしたのは――他でもなく。

「《プチってる》とか、そんな風に言われ出したのは、最近。私がサプリを売るのを断ったら、裏サイトやSNSのダイレクトメッセージで、あちこちに晒したみたい」

「だが、ギリギリ噂止まりだ。致命的な証拠までは上がってない」

「うん。……たとえばらされても、売らない、売れないって言ったから」

蛍ははっきりと、己が胸に手を当てて。

「彼女の先輩、賣豆紀命さんの事故の話は聞いたわ。犯人はもう捕まってるし、賠償もしてる。……それ以上の報復を求めるのはやりすぎだし、関係ない人を襲うなんて、ただの殺人」

自己の良心に基づく説得。

だがそれも、悪意に凝り固まった池田舞、《轢き逃げ人馬》になる以前の彼女には通じず――。

「何度も言ったら、彼女もウザくなったみたい。私を脅すのを止めて、バイトを始めたの」

「バイト？　……まさか、この店でか？」

「雇わなかったら、学校で蛍ちゃんをいじめるって、そうアタシを脅したのよ、あの子」

聞いていたオーナーが、苦そうに酒を干し、杯を重ねた。

「アタシ個人のことならいくら脅されたってイモ引きゃしないわよ。けど、蛍ちゃんが学校でこれ以上立場を悪くしたら、最悪保護を取り消されかねない。施設に戻るだけならよくっても、今の状態じゃ共倒れになりかねないわ。……要求を呑むしかなかった」

「それじゃ、池田舞はこの店で働いていたのか？」

「ええ。働きぶりは悪かったわ。接客もドリンク作りも苦手だったのね、あの子」

でも、とオーナーは頬に手を当てながら、かつての情景を思い出す。

「歪んでいても、熱意は凄かったのよ。必死で笑顔を作って、悪い男たちに媚びまくってた。最近はこの街でもギャングとか元ヤクザ、半グレみたいな連中が徒党を組んでるのよ」

そうした悪い筋の客を一手に引き受けて。

池田舞は、この無法の街で少しずつ少しずつ、手を伸ばしていった。

「……努力の方向音痴っつーか、何つーか。もうちょっといい方向に頑張れねえかなあ？」

「無理だったんだろう。憧れの先輩を壊したもの、それへの復讐だけが残ったものだった」

救いようのない話にぼやく月。零士がそれを受けると、蛍が自ら頭を下げた。

カウンターに額が当たるほど深く、ほぼ直角に腰を曲げて――。

「彼女が亡くなったと聞いた時は……。

きっと、そのうちの誰かから、危ないものを手に入れてしまったんだって、わかった」

「止めるべきだった。止められなかった。……ごめんなさい……！」

苦しみと自責が滲む声。これまで誰にも話せなかった思いを打ち明けるように。

「謝る必要はない。これまでの話を聞く限り、あんたはどちらかといえば被害者だ」

そこまで言って、ふと零士は気づいた。

「『調べてもいい』と言ったのは。もしかして、ばれてもいいと思ってたのか？」

あの学食で、事件について調査していると明かした時。

その場を立ち去った蛍が呆気なく許可を出し、特に慌てる素振りもなくこの店に来た理由。

尾行の可能性を考えないほど愚かではないはずだ。ならば、それは。

「……責任は取るべきだと思うから。彼女の死に、私にはそれがあると思う」

受け入れていたからに、他ならなかった。

「私は彼女を止められなかった。言葉を尽くしても、聞いてもらえなかった。公にして、周囲に助けを求めることができなかった」

それをしたなら、自分自身が危なかったからだ。

施設のため、家族同然の子供たちの、寮母のため——言い訳はできるが、結局は保身。

言葉を飾る卑怯さに耐えられず、柿葉蛍はすべてを受け入れていた。

「それをしたら、私自身が危ないから。施設に寄付もできなくなるから。

そんな風に理由をつけて、自分をごまかして……大丈夫だって、思いたかった」

「そんな危ない薬なんて簡単に手に入るはずがないって。

だからきっと、私さえ我慢していれば大丈夫だって、思いたかった……！」

下を向いたまま、青ざめた蛍の頰に、零れる涙。

苦しみに曇る美貌。人獣と化したとて地顔の良さは際立っている。

それはまるで女神の苦悩を彫り上げた、名匠の彫刻じみていた。

「……でも、これで終わりね。報告するのでしょう？　警察とかに」

「どうなんだろうなあ。……なあ零士、これってオレらの仕事か？」

「無いな。さっきも言ったが、危険なマネをしたのは池田舞で、あんたは脅迫を受けた側だ」

ふたりが受けた仕事は、池田舞家族爆殺事件の犯人捜査、幻想サプリの出所調査。

その黒幕がいるならば当然逮捕するべきだが、彼女達はそうではない、なら。

「バイト中の同級生を捕まえろ、なんて指示は受けていない。俺たちの仕事じゃないな」

「あら。それじゃ、見逃してくれるってことかしら？」

オーナーが口を挟み、零士は面倒くさそうに手を振った。

「余計な仕事をするほど、高い給料は貰ってない」

「……ありがとう」

やっと顔を上げ、蛍は笑った。

「いいじゃん！　たまにはいいとこあんな、相棒！」

「たまに、だけ余計だ。彼女を捕まえたところで、どうせ俺達の評価には繋がらない」

些細なことはこの際どうでもいい、とさえ零士は思っていた。

そんなことより、追及しなければならない《問題》が控えている。

「取引しよう。あんたたちの秘密は守る、その代わり――

池田舞の幻想サプリの入手先、接触していた人間の心当たり、それと」

これだけは確かめておかねばならない。

この店で働く女子たちがキメているであろう《特別》なもの。

「変身先を特定し、ヒト比率まで変更できる……《限定サプリ》について、教えてもらおうか。

そんな代物が存在するなんて、ＢＴ本社にすらまったく情報がない」

当然、正規に販売されているはずがない。

「池田舞の幻想サプリ、そしてこの店で使われている限定サプリ。出所がＢＴ本社の試作品かサンプルだとしたら、同じルートから流れた可能性がある。……どうなんだ？」

鋭い追及。和みかけた場の空気が凍りつき、オーナーが蛍をかばうように手を挙げた。

「違うわよ。ウチのサプリは、ヤバいところから買ったりしてないわ」

「それを判断するのはあんたじゃない。俺たちだ」

被害者に接する柔らかさを殺し、シビアな尋問者の面持ちとなって睨みつける。刃の視線がオーナーを両断するように流れ、それからカウンターの蛍に向かった。

「うちの店の、サプリなら……」

「蛍ちゃん。……いいの⁉」

制止と抑制のニュアンス。オーナーがかけた言葉に対し、蛍は覚悟して。

「私が、作ってる。それ、まずいの？」

「……は⁉」

意外極まる告白に月が叫び、零士がクールな眼を剝いた。

どこか戸惑ったような蛍にふたりが注目し、オーナーが嘆息して。

思いがけない食いつきに、蛍がやや怯んで半歩ほど退いた、その刹那。

あらゆる意識が彼女に集中し、すべての警戒が外れた致命の隙に。

「バレちゃった。しょうがないわ――……え？」

蛍を心配げに見つめる大ウサギ。

ついさっき人狼にへシ折られかけたその首に、ぺたりと何かが触れて。

——グチャッ!!

「げぺっ」

骨が砕け、肉が千切れる音がした。

「は……?」

跳ねた雨粒が当たるように、鮮血が零士の、月の、蛍の頬に点々と散る。

頬を拭う。指先をべとりと濡らす餅のような血飛沫。理解できないままバネ仕掛けのように、反射的に零士と月は真横を、オーナーが座っていたカウンター席の隅を視た。

それは、まるでシュールレアリズム。

ねじるように首をもぎ取られた胴体——太ったマッチョな巨漢ウサギが、虫の死骸のようにグラスを片手に固まったまま、ゆっくりと真横に倒れていく。がしゃん、と派手に散らかるストール。たちまち床に広がる血溜まり。もぎ取られたばかりの生首、片耳片目のヤクザ兎の生首が、天井から——そう。

「ぞ……おおおおぉぉぉ――――……きん」

わけのわからない声をあげる、肋骨が浮くほどげっそり痩せた人影。

重力を無視したように、天井から逆さに突っ立つ男。やたらと長い手脚、落ちくぼんだ眼窩は真っ黒で、眼球があるべきところには墨を塗ったような闇がある。

髪は毛先が揃ったキノコ頭で、老人なのか、若いのかも判然としない。

亡霊じみた男は、全裸に白の下着。――何の変哲もないブリーフ一枚を穿いたまま、ただ今もぎ取ったばかりのヤクザ兎、飛び出た眼と突き出た舌から血を流すそれを。

「えへ」

バスケットボールのように両手で掴んで、歯を剝いて笑った。

刹那――黒い霧が噴き上がる。瞬時に揮発した零士の黒髪、自在に物質化する霧の肉体が、唖然として動けずにいる月と蛍をかばうように包み、無数の棘となってソレを狙う。

真横にした剣山、針山のような黒い霧の槍衾。

ソレがブリーフ男の薄い胸板に突き刺さるかに見えた瞬間、そいつは抱えていた首を床へと放り出すと、まるで摩擦熱で火を熾そうとする原始人のように、長い掌を擦り合わせる。

……シュッ！　と、勢いよく手と手が擦れ。

零士の頭が見えない何かに挟まれて、首の骨を砕きながら180度回転し。

骨が砕けるグギリ、音。生々しい響きと共に、シャンペンの栓のように吹っ飛んだ。

「～～～～～～～～～～～～～～～～ッ!?」

声にならない悲鳴、絶叫、恐慌。

とっさに月がカウンターへ飛び込む。硬直する蛍をかばうように物陰へ押し込みながら。

「お、オーナー……オーナー！　今！　首が！　あいつも！　なにが、な……!?」

「わっかんねーよ!!　たぶん俺らが追ってるヤツだ。幻想サプリ――知らねえぞ！　あんな！　神話も伝承もねえ。聞いたことねえぞ、あんなの!!」

わたくたと混乱しながら声をあげる人狼とＪＫバニー。

カウンターの底に二人転がりながら見上げると、たった今首をもぎ取られたばかりの零士が、その断面から鮮血ならぬ黒と白の混じった霧を激しく噴出し、風船のように踊っている。

づぶっ

一度停まった黒霧の槍衾が再び伸びて、ブリーフ男の全身を突き刺す。薄い肉に無数の穴を穿たれながら、それは空っぽの眼窩を細めて赤ちゃんのように無垢な笑顔を見せて。

逆さに立っていた天井から、瓦礫と破片が飛び散る床へ、降り立った。

「ぞぞぞぞぞぞ……お～～～……きん!!」

「黒白霧法。――黒千本！」

無数の黒針が機銃掃射のようにピストン運動。文字通り幾千の刺突音。

豪雨のごとくブリーフの怪人を撃ちながら、千切れた頭部が霧となって解けるや、首の断面へと戻っていき、姿無き極微の飛沫、霧の怪物はふたたびヒトの形を取り戻して。

「何だ、こいつは……⁉」

「？」

割れた酒瓶、砕けたストール、立ち込める土埃と微塵のモルタル。

破壊の痕跡に煙る酒場で。怪異と幻想の対決が――始まった。

3rd chapter

雑巾絞り

Wring out the rag

「怪異、って知ってるかい?」

夏木原の片隅。完成から元号が二回りほど変わった建築は、建物事体が骨董品の趣。わけのわからない標本、ホルマリン漬けの生物の標本、アルコール漬けの奇怪な何かが並ぶ、博物館の裏方じみたオフィスに、エアポケットのような事務机がある。

虹の輝きを放つデスクトップPC、場の空気と調和しないサイバーな趣のゲーミングチェア。華奢な脚を晒すように、年恰好に似合わない事務服の幼女がモニターを睨んでおり――

「無視しないでおくれよ、ネル君! ほら、君のためにコピ・ルアクを淹れているよ⁉」

「女性のご機嫌取りに選ぶのが猫の糞とか、死んだ方がいい」

「高価いんだけどなあ。ついでに美味い。何せ今時輸入もひと苦労だからね」

古めかしいコーヒーミル。いかにも好事家らしいさまざまな道具を並べてコーヒーを淹れ、ジャコウネコの糞から採ったという高級なそれを供する、スーツにエプロンの中年男。

「知っての通り。感染爆発に始まる世界の混乱は、フルオープン状態だった電脳世界、かつての完全無検閲、全世界が文字通り繫がっていたネット環境の閉塞を生んだ」

「知ってる。――グローバルの終焉、でしょ」

緻密な経済関係、相互依存に基づく安全保障は権威主義国家の暴走による戦乱に破壊された。収まる気配すらない感染爆発による犠牲は国家の権威に深い傷を与え、株価・通貨の下落と経済混乱を嫌った権威主義国家はネット環境の閉塞、事実上の鎖国を決定。

それに端を発する混乱、戦乱、騒乱は未だ全世界に影を落とし続け、この極東の島国のみがエアポケットのような平和を享受し続けている。

「進化し過ぎた通信は衆愚の暴走を招く——そう断ずる施政者は多かった。それが故に言論の統制、SNSの規制、歴史認識の統一というイカれた現在に至るわけだけど」

公の場、公の検索エンジンから除外されたインターネット環境。

検閲を受けない悪徳の巷、電脳のスラム。巨大企業が提供するプラットフォーム上には存在しない、裏の専用ブラウザをダウンロードしなければ閲覧すらできないネットの闇。

「《怪異》——ディープウェブで語られる、噂話」

「その通り！　風説、あるいは都市伝説とも呼ばれていたね」

突き詰めれば神話伝承の類とは人々の噂話に始まり。

人口に膾炙する中で唯一無二の個性、キャラクターを獲得したものだけが——

固有の名前を得、《怪異》となって後世に残る。

「あるところに、芸術家がいた。

非常に特殊なセンスの持ち主でね、石くれやコンクリートを材料に、ヒトをモチーフとした不気味な彫刻をたくさん作り、それはいつしかネットミームとして拡散した」

語りながら楢崎が提示したのは、わざわざ紙媒体にプリントされた数枚の画像。

いずれも異形。ただの石材でありながら、歪なかたちのヒトを表現した芸術作品。そう説明されてなお、まるで映画に登場するクリーチャーのようなリアリティを放つ。

「今のような情報統制が無い、グローバル全盛の話さ。これらの画像をコンテンツとして消費するうち、人々は好き勝手に作品を評し、そしていつしか――」

妄想は膨らみ、暴走をはじめ、
書き込みが、重なって固まって煮凝って、ついにはある伝承を生んだ。

「『何これキモい』『襲ってくるんじゃね？』『殺意しかない顔してる』……」

ネルが読み上げたプリントアウトした紙。印字された掲示板の書き込み記録。

「妄想が重なるうち――《怪異》は生まれるのさ」

降り積もる、降り積もる。

悪意、妄想、邪推、面白半分、暇潰し、無責任、言い捨てられる言葉の羅列。

積もり積もって悪意を孕み、生まれ出づる落とし仔の名。

「噂話から、超常現象みたいなことが起きるってこと？」

「ま、そゆことさ。ボクらの界隈、魔術師的に言うと――」

悪意の焦点が収束し。

超自然的な現象を人為的に引き起こす行為を示す言葉。

「神秘化と、呼ぶんだね」

コーヒーの香りが漂う。

過去、食通が愛し最上と評したそれで、忌まわしい話題を補うかのように。

「これはまた聞きのまた聞きだ。ま、諸説あるんだけど。

絶滅した旧人類。クロマニョン人と現人類を比較した場合、どちらが優秀だと思う？」

不意の問いかけに、ネルはふとモニターから顔を上げる。

「そりゃ、普通に考えたら今生きてる私たちの方が優秀でしょ」

「それがね、最近の説では違うのさ。クロマニョン人の脳髄は現人類より大容量で……かつ、身体能力も高かった可能性がある。現人類は、旧人類より劣っていた《かもしれない》
が、絶滅したのは旧人類。

性能で劣るはずの現人類は生き残り、この星の支配者となった。

「両者を分かつ鍵こそが、奇跡——神秘化の有無と言われているよ」

「上司がイカレた宗教観を披露してきた時の通報先って、パワハラ相談室でいい？」

「宗教じゃないよ、信じてくれとも言わないしね。コーヒーにミルクは？」

「砂糖も。アリアリアリのアリアリアリで」

コーヒーミルクを3つ、ティースプーンで砂糖を3杯。

どろりとした粘りすら錯覚するような甘く濃いミルクコーヒーを、骨灰磁器のティーカップで作りながら、楢崎はさらに調子よく、妄言じみた話を続けた。

「旧人類は強かった。個体として強すぎたが故に——大きな群れを作る必要がなかった」

推定、最大30人、４家族ほどが限界で。

自然の環境で生活する限り、それ以上の集団を作るには非効率だった。

「動物を狩り、獲物を捕る原始狩猟採集生活の場合、得られる食糧リソースは限られるからね。それ以上の群れを作ったところで、縄張りから得られる食物が足りずに飢えるしかない」

「……文明ストラテジーゲームみたい」

「限られた資源の配分によって結果が変わるという点で、その通り。結果、旧人類は家族単位の群れから脱却できず、それ以上の集団、たとえば国家を形成できなかった」

しかし、現人類は弱かった。

「故に家族や血族を超えて群れを作らねばならなかった。

弱いが故に脅威は常にあり、立ち位置を競合する旧人類や自然生物との競争に勝利し、生き残る必要があった。故に集団として結束する、そのための手段を発達させた」

「集団を形成する手段……ルール？　法律とか」

「それもそのひとつだね。だがもっと原始的、かつ本能的なものがあるじゃないか」

秘書ネルに差し出したものと同じ、コピ・ルアク。

ただし真っ黒。ミルクも砂糖もないブラックの湯気を顎に当て、香りを楽しみながら。

「――宗教だよ。存在を信じ、祖先を崇拝し、自然に祈った。同一の神格に祈ることで人々は生活習慣や倫理観、性風俗を共有し、家族単位を超えた群れをなす」

それはヒトが群れをなすための常識を作る。

「想い、願う力はそれほどまでに強大なのさ。――この星を征するほどに」

ヒトは光だ。宗教はレンズだ。

レンズは光を集束させ、一点に集めて炎を点す。

「宗教が衰えた現在、同じ役割は国家、法、テクノロジー、金銭、そして――。この国においては『空気』というあやふやなモノに引き継がれたのさ。国家が規制し、超管理社会という枷をかけてなお、人々の意識は収束し、熱を帯びる」

楢崎はカップから漂う湯気に掌を当て。

蒸気は冷め、掌で結露し、雫となって滴り落ちるさまを、皮肉に笑う。

「現実のそれは、もっと汚く醜いヘドロのようなものさ。この国に生きる1億数千万のヒト、彼らの不満や怒り、不安や祈り、願いはあちこちで収束し、滴り落ちる。どんなに規制しても――神秘化は、無限に発生するわけさ」

「そのヨタ話が本当だとして。私達に関係ある？」

つまらなそうな秘書の言葉を受けて、楢崎はにやけた顔のまま続けた。

「あるとも！　ボクらの親会社、BT本社は生まれつつある現代の神秘《怪異》を捕獲し、収容し、解体して、その能力を利用している」

過去の神秘から生まれた幻想サプリ。

現在の神秘から創り出される怪物サプリ。

そして今まさに生まれんとする、未来の『怪異』を解体し、絞った髄液――。

「――《怪異サプリ》が、本社から流出したサプリに混じってるらしいんだよね」

「……」

ネルは静かにカップに唇をつけ、熱い液体をほんの少々味わう。

そして、しばしの沈黙のあと。

「あの子たちに、その話……した？」

「ついさっき連絡が来たばかりなんだってば」

少し離れた楢崎のデスク、ダイヤル式の固定電話。つい先ほど鳴り、通話の後で悠長にコーヒーを豆から挽いて淹れだした趣味人は、悪びれる様子もなく肩をすくめた。

「スマホの使えないこの街で、どうやって連絡するんだい。無理だよ、無理」

「それはそうだけど。……そんなのと出会ったら、ピンチなんじゃ？」

「まあね。生み落とされた怪異は、発見次第《階級》が設定されるんだ」

安全、迅速に確保せよ――《緑》。

危険、即座に確保せよ――《黄》。

滅亡。手段を問わず、いかなる犠牲を払おうと確保せよ――《赤》。

「赤じゃなく、赤なの？」

「くだらない言葉遊びさ。カッコいいからね、その方が」

「そんな適当な基準で滅亡されても困るんだけど」

「見解が一致したね。人類最後のコーヒーブレイクにならないことを祈って」

言うと、楢崎はネルが持つカップに、自らのカップを軽く当てた。

名工の磁器がチンと澄んだ音を立て、音色と芳香に酔うように。

「乾杯だ。さてさて、どうなることやら」

「……」

カップを掲げて笑う男の隣。

ネルは当たったカップの縁を、黙ってティッシュで拭いた。

――01 法則――

そしてその頃。

仮面舞踏街某所、ＪＫガールズバー『Pink Press』店内――

「ぞ」

「ぞぞぞぞ」

「ぞおおおお――……きんっ」

猿のように唇をめくり、おかっぱ頭、全裸ブリーフの怪異が嗤う。

青白い肌、青黒い歯茎、真っ白な歯。

不気味な素肌に突き刺さる千の黒針は、霧の怪物たる霞見零士が放った技。ＳＦで描かれる短針銃の如く、超高速で射出される黒い針の嵐は、怪異の筋骨をズタズタに引き裂いた。

飛び散る血しぶき、粘る血餅。青黒い血がピンクの店内に異様な絵画を描き、爆ぜた肉から骨や臓器の姿が覗いても、なおそいつは何の痛みも感じている様子がなかった。

「マジか。ダメージ無ぇの⁉」

「いや。……一応効くことは、効いてる」

爆ぜた肉、砕けた骨、削り取られた鮮血がうぞうぞと。

寄り集まるように元のカタチ、痩せたヒト型の怪異のもとへ無数の虫けらのように戻って、見る間に元の形へ復元されていくさまを、零士が、月が、蛍が今まさに目撃した。

「ただ、戻るだけだ」

零士の観察眼。

無敵ならばいかなる攻撃も弾き、無傷。

されど、アレは無敵ではない。超高速の黒針は肉を、骨を抉り、傷を与えている。が、即座に削れたそれらは元の形に戻り、マイナスの負債が一瞬にしてゼロに還ってしまうのだ。

「きっ」

「——……ッ!!」

しゅっ、と怪異が掌を再び拝み合わせ、擦る。

刹那、零士の頸が捩じれた。真横にかかる強烈なG、不可視の重圧が彼の首を真横に曲げて、90度から１８０度、ゴキリと骨が砕ける音がして、３６０度回転した。

芯が折れた人形のように、千切れぬ肉と血管のみで胴体と繋がった首がぶらりと揺れた。

「〜〜——————っっっっ!!」

声にならない乙女の悲鳴。

月に突き飛ばされ、カウンター向こうの陰に隠れた柿葉蛍の絶叫。

だが捩じり切られた零士の首は即座に黒い霧へと分解し、瞬時に再構築される。噴出する黒霧、千変万化の粒子が怪異に襲いかかり、分厚い刃となって喉仏を打った。

「黒白霧法。斬黒首」

「ぞ⁉」

黒の断頭台が襲いかかり、怪異の首を刎ねた。

ポン、とワインのコルクを抜くような快音。吹っ飛ぶ頭、切り株のように残された頸椎。血がしぶく。噴水のように。びゅうびゅうと降り注ぐその中で、落下した首を道化のように、痩せぎすの下着姿の怪異は手探りで拾うと、断面に頭部を載せた。

「ぞ」

明らかに感情がある、煽り顔。

どんなもんだい、とでも言うかのような得意げな表情で、刎ねられたはずの首が笑った。

断面すらもはや残っていない。首と体は一瞬にして癒着、完全に再生を終えている。

「……く、くび‼　飛んでったんだけど、どうして無事⁉」

「あ？　どっちが⁉」

「どっちも‼　黒白の人も、変態ブリーフも‼　頭とれたのにどうして平気なワケ⁉」

いつものクールさを完全に吹き飛ばし、混乱した様子でJK白バニー、柿葉蛍が叫び。

「零士はああいうヤツなんだよ。ぶっちゃけ首もげたくらいじゃ死なねえ、へーきへーき！」

「それはそれでおかしいけど!! じゃあ、変態ブリーフの方は⁉」

「あっちはわかんね、何でだろな。つーかまあ、予想はできっけど……!」

蛍を引っ張ってかばいながら、古き人狼の裔・頼山月はポケットを探り。

「携帯⁉ 使えるの⁉」

「裏通りならともかく、ここらならまだ電波が来てっはずだけど……ダメか!!」

仮面舞踏街の電波状況は最悪に近い。

電波の中継施設は存在するが、ノーメンテで放置。辛うじて駅周辺と表通りのみ維持されているが、ある程度ディープなエリアに足を踏み入れれば、まず圏外となって通じなくなる。

この店は比較的表に近い立地だが、それでも月の携帯は沈黙し、彼はやむなく周囲を探る。

「この手の店ならあんだろ……っと、予想通り！」

客の目には入らない位置。バーカウンター内の下に隠された家庭用電話機。

コードレス受話器を取ると、戦いの余波で飛んでくる瓦礫やガラス片から隠れながら、暗記した番号をプッシュする。ほんの3コール、すぐに回線が繋がって——。

『——やっぱ修羅場？』

「ネルさん⁉ わかってんなら教えてよ!!」

呆気なくさえ感じる秘書の声に、噛みつくように叫ぶ月。

『私も今社長から聞いたとこ。状況、どんな感じ？』

「細長いブリーフのおっさんがネジネジして首もいでくんだけど何アレ!?」

『何それ、怖っ。えー……？　キモい。キモくない？』

「めっちゃキモいけどドン引いてないで作戦考えてくれってば！　零士が何度ぶっ殺しても、死なねえんだよあの野郎！　社長、社長は!?　ネルさん、社長に代わって、社長！」

『はいはーい。えっと、ブリーフ？　ネジネジして、首をもぐ。具体的にはどんな感じ？』

電話の相手が交代したらしく、どこかとぼけた中年男の声。

月は受話器の片側、マイクに向かって。

「こう、グリッと回す感じ？　ネジ切るっつーか……！」

「……雑巾を、絞るみたい！」

曖昧な部分を補うように、蛍が月に続いて叫ぶ。

雑巾の絞り方――手前を順手で、上を逆手で内側に捻るように。

あの怪異、ブリーフ一丁の変質者じみた怪物は、執拗にそのジェスチャーを繰り返している。

そのたびに、何かが捩じれる。黒と白の霧が立ち込める戦場と化した店内で、空が螺旋を描き零士の身体を掴み、千切れるまで絞り切るのだ。

「自分でも言ってる！　ぞーきん、ぞうきん……そんな風に！」

『ああ、なるほど。雑巾、雑巾ね。――了解、特定できた』

見えない何かにピンボール・マシンが捻り潰され、フリップや釘やボールが散らかる。

キキキと猿のように笑うブリーフ男、霧化しながら絞られる空間を避け続ける零士をよそに、落ち着き払った声で、電話口の楢崎は何かの資料を読み上げた。

『収蔵番号 Y030125……『雑巾絞り』。ここ最近成立した《怪異》だよ』

「は？　何、それ⁉」

『ヒトの意識が集合することで生まれた超自然的存在——。かつてこの島国では神として畏れ、また呪詛として使役したものさ』

時に神、時に呪いとなり。

今や滅び、その残滓残穢を博物館の遺物として収蔵するのみと成り果てた。

『そういうものさ。幻想種と似たようなもの、ただしここ最近現れたモノと思いたまえ』

「わっかんねーよ‼　もうちょい……その、具体的に‼」

『君たちとの違いは成立した年代だけさ。古の神秘は歴史であり、語り継がれた歳月は重く、神話伝承の神魔怪物は故に強い神秘を纏う。しかし……』

神代と近現代、その圧倒的な差。

それは——幻想を生む人の爆発的な増加にある。

『近現代の怪異、即ち都市伝説、陰謀論は莫大な人数が知り、願い、祈り、畏れる。……故に神秘は薄くとも、集合される思念の総量は凄まじいものになるんだね』

「……だから？」

『歴史も伝統も何も無くてもフツーにメッチャクチャ強いんだよ。幻想種が古代から続く貴族なら、怪異は成り上がりの新興財閥だ。神秘の薄さを補って余りある出力がある』

悪意の掃き溜めじみた論拠から生まれた最新の魔剤。

《怪異サプリ》をキメた者は人間を超える。マトモな生物と思わないほうがいい。

不条理極まる都市伝説、陰謀論の怪物。そんな類の存在だと思ってくれたまえ』

「はぁ!? どうしろってんだよ、そんな!?」

「ちょっ!! 大声出さないで……こっち見た!!」

受話器に叫ぶ月。その肩に生えた分厚い毛皮を掴み、蛍が警告。

ぎろりと真っ黒な眼窩、痩せ細った不気味な顔がカウンター内に隠れるふたりのほうを向いた。柏手を打つように広げた両手を打ち合わせ、空間を上下に絞る——！

「やべっ!!」

「きゃあああああっ!!」

月はとっさに蛍の腰を抱き、荷物のように掴んでその場を跳んだ。

刹那、その場を襲う不可視の渦巻。空間が絞られ、取り残された固定電話や酒瓶、ガラスが一瞬にして捩じれ、粉々に砕けて飛び散った。

「オッサン……当てにならねぇ！『なんか凄いヤツ』以外の情報増えてないじゃん！」

「そ、それよりあなた！大丈夫なの、血、血がっ……！」

「あー？」

スタリと店の隅に着地した月、不可視の渦巻に巻き込まれたか、背中の毛皮がごっそり――肉ごと皮を剝ぎ取られ、剝き出しになった血みどろの肉が鮮血に染まる。

しかし彼は、まるでどうでもいいかのように平然と。

「平気さ、これっくらい。――今夜は」

ぞわぞわ、ぞわぞわ。

「いいお月さんが、出てっからさぁ！」

蛆のように肉が蠢き、皮膚がブツブツと盛り上がっていく。

千切り取られて凹んだ肉が瞬く間にピンク色に。

盛り上がって瘤となり、産毛が生えて体毛が揃う。長時間かけ撮影した写真を一瞬にまとめ、数時間を数秒に圧縮するタイムラプス映像じみた、超速再生。

「手当てはいい。すぐ治る」

《雑巾絞り》、そう呼ばれた怪物と対峙しながら、当然のごとく零士が告げた。

「俺の相棒。月は人獣感染症――魔術的症例の保菌者だ」

「え？　……病気なの⁉」

「心配すんない。感染しゃしねえよ」

「そんな心配してないわ。安静にしたりしなくて大丈夫なの？」

「……は⁉」

思わぬ方向の心配に、人狼はギョロリと眼を剝いた。

冗談の類ではない。彼女から漂う体臭は真剣そのもののミルク香。母性的なホルモン、心配と憂慮の香りだ。即ち柿葉蛍は状況に関係なく、病気とされた月の健康を案じている。

「柿葉さん。あんた……マジ変わってんな」

「はあ？　きゃっ‼」

パンパンパンパンパンパンパンパン、連続する柏手。絞られる空の雑巾。

グニャズニュグリズジャグチャガリゴリ、捻れる空間、圧縮される物質、破壊の渦。

（嘘でしょ？　見えてない、はずなのに‼）

人間ひとりという重荷を担ぎながら、見えない捻れを避け続ける。引っ張られた毛が千切れ、皮ごと肉を剝かれたところで怯まない。皮一枚の領域で致命的な《摑み》を躱す！

「み　え　て……る……？」

「お。マトモな反応出てきたってか、雑巾以外喋れんのかよ？」

カクンと首を傾げる雑巾絞り。

月は鼻をヒクつかせ、長く伸びたその脇、３本の髭を震わせた。

（そっか、髭だ）

柿葉蛍は察するが、声には出さず。敵に情報を与えない。

獣の髭には多くの場合、周囲の障害物を感知したり、平衡感覚を保つ働きがある。

人獣――頼山月の髭は鋭敏極まる空間触覚。微細な先端が空気に『触れ』て音や振動を察知、空間が捻れる刹那に発生する極微の兆候を感知して、いち早く回避しているのだ。

柏手が止む。

「ぞ」

雑巾を絞るポーズのまま、荒れ果てた店内で。

雑巾絞りは無垢な子供のように首を傾げ、疑問を口にする。

「お　おまえ　にげる　あたらない　おで　それ　そいつ」

「しぼる」

「その　おんな。しぼる……！」

「悪いな。――渡せない」

妄言めいた言葉の羅列に、月と蛍、二人との間に割り込むように。

霧に輪郭を解かし、曖昧な姿をした人影――霞見零士が、立ちはだかった。

「この女を絞ってどうする。何か意味でもあるのか？」

「ある。そいつ。さぷり、つくる。つくれる。そう、いった」

「……聞いてたのか」

「てた。なら。とくべつ。そいつ。そのおんな。しぼる。搾って――飲めば」

突然クッキリと言葉が。

「おで。人間、戻れる。……かも。えへ、えへへ、えへへへへ……!!」

紫色の歯茎を剥いてニマニマ笑うその面は、悍ましいほど人間らしく。

居合わせた3人が揃って、異なる反応を見せた。

「誰がさせっか。女の子だぞ、バーカ!!」

明快に拒否。蛍を横抱きにしたまま、喉を震わせてグルグル唸る人狼。

「……お店にずっといたの、あのひと？　物凄く気持ち悪いわね……！」

心底の嫌悪。思いがけないところで不快害虫を見つけた顔の、ＪＫバニー。

「ふぅ――……くたばれ」

もはや殺意しかない。心底呆れてひと息つく、霧の怪物。

「どこでそんな妄想仕込んできたのか知らないが。――迷惑なんだよ。人まで殺しやがって」

しゅううう……と、零士の輪郭が、解けてゆく。

形あるものを創造する黒の霧。形なきもの、液体気体のまま性質を変化させる白い霧。

どちらにでも変わる中間色。灰色の霧、手足となる千変万化のミックスを充満させながら、
不死身とも言える都市伝説の怪物、雑巾絞りを仕留める方法を、考察する。

（手ごたえがない。《黒法》をあれだけ打ち込んだのに）

当たれば肉は抉れ、骨が砕ける。

だがダメージは即座に0となり、ブリーフに鮮血の染みひとつ残らない。

（違う法則だ。単純な肉体の破壊は意味がない）

（違う条件が必要だ。この化け物を殺すには、そのための法則が必要だ）

（それさえ解れば。……殺れる）

確信。だが――

「正直どうよ。勝てるか？」

「手ごたえがない。お互い攻撃が通らない。当たれば殺せるが――届かない」

不意に届いた月の質問に短く答えた矢先、再び柏手を打つ音がする。

虚空を握り、絞るジェスチャー。とっさに飛びのく人狼、残った零士は即座に全身を分解。

霧と散らばる粒子を見えない手が掴み、捻り、絞るさまがありありと浮かんだ。

ぶしゅっ、圧力鍋から噴き出す蒸気のような音。

粒子を圧縮する不可視力場の隙間から漏れ出た霧が、再び少年の像を結ぶ。

「……かっ⁉」

不意に少年は苦しげに腹を押さえ、吐血する。

「え⁉　あの……痛そうだけど⁉」

「どうやら」

蛍に答え、零士は袖で口元を拭う。少なくはない量の血がべっとりと制服を汚した。

「あっちは、俺の法則を摑んだらしい」

霧の怪物たる幻想種。正体不明の怪物たる霞見零士は、普通の手段では殺せない。斬ろうが刺そうが撃とうが無駄だ。一瞬で解けて粒子に還る肉体を傷つける術など存在せず、その分子構造を自在に変更できる以上、熱や薬物にも対応できる。

が――。

「お互い、神秘を纏う者だ。コツを摑んできやがったか……！」

伝承は消え、正体を歴史の闇に閉ざされた古き無銘と。

「ぞ」

片や新参。都市伝説、陰謀論の怪物。

当たり前の法則を超えたその手は、霧と化した零士をも摑み、捩じ切る力を発揮した。

「お、おまえ、まえ、まえ。きり？」

「けど――……ぷしゅー、なれないとこ、のこってる？　えへ　えへ」

「ひと。きり。ひと。きり。まざってるひと。ぶぶん、つぶせば……」

「おまえ、殺せる」

たどたどしく、何度も何度も喋り続ける下着姿の怪物に。

「甘く見るなよ、新入り」

言い放つ、静かな自信と確信。殺せない、ならば。

「戦りようは、ある」

「う……きん⁉」

指印を結ぶ。正直これが何を意味するのか、霞見零士は理解していない。

ただただ古の血脈──幻想種の末裔として親から子へと受け継がれてきた口伝、何の意味もないとされ、侮られ、馬鹿にされてきた時代遅れの遺物、されど。

自分自身すら曖昧。末端から霧化し、粒子となって散逸する自分自身を制御する方法として、印と呪詛は一種の定型となり、唱えて結んだ印形に成ることができる。

「うそっ……！」

唖然、見上げるJKバニー。

室内に充満した霧が瞬時に黒化。零士がパンと掌を打ち合わせ、飯を結ぶように虚を握る。

「ぞ──……‼」

悲鳴じみた叫びが途絶えた。

瞬時に出現した立方体、あらゆる光を呑み込む深淵の黒が面となる。

それは怪異を封じる結界、ギリリと掌を握り、圧し続けることで内部に超圧力をかけ、海底数万mに匹敵する極限環境、光ひとつない超圧力で圧壊させる絶技。

黒白霧法──封絶黒棺。

「……よくわからないけど、凄いわ。あれ、倒せたの⁉」

「いや。見えないだろうが……元気に、暴れてやがる……！」

まさに中に押し込めた何かが暴れるがごとく、結んだ零士の掌中が震える。

強く強く圧す指から滴る鮮血。それはあたかも、今にも決壊せんとする堰を押さえるがごとく。

「月!! そいつを頼む!! ――それと!!」

曖昧な指示、されど。

「あいよ!!」

「え？」

相棒たる人狼には伝わって、呆然たる蛍、くびれた腰に手が回る。

再び強く引き寄せ、足を払うように刈ると、くるり回転。いわゆるお姫さま抱っこ――その形にＪＫバニーを抱え上げると、月は黒の立方体の脇をすり抜け、街へと跳んだ。

＊

「なぜ逃げるの。見捨てるつもり!?」

「そーじゃねえって!! あいつはやべえ、仕切り直す！」

跳び出した歓楽街。怪しげな飲み屋が並ぶ夜の街、高層ビルの壁、垂直の壁面に爪と肉球をひっかけ、ベランダや雨樋を足場に何度も跳んで、ほぼ瞬時に屋上へ。

十数mもの距離を縦に移動。並のエレベーターなど比べ物にならない縦Gに一瞬頭を眩ませながらも、蛍はぴこぴこと白い兎耳を揺らし、自分を支える腕をタップした。

「自分で走れるわ。……離してもらって、いい？」

「おう。跳べるか、蛍ちゃん！」

「……正直、したことはないけど」

音もなくビルの屋上に着地。履いていたヒール、接客用の靴を脱ぎ捨てる。

ヒトの形を保った足、毛皮と肉球により、素足でもソックスを穿いたよう。

カカカッ、走る人狼の爪がコンクリを削る。隣に立ったJKバニー、柿葉蛍は跳ねるように続くと、屋上の手すりを跳び越えて、夜の街へと高らかに跳躍した。

「――っ……あはははははは!!」

思わず、笑みがこぼれる。

爽快感。兎耳が風になびく。猛烈なビル風に持ち上げられるよう。

眼下に光る夜景、悪徳の街とて美しい。派手なネオンサイン、裏路地で焚かれる一斗缶の火、ギシギシ軋む売春中のバン、誰かが鳴らしたままらしい防犯ブザーの虚しい響き。

跳んだふたり、人狼とJKバニーは隣のビルへと着地。そのまま足を止めることなく走り、次々とビルからビルへ、飛び石のように渡っていく。

　これまで使ったことのないもの。獣化した身体能力をフルに覚醒するチャンス。恩人の死を悼む心や怪物出現の衝撃をも、沸騰するアドレナリンが塗り潰してくれる。

「思ったより楽しいわ！　……こんなことできたのね、私！」

「ハイになってっとこ悪いけど、電話だ！　電話探してくれ、電話！」

「スマホなら駅に預けてる!!」

「わぁってるよ、固定電話だ！　あのバケモノを駅まで連れてくわけにはいかねえ、巻き添え食って何人死なすかわかんねえぞ。たぶんどっかにあるはずだ、電話！」

　跳びながら目を凝らし、電話を探す月。

「アレは閉じ込めてるんでしょう？　もう大丈夫、じゃないの？」

「わかんねえ。けど、安心できる相手じゃねえ」

　会話を反芻するように、月は眉間に皺を寄せた。

「普通の人獣でもねえ、幻想種でもねえ。怪異……ホラー映画の怪物みてえなよくわかんねー、そんなヤツとまともにやれっかよ。社長に電話かけて話の続き、聞かねーと!!」

　小指と親指を立てて、電話のジェスチャー。焦るあまり敵への警戒が途切れ、声を荒らげる月に、

「大声出さないで！　……聴こえてるって……ッ!!」

　ぴくり、白い兎耳が反応した。怪物サプリの作用により変化した聴覚――肉球で踏みしめ

るコンクリートの微振動。反射的な適応。脳が情報を処理、聴覚情報が視覚へ投影。

ごん、ごん、ごん、ごん……‼

「……跳んで‼」

「おわぁっ⁉」

人狼の腕を掴み、蛍は真上へ跳んだ。汚れた空気、漂う靄に輝く月光。

そしてごんごんと音をたて、ついさっきまでふたりが立っていた位置が、コンクリの床が。

「ぞ～……きん　えへ」

音高く捻れ、ブリーフ一枚の怪異が月下に跳んだ。

(だめ。逃げ──らんない‼)

咄嗟に反応する蛍。空中、怪異のくぼんだ眼窩に帯びる熱。

視られている。再び雑巾を絞るジェスチャー。ロックオン、捉えられた確信。本能の警告。

ぞわっと背筋の体毛が逆立った。死ぬ、殺される、そう認知した瞬間。

「助かったぜ、蛍ちゃん！」

「きゃあっ⁉」

「きんっ⁉」

足場が無い、動けないはずの空中で。

同時に跳んだ月が、蛍の肩を柔らかく蹴った。爪を立てず、柔らかな肉球に強烈な打撃。

猛烈な横G。間近に迫った怪異の横面を、蛍の肩を足場にした人狼が蹴り砕く。

「そ……おおお……――きん……！」

頭部が茄子のように凹み、そのまま怪異は落下した。大穴が開いた屋上、瓦礫にバウンド。叩きつけられながらも砂埃の中で起き上がり、まるでコミックに出てくるように曲がった頭を両手で摑むと、力ずくで曲げてまっすぐの形に戻そうとする。

見方によっては喜劇じみた、コミカルな動作。だが――

「――何逃がしてんだよ、零士！」

「すまん。突然消えた」

「きッ⁉」

今しがた怪異が捩じ切った屋上の穴から、黒い煙が噴き上がる。

あたかも火山の噴煙のごとく隆起したソレは瞬間的に像を結び、黒白頭の少年へと変わる。

かちん、鋼の音。闇の粒を曳きながら虚を抜刀。焼かれて鉱物のようになった木炭の輝き。

黒の刃を振り抜くと――ぞりっ、嫌な音。

「きぃいいぃぃい……んっ⁉」

「これも駄目か。無駄もいいところだ」

影が凝ったような黒い刀。零士の霧から形成された斬黒刀は、するりするりと分子の間隙に滑り込み、いかなるものをも斬り捌く、が。

まるで達磨落とし。一瞬で頭をスライスされながら、怪異は転がった頭部の破片を拾い集め、慌てて順番に戻そうとする。すでに断面は癒着し、戻りつつあるようだった。

「また出てきた!! どうして？ 捕まえてたのに！」

「突然消えた、としか言えん。突然中身が消えて、お前らを追ってきたらこれだ」

頭を組み立て直している怪異に切っ先を向け、ぺっと口中の血を吐き捨てる。

凝った血液は宙で溶け、漂う粒子に一体化。再び霧の中にブリーフ男を包み込む零士の傍で、すたりと着地した月が面倒くさそうに言った。

「お約束、じゃねえかなあ。ホラー映画の化け物って、そういうもんよ？」

「何でそんなのが娯楽になるんだ。もっと小さくて可愛いものを愛でろ、人類」

「そんなこと言ってる場合じゃなくない!? じゃ、アレ、閉じ込めても無駄なの!?」

「わからん。だが、ここは広い。誰もいない」

JKバニークラブ。狭い屋内では使えなかった。

霧の怪物たる霞見零士の、もうひとつの技——。

「《白》を解禁する。固定電話を探せ、営業中の店ならあるはずだ」

「わかった。任せた！」

「え？ ……ちょっ!?」

蛍の手を掴み、半ば強引に人狼は屋上から飛び降りた。

すぐ近く、輝くネオン。営業中の居酒屋、得体の知れない安酒とどこ産かも不明の焼き鳥を並べて宴会中のグループ、その眼前に着地。そのまま店へ入ろうとして。

「ぞ」

「!?」

視線が切れた刹那、消えていた。

ついさっきまでスライスされた頭を組み立てていた怪異がいない。何の痕跡もない。

振り返り、眼下を見下ろす零士。居酒屋の入り口付近——

酔っぱらった人獣どもが、店の中へ入ろうとするＪＫバニー、蛍に絡んでいるのが視えた。

遠い、会話はわからない。だが丸い尻尾が出たセクシーな尻を一匹の人獣がつるりと撫で、振り返った蛍の迷うことなき左フックが炸裂、ぶっ飛ばされてテーブルが倒れる。

酒がこぼれ、ツマミが散乱、グラスが割れる。

「〜〜〜〜……！」

「……………」

あちゃあ、という顔の月。クールに殴った手を払う蛍。

彼らの前、酔っぱらった人獣たちの最中に、違和感しかないマッシュルームカット。

間違い探しの正解のように、いつの間にか佇んでいる怪異が——視えた。

「いたな。やはり……離れると、狙った対象の近くへ具現化するのか」

零士は知らない、ホラー映画を観たことも、都市伝説を聞いたこともない。

どこへ逃げても、追ってくる。絶対安全なはずの場所に、幻のように出現する。

都市伝説における不条理極まりない超常現象、逸脱しきった法則。

「ぞ」

雑踏の中、酔っ払いだらけの繁華街、道のど真ん中に立って。

雑巾絞りは大きく両手を広げ、月を、蛍を、周囲にいる十数人の人獣もろともまとめて捩じり、絞り、グシャグシャに潰して殺すために、柏手を打とうとした。

「——させるか!!」

迷わず宙へ跳ぶ。

落下感を味わう前に全身を霧化。

ボフッと音をたてて肉体が揮発、階段からドライアイスを流したように、雪崩落ちる。

「な、何だこりゃ⁉ 何も視えねえぞ!」

「やだ、火事？ ……きゃっ!!」

重たい真綿という矛盾が存在するなら、今の零士がそれだろう。

雑踏に広がった白煙は柔らかく、ふわふわとしたクッションのような感触と、抗い切れない圧力で人獣たちを一気に押しのけ、将棋倒しに倒れる人々を救い、街路の端へ寄せていく。

騒ぎが起こる。悲鳴、パニック。道に広がる入道雲。それを目撃した人狼と蛍、酔っ払いに絡まれていたふたりが、今にも空間を絞り切らんとする怪異と、迫る零士に気づく。

「――ぞっ」

叩きつけられるような柏手。

雑巾を絞るジェスチャー、空間が捩じれる刹那。

「だああああああああああああああっ‼」

ほぼ同時。蛍と月が跳びかかり、捩じれる空間から酔っ払いたちを押し倒し、救う。

「ぐぎゃっ⁉」

転がる酔っ払い、その鼻面ギリギリ、１㎝にも満たない至近距離を――視えない手が絞る。

路上にはみ出していたテーブル席。おつまみやビールが念力に挟まれ、店の壁ごとゴリッと凝縮され、瞬時に捩じれて粉々になり、空間が爆ぜる爆発音が轟いた。

「ひ、ひいい、ひいいいいいっ……⁉」

「逃げろ‼　オラ、とっとと‼　ナイスだ蛍ちゃん、反応いいぜ！」

「ありがと！　けど、それどころじゃなくない⁉」

あたふたとする人獣の尻を叩いて逃がしながら、二人は雑巾絞りを睨む。

もう一度、とばかりに両手を広げる怪異。背後に迫る巨大な雲、雪崩のように襲いかかる白。

それが怪異を中心に猛烈な勢いで渦を巻き、苛烈な遠心力がまだ残っていた人々を追い払った。

「な、な、何だあ⁉」

「げらげらげら!!」

パニック。歓楽街にたむろする人獣たちが逃げ惑い、路上に座り込んだホームレスが手を叩いて、混乱する人々を囃し立てていく。中には雲を押し退けようとする者もいたが、できない。

「爆発⁉　テロ⁉　……もう、サイテー！」

誰もが有名なアニメ映画で見た低気圧——竜の巣の如き雲の大渦に、刺激臭が混じる。

(黒白霧法。霧を硬化させて扱う《黒》と、気体液体のまま組成を組み替える《白》)

霞見零士は先祖を知らない。親から何も聞いていない。ただそういうものなのだと知って、自分がヒトではないと解った小学生の時、震える親から口伝とやらを教わった。

くだらないバカげた与太話。中二病患者の妄想じみた結印と呪詛の文言。それはあの親が、自分という子に向けた最後の希望、ヒトと違うかを見分ける試験だったのだろう。

できないはずだ、と。できるはずがないと。

祈りながら、願いながら教わった口伝は、教わってみればしっくりと染み込んだ。

(ごめんな、一花)

妹にだけは謝りたかった。

黒い霧と白い霧。子供部屋に充満した、兄だったはずの霧の中。

『謝らなくて、いいよ』

『モヤモヤでも、触れなくても、変な臭いがしても。――私、零士が好きだから！』

信じられず、訊いた。……なんで？

『ばーか。たったひとりの兄妹だもん。当然でしょ！』

笑ってくれた妹は死んだ。

一家心中というヤツだった。口伝を使えるようになった零士は、言い訳しようもなく怪物で、霞見の家が代々この国の政府に嫌われてきた原因そのものだったから。

ぱちぱちと爆ぜる火の粉。肉が焼ける嫌な臭い。蠟燭のような鼻にへばりつく脂肪の煙。

かつて一家が暮らしていた家だ。フラッシュバック、雲もただ中に具現化した零士の脳に、その記憶が蘇る。近所から嫌われていても、父親や母親が育児放棄のろくでなしだろうとも、ギリギリ公共のセーフティネットにひっかかって生きていた、最底辺の家族。

役所に紹介してもらった借家。過疎化が進んで、戸籍が汚れた特殊永続人獣すら受け入れた。ド田舎中のド田舎、寒い土地で過ごす小学6年生の冬に、春を迎えることなく。

――あの炎のように。

「ぞ……ッ⁉」

雑巾絞りが振り返る。雲に包まれ、視界を確保しようとばたばたともがきながら。

いたずらに手を振って白い気体をかき混ぜた時、独特の臭いが漂う――可燃性ガス。

「黒白霧法――」

雲の中、真っ白に塗り潰された世界で、零士の囁きが怪異の耳に届く。

「——業白炎」

かつて暮らした家を、家族を焼いた炎の再現のようで。

うねる雲の渦に火花が散り、可燃性ガスに引火。酸素といい具合にミックスされた気体は、文字通り爆発的に燃焼しつつ、渦巻くそこから火の粉ひとつ外部に漏らさない。

「あああああああああああああああああああああああっ⁉」

人間らしい悲鳴を上げて、雑巾絞りがのたうち回る。

渦巻く炎、火災旋風。超高温と暴風の渦、その中心に囚われて絞られる、捩られる。

まさに逆転。煙と炎は天高く伸び、周囲に林立する古いビルすらも追い越して夜空を照らし、めちゃくちゃな爆音を立てながらごうごうと旋風を巻き起こしていった。

「怪異はこれでも死なないだろうが、ウザいだろ。——踊ろうぜ？」

「アアアアア‼　アアアアアアッ⁉」

のたうつ怪異。ブリーフが焦げる。皮膚が焼ける。カットが乱れる。

焦げた端から治る。だが再生よりも燃焼が早い。ジリジリと焼ける皮膚と肉。苦しみのまま、何度も柏手を打ち、空間を捩って雑巾を絞る。視えない念力の手に握り潰される炎。

ほんの一瞬ぽっかりと開く間隙。だが燃え上がる炎で即座に塞がれ、脱出は不能。

炎の渦の中を影法師のように零士は奔る。黒煙と白煙、炎を形成する気体の燃焼。炎そのものが零士であり、そこから生じる煙が、気流が、熱が、すべてが彼の一部だった。

（クソ。意識が……!!）

茫漠と溶けていく。霧を硬化させ実体を創る《黒法》と異なり、《白法》は制御が難しい。

単純に、自分自身が認知できなくなる。風に、空気に溶けて輪郭から紛れてしまう気体生命、どういうしくみで動いているのか理解すらできない幻想種。

広範囲に広がれば広がるほど彼の意識は薄らぎ、末端まで制御が行き届かない。

今回のように、歓楽街のド真ん中で大火を巻き起こすなんてもっての外だ。

酔っ払いだろうが売春婦だろうが人間の屑だろうが、怪物よりは立場が上だ。髪一本焦がすだけでも責任を問われ、稼ぎが減り、人間と認められる日はさらに遠のくだろう。

——それでも。

（おまえの、かわりに）

妹の面影が蘇る。

零士を刺そうとした両親の包丁を我が身で受けて、実の親に殺されながらも微笑んだ。

恨んでいないよと告げるように。愛していると伝えるように——。

その虚ろな笑顔にガソリンを撒き、タバコに火を点した両親の影がめらめらと。

灼熱に溶けて。炎そのものと混じり合った零士に抱かれてカリカリに焦げた骸が。

——灰になるまで抱きしめて。

零士が再現した地獄、燃え盛る業火のただ中で影絵のように、ふたりの怪物は踊る。

(俺は『普通』を手に入れるまで。――死ねない!!)

まるで死人を弔う火葬が如く。

怪異と共に、零士は炎と踊り続けた。

*

「炎……!」

泣き叫ぶように、燃えていた。

群衆を押しのけた空白に聳える火柱。髪がチリチリと焦げるほどの熱気が渦巻く横風と共に、歓楽街の看板やネオンを吹き飛ばし、人獣たちが炎に追われ、逃げ出して。

夜空を突き刺す刃のように。長く鋭く――伸びていく。

「悲鳴みたいだわ」

「察しがいいな、柿葉さん。零士のヤツ、かなり無茶してる」

渦巻く炎を並んで見上げる人狼とJKバニー。

絡んでいた酔っ払い、店員まであっと言う間に逃げ散った居酒屋に潜り込み、カウンターやレジ周りで固定電話を探しながら、荒ぶる炎を何度も何度も振り返ってしまう。

「あいつは幻想種だ。俺より濃い、先祖返りの生まれつき。天然モノ――怪物サプリじゃねえ、人間サプリをキメて、幻想種からヒトに変わってんのさ」

「……それじゃ、あの姿が。モヤモヤしたあれが、あの人の……!?」

「ああ、そうだ！　力を使えば使うほど、あいつは人間らしさを削っちまう。あんだけ無茶な真似をやらかしたら、何分かで燃え尽きちまうかもしれねえ！」

「そうなったら……どうなるの!?」

「霧だぜ？　もうサプリをキメるどころじゃねえ。ヒトのかたちに戻れなくなる。頭の中身も、記憶や意志だってどうなるか怪しい。つまり、人間としちゃ……」

「死ぬ。……ってことね」

　生命活動の停止は死と直結しない。

　たとえ肉体が生きていたとしても、その人格を形成する体験や記憶を失ってしまえば――それはその人格にとっての『死』と言えるだろう。

「まじやべえんだ、幻想種は。人間らしさが燃え尽きちまった零士が、何しでかすか……！」

「止めなきゃ。……させちゃ駄目。そんなこと!!」

　付き合いはほんのわずかだ。だが、それでも柿葉蛍は、霞見零士を知った。

　一見冷たい男のようだ。素っ気なくぶっきらぼうだし、誉め言葉のピントがボケている。が、誰かを思いやる心と、命を守ろうとする優しさが、隠せているようで隠れていない。

（アイドルとか、どうだろう）

あんな、とぼけた言葉。

（価値を証明するのに写真一枚で済むのが、羨ましい）

煽りかと思った。けれどそれは、恐らくただの本音で。

人間ならざる怪物が、社会に参加する価値を証明する代償。ただ人として生きてゆくために、彼が払うべき負債の重さは、きっと蛍が想像できる家計や施設の資金繰りの何倍も重い。

「あった!!」

レジカウンターの中。扉を開いたところに隠されていたコードレスの固定電話。

恐る恐る受話器を取る。つー、と通話音。回線が生きている証。

「よっしゃ!! 貸してくれ、ソッコーかけるから！」

「……うん！」

受話器を投げ渡すと、蛍は再び夜空を貫く炎を見上げた。

黒と白と赤と橙のミックス。煙と炎が巻き起こす火災旋風はますます巨大化し、今やビルの一軒ほどなら軽く呑み込むほどだ。悲鳴のように風が喘ぐ、けれど炎は誰も傷つけない。

散らかる紙屑、そこかしこに点在する可燃物、調理用のガスボンベや車。

まるで爪先で立つ巨人のように、炎は危ういバランスを保ちながら耐えていた。

「もしもし、社長！　——社長⁉」

切羽詰(せっぱつ)まった人狼(ワーウルフ)の声すら届かぬほどに。

柿葉蛍(カキバケイ)は、炎(ほのお)に魅入(みい)る。

*

「はいはい、聞こえてますよっと。ついでに見えてる。いやあ、派手にやってるねえ？」

仮面舞踏街(マスカレード)某所(ぼうしょ)、幻想清掃(Fantastic Sweeper)オフィスビル。

社長室の窓から夜景を見下ろせば、遠く街並みが赤々と光る。

空を貫(つらぬ)く炎(ほのお)の竜巻(たつまき)に照らされながら、社長——楢崎(ナラサキ)は古風な電話越(ご)しに話しかけた。

「あんまり被害(ひがい)を出さないでくれるかな、さすがに火事はまずいって。この街じゃ保険も下りないし、後片付けするのはウチなんだからさ」

『ンなこと言ってる場合じゃねっスよ、不死身ですよ、あの雑巾野郎(ぞうきんやろう)⁉』

受話器から響(ひび)く、咬(か)みつくような声。人狼(ワーウルフ)・頼山月(ライサンゲツ)の言葉には強い焦(あせ)りが感じられた。

「そうでもないよ？　物理的な耐久力(たいきゅうりょく)なら、生粋(きっすい)の人狼(ワーウルフ)であるキミとは比べ物にならないね。ぶっちゃけ、金属バットの一本もあればそのへんのオヤジでも倒(たお)せるはずだ」

『は？　でも刺して斬って潰して燃やして、さんざやってますけど⁉』

「そりゃそうだよ。次元が違うんだ」

喩え話をしよう、と社長は言った。

「水面に映った月を斬れば、空に輝く月も同じく斬れると思うかい？」

『いや無理だろ。当たってねえし』

「そういうことさ。君たちがしているのはそれと同じことだよ。怪異は一般的な生物ではなく、今を生きる風説、伝承、都市伝説、陰謀論――妄想から生まれた最新の幻想だ」

故に、現世に存在するかのように見える肉体を物質的に破壊しても意味はなく。

「怪異の本質は、ヒトの集合無意識が形成する現実改変にある。その法則のもとで攻撃しない限り、一切合切無駄なのさ。つまりだね……」

興が乗って来たらしく、どこか楽しげに。

受話器と電話をつなぐコードを指でクルクルしながら。

「それが古の幻想種、近代の怪異を現実たらしめる本質だよ。現在売られている怪物サプリは、幻想から神秘を剝ぎ取って工業に貶めた搾りカス、安全極まるダシガラだ。わかるかい？」

『……今その話いいんで対策教えてくんないっスか⁉　マジヤバなんすよガチで‼』

「やれやれ、せっかちだね君は。電話、代わるよ？」

『あ、ちょっ、しゃちょ――……!?』

月の言葉を待たず、楢崎は控えていた秘書、ネルに受話器を渡した。

銀髪幼女の事務服。仮面舞踏街に似つかわしくない新型のタブレットPCを滑らかに操作し、従来の方法では決して閲覧できない電脳世界、インターネットの暗部を覗いて。

「電話、代わった。該当ログ発見。ディープウェブ内の雑談スレ。ぜんぜん伸びてないけど」

『え？　ネルさん？　それ、どういう……？』

「《雑巾絞り》の大本っぽいやつ。正直しょぼい。――こんなので、変わるなら」

現実って、脆すぎる。

そんな呟きと共に、ネルはタブレットに表示したログを電話口へ読み上げた。

＊

――ディープウェブアーカイブ　旧掲示板ログ　検索結果

848：隔離中の名無しクン［sage］投稿時：20XX/XX/XXyhmaeawe……　ID:8ogh67op

半年くらい前にあった実話なんだけど。

同じマンション内から陽性者が出て隔離中、寝てたら電話がかかってきた。

ゼミの友達。バカなやつでさ、わざわざ俺が隔離されてんの知ってて煽ってきやがんの。

うぜーな、って思ってさっさとあしらって電話切ろうと思ってたらなんか様子が変。

どうも電話の声がでかいとかマスク外すなとか黙食しろとか注意されて逆ギレしたらしい。

「変な奴に絡まれてさ。唾が飛んだからテーブル拭けとか言いやがんの」

「痩せてて、眼だけギョロッとしてて、そいつが病気じゃねーの？ってキモいおっさん」

「あ？ いいっていいって、何か喚いてるけどスルーすっから――」

その時、バキッ！ てすげえ音。

ガラス？かなんかが割れる音みたいだった。電話の向こうパニックでさ。

女の悲鳴とか店員の叫び声とかに混じって、キモい声が聞こえてくんの。

「ぞおおおおおおおおおおおきいいいいいいいいいいいいいいいん」

みたいな感じ？ 音悪くて聞こえにくかったけど。

通話中でスピーカーにしてたからメチャびびったわ。

後日聞いた話なんだけどさ、なんか友達、電話中に注意してきた奴スルーしてたら
ビール瓶で頭カチ割られたらしかった。

849：隔離中の名無しクン［sage］投稿時：20XX/XX/XXyhmaeawe…… ID:hukoop056

それただのヤバい人だろ、怖い話じゃねーじゃん。

……スレ違いじゃね？


850：隔離中の名無しクン［sage］投稿時：20XX/XX/XXyhmaeawe……　ID:8ogh67op
友達は幸い頭5針くらい縫っただけで生きてたんだけど。

隔離明けてお見舞い行ったら、なんか人が変わっちゃって。

感染対策しまくりの世の中で、居酒屋で酒飲みながら喋るようなヤツだぜ？

態度悪いってか、ぶっちゃけバカ。後先考えなくて図々しくて、まあバカ。

そんなバカがげっそり痩せちゃってさ。

マスク取るなとか、２ｍ以内に近づくなとか、触ったとこは消毒しろとか。

そんなんじゃなかったろお前、って言ったら『怖い』って言うんだわ。

瓶で頭カチ割って来た犯人、そいつはもう捕まってんだけど。

そいつのイカれた顔やら声やらがトラウマになってて、夢にまで見るんだって。

次は絶対襲われたくない、だから気をつけるんだ、お前も気をつけろ！　って。

差し入れにウェットティッシュとマスクと消毒液持ってってたら大喜びしてた。

851：隔離中の名無しクン［sage］投稿時：20XX/XX/XXyhmaeawe……　ID:jikiol258

ティッシュもらって喜んでるのちょっとかわいい。

852：隔離中の名無しクン [sage] 投稿時：20XX/XX/XXyhmaeawe…… ID:hukoop056
だからそれトラウマになってるだけじゃん。
別に怖くねーし？

853：隔離中の名無しクン [sage] 投稿時：20XX/XX/XXyhmaeawe…… ID:8ogh67op
>>852
こっからが本番。

そいつ、退院してからすっかり人が変わっちゃってさ。

隔離警察？ 自粛警察？ マスク警察？ わかんねーけどそんな感じになってちょっとでもマスクずらしたり、人前でもの食べたり、手洗わなかったりしたらものすごい勢いで喚き散らすようになっちゃったんだ。

どうしてそんなんなっちゃったんだよ、って聞いてみたら、
感染が怖いんじゃないんだ、って。頭に食い込んだビール瓶の痛みっていうの？

ガラスのかけらが残ってるんじゃないかって疑って病院行ってみたけど。

そんなわけもなくて、普通に傷は全部治ってんだけど……。

ズキズキ痛んで、感染対策をさぼったり、人に迷惑かけたりしたら
またあいつに、頭カチ割られるんじゃないかって思うと怖いんだってさ。
ルール違反が、怖くて怖くてしょうがないんだって。
だからそいつは善意でやってるのよ、自分と同じ目に誰も遭わないように
めちゃくちゃ善意で注意しまくってたわけ。ウザいけど。

しかも決まってその時、こう、手をぎゅって。
持ち歩いてるハンカチとか、ティッシュとかを、絞るわけよ。
雑巾ねじるみたいに、ぎゅって。まるで誰かの首でも絞めるみたいに、ぎゅって。
その眼がマジ逝っちゃってて怖いのなんの。ゼミでも孤立しちゃってさ。
細々とやってたゼミ会やらオンライン飲み会にも出なくなって、音信不通。

……アパートも引き払っちゃっててさあ。
どうしてんだろうな、今ってところでやるせない気分になったから
ここで吐き出してみたんだ、すまん。オチとか特にない。

854：隔離中の名無しクン［sage］投稿時：20XX/XX/XXyhmaeawe……　ID:hukoop056
くっそモニョるんですけど……。
ちゃんとオチ考えてから書けや無能。

855：隔離中の名無しクン［sage］投稿時：20XX/XX/XXyhmaeawe……　ID:1kjlij82U
>>853
乙、しゃーない。
てかその人どうなったんだろうね？
今時ホームレスとか無理だろ、捕まるし。

856：隔離中の名無しクン［sage］投稿時：20XX/XX/XXyhmaeawe……　ID:8ogh67op
さあ？　案外最初に頭カチ割って来た人みたく
マナー違反した人を襲ったりしちゃってるのかも。
ずっと昔のログで見たけど、口裂け女みたいなノリで。

857：隔離中の名無しクン［sage］投稿時：20XX/XX/XXyhmaeawe……　ID:1kjlij82U
ビール瓶で頭カチ割られんの？　マスク外したら？

クソだなそれ。もうちょい面白い殺り方してほしいわ。

858：隔離中の名無しクン [sage] 投稿時：20XX/XX/XXyhmaeawe…… ID:0lhl;p8565
わかるわかる。
念力で絞め殺すとかどうよ、ほら。ベ×ダー的な。

859：隔離中の名無しクン [sage] 投稿時：20XX/XX/XXyhmaeawe…… ID:hukoop056
フォー×グリップな。雑巾にこだわってんだし
そこでキャラ立てたら面白いんじゃね。

860：隔離中の名無しクン [sage] 投稿時：20XX/XX/XXyhmaeawe…… ID:8ogh67op
一応実話なんだけどなあ、これ。雑巾？
んじゃオチとして、あいつはどっかで妖怪雑巾絞りになったってことで。

861：隔離中の名無しクン [sage] 投稿時：20XX/XX/XXyhmaeawe…… ID:1kjiij82U
ヨタ話としちゃ面白かったよ、乙。

＊

このくだらない書き込み。
風説の茹で卵。成立前の都市伝説、孵化する前に茹でられた雛。
それが皮肉にも公共のＳＮＳに転載され、集合知によりブラッシュアップ。

『知ってる？《雑巾絞り》の噂』
『え、何ソレ。掃除のおじさん？』
『違う違う。マスクしないで唾飛ばす、汚いヤツを見えない手で絞め殺す、妖怪』
『あー、いいな。クチャラーまじウザいし、合法的に消えてほしい』

何百何千何万というネットの滓、会話の断片が。

『ねえ、知ってる？』
『友達の友達から聞いた話なんだけど――』

監視社会のガス抜きとして。
記録されない場所で、人から人へ、口から口へ。

『マナー違反するやつ、いるじゃん。鼻マスクのおっさんとか』
『くちゃくちゃ音たてて食べるキモいやつとか』

『今時、歩きタバコするオヤジとか』

『歩道をチャリで走るガキとか』

『電車でやたら近いところに立つ男とか、素手でつり革触る人とか、信じらんない』

『そういうキモいやつのところに来るんだって──《雑巾絞り》が」

『雑巾を絞るみたいに、ぐちゃっと人を絞って殺すんだよね？』

『へー。見た目、どんな感じなのかな』

『ブリーフひとつの全裸男？　うわ、キモ。キモいやつがキモいやつを殺すんだ、ウケる』

『いいじゃん、汚い者同士、殺してくれれば』

『悪いやつ、人に迷惑をかけるやつは』

『死んでくれたほうが、いいもんね。あーあ、誰か殺してくれないかな──』

殺伐とした妄想に凝り、つまらない部分は省かれて。

愉快なエキスだけが濃縮された汚い言葉の、ひと雫。


「それが、アレ。都市伝説の怪異……《雑巾絞り》」

幻想清掃オフィス。タブレット端末を片手に調査内容を語る幼女秘書、ネル。

電話口の相手──人狼少年、頼山月はだあああっ、と悲鳴じみた声をあげた。

『そりゃわかりましたけど、もちょっと具体的に！』

「けっこう具体的だと思うけど」

『いや、おかしいでしょ……。そのクッソくだらない噂話(うわさばなし)から化け物が生まれたとして！』

がさごそがちゃがちゃ、電話口に雑音。

『え？　何？』

『このコ！　柿葉(カキバ)さん、別にマナー違反(いはん)とかしてなかったし⁉　何で狙(ねら)われるんスか！』

「マスクしてないでしょ。サプリをキメてる人獣(ニンジュウ)で、してる人……いる？」

『あ……れ、零士(レイジ)は⁉　あいつたしか外してなかったような……煙(けむり)で見えねえけど』

「煙(けむり)が歩きタバコ判定された可能性。それにあれは怪異(カイイ)そのものじゃなく、サプリ化した怪異(カイイ)を取り込んだ人間だから、伝承通り動くわけじゃない。都合よくルールを曲解するからね」

『……ずっりいいいいい‼』

当たり前と言えば、当たり前。

あらゆる制約、束縛(そくばく)からの解放を売りとする仮面舞踏街(マスカレード)で、その証(あかし)とも言えるマスクをした人獣(ニンジュウ)など、いるはずがない。その時点で狙(ねら)うべき存在、標的の条件をクリアしている。

『じゃ、じゃあ……。妄想(もうそう)からバケモンが生まれたとして。

そいつのサプリなんてどうやって作ってんだよ。材料とかどっから取ってくんの？』

「それは私が答えよう。都市伝説の《怪異(カイイ)》は一定条件が揃(そろ)うことで具現する」

ネルから受話器をほいと受け取り、楢崎(ナラサキ)が面白(おもしろ)そうに語り出す。

「オープンウェブ、管理されてるネット上での発言には責任がある」

「お隣の大陸で開発された、学習型ＡＩを利用した情報管理システム。社会に対する敵意や害意を、直接言わなくても匂わせた段階で、ＷＥＢ上の情報を検索しているＡＩが発見して、書き込んだ人物に警告を発したり、その信用へ罰を下すわけだ」

それは今現在、この超管理社会を構築、維持する秩序の根幹。

「が、下等なお化け話、益体もないオカルト談話。

これはＡＩによる検閲、罰則の対象にはならないわけだ」

公に存在しないものだから。

存在しないものが人を傷つける可能性などなく、即ち——不能犯として罰せられない。

「特定個人の名誉を棄損したりもしていない、危険思想として罰則の対象にもならない。故に人々は、心の澱をそこに捨てていくわけだ」

積もる積もる黒い澱。

人類が悪意を吐き捨てる捌け口として、風説、都市伝説、陰謀論は成立し。

「皮肉なものさ。——言論の統制、社会管理、情報管理システムの根幹は怪異の抑制だ。人口に膾炙した妄念から、人類滅亡、社会崩壊を招きかねない怪異発生を防ぐために作られた情報管理システムが、結果として蠱毒の壺のように、妄想を煮詰め——磨いてしまう」

ちらり、ネルが両手に掲げるタブレットに視線を落とす。

そこに表示された検索結果、さまざまな情報をまとめれば。

「《雑巾絞り》の怪異譚は半年ほど前、検索エンジンから除外されたディープウェブ上の匿名掲示板に投稿された体験談をもとに、修正を加えられながら伝播した。

その後、名前の変更、外見の修正、行動の変化。さまざまなパターンを考慮し、他言語への翻訳なども加わって、全世界でおよそ……600万件以上になるよ」

『ろ……ろっぴゃくまん⁉』

言葉を失う月。

「早すぎる。多すぎる。豊富すぎる。これは——人為的な拡散、操作だね」

かつて存在したという自由なSNS上ではよく行われていたことだ。

企業が、団体が、組織が、政府が、自分たちの利益や思想のために行う認知戦。

「普通ここまで広がる前にAIが検閲対象として弾く。信用を傷つけてまでオカルト話なんかしやしないよ、くだらないヒマつぶしなんだから」

『けど、野放しのままなんだろ？　ってことは……！』

「政府か、それに類する筋。公的SNSの運営方針に介入できるクラスの富豪、経営権持ち。つまるところ雲の上の誰かが行ったこと。つまり——《怪異》の、養殖だ」

人工的に拡散され、見逃され、育てられた都市伝説。

『SNSの検閲とやらでその噂消しまくったら⁉　消えんの、あいつ⁉』

「かもねえ。けど僕らにそんな権限、あると思う？」

『無いのかよ！　じゃあ……ハッキング、とか！』

「どんな法的根拠でそれをやるんだい。私たちはただの民間企業であって権力者じゃないよ。やろうもんなら犯罪、テロリスト扱い。会社ごと潰されて終わるだけさ」

『〜〜〜っ!!　っ、つっかえね〜〜っ！』

その時、受話器にノイズが走る。ゴソゴソと揺れる音、聞き取れない男女の声、そして。

『電話、代わりました。……つまり、どうしたらいいんですか!?』

「いい質問だ。君は誰ちゃんかな？　そこはかとなくJKの香りがするからお答えしよう」

気持ち悪い台詞を言い放ち、受話器のコードをくるくると指に巻きながら、楢崎は答えた。

「古今東西、噂は凝って怪異となる。存在しないはずのものが、ヒトの悪意の濃縮によって形をなし、雫となって垂れ落ちる。古の時代は狐狸妖怪、あるいは怨霊などと呼ばれていた」

そんな代物を捕らえ、さらに絞り、溶かして混ぜて攪拌する──『賢者の石』とも呼ばれる錬金術の秘奥。今や完全に解明され、神秘を失った、誰にでもできる愚者の魔法こそ。

「解明魔法──そう呼ばれるモノを、君たちは日常的に口にしているよ」

『……《怪物サプリ》……!?』

近場の自販機で売られている、ただのジュースのようなものが。

古の時代、錬金術師や魔女が心血を注いで作った霊薬の成れの果てだと楢崎は暴く。

「異なる次元の存在、こちら側に影響を及ぼせない未熟な怪異。孵化直前の茹で卵――それを丸ごとサプリ化する。BT本社はそれに成功した、というわけだね」

妄想で作られた人形に、悪意を凝縮した噂の擬人化。

それを呑み込み、噂と一体化した《怪異人間》と化した接種者はもはやヒトならず。半ば概念的存在となっており、この世界に現れる姿は虚像、水面に映る月のごとく。いかなる手段を以てしても傷つけることの叶わない、怪物となる。

「アレの本質は情報だ。噂だ。風説だ。それを破壊できない以上、もうどうしようもないよ。ただ零士くんと同様に、力を使えば使うほど、現世の触媒たる人体に負担がかかるはずだ」

『つまり、あの……雑巾ねじねじ攻撃を、使いすぎたら死んじゃう?』

「そうなるね。ま、零士君には多少酷だが……」

かの怪物の限界がどこなのか、それは楢崎にも理解できない。

今すぐにでも終わるのか、それとも数日は暴れ続けるのか、その計算すらも。

「それをやれるからこそ、霞見零士は怪物でありながらヒトの一員たる資格を得た。つまりはこれが彼のお仕事――義務だよ。任せて当然じゃないかな?」

『……!!』

電話口の沈黙に怒気を感じる。わずかな沈黙のあと、ふたたび相手が変わった。

『無茶だよ、社長。あと何時間かかるかわかんねーけど、そんなんやってたら……。

零士のやつ、霧になったまま戻れなくなっちまう!!』

「それは困った、人手が減るねえ。求人を出したら新しい化け物が来ると思うかい？」

『〜〜〜——————ッ!!』

ガチギレの気配に半笑いで返した時。

くいくいと袖を引っ張られ、楢崎は秘書ネルを見下ろした。

「どうかしたかい、ネル君？」

「意地悪してると社員にマジ嫌われる。教えてあげたら？　社長」

「……今ちょっとエグい呼び方しなかった？　ひどいなあ。やれやれだよ」

持ち上げた受話器を肩に挟む。ぐるぐるぐるぐる、獣が喉を鳴らす音。怒りのあまり、言葉もなく唸るばかりとなった人狼へ、楢崎は窓の外、街並みの向こうに輝く炎を見て告げる。

「怪異の本質は情報だ。噂話、都市伝説、物語……」

ならば。

「その内容に基づいた攻撃であれば通るはず。——と、私は思うんだけどね？」

―――02 伝説の殺し方―――

――そして炎の渦の中。

「ぞぞぞぞぞぞぞぞぞ……!」

怪異、雑巾絞りの雄叫びと共に空間が絞られ、ギュムリと潰れた。

酸素、窒素、水素、漂うガスが超圧縮されて捩じれるが、そこに雑巾絞りを取り巻く幻想種、霧の怪物たる零士はいない。炎と煙に紛れ、彼自身にも己の輪郭はぼやけつつあった。

理解できる。怪異の肺が膨らみ、萎む。呼吸している。酸素を吸って二酸化炭素を吐く生命活動とは別種の儀式的な何かで、止められたところでヤツの活動に支障はない。

けれど、せずにはいられない。怪異を動かす意識が己をヒトに類する怪異だと認知している以上、当たり前の常識として、息をしなければ苦しいからだ。

故にソレの呼吸は必然ではなく、儀式に過ぎず。

「――げべッ⁉」

雄叫びのあと、すんと怪異が息を吸い込んだ瞬間。

数百度の熱気と化した霧の怪物、零士の指先がその流れに乗って怪異の鼻から気管を通じ、滑り込むように肺を焼いた。じゅわりと肉が焦げ、粘膜が焼ける激痛に怪異が悶える。

が、それまでだった。

（……死なない！）

「ぞおおおおっ!!」

みちみちと細胞が再生、ただちに怪異は蘇る。

激痛に、不快以上の意味がない。常人なら即死する呼吸器系への熱傷も、雑巾絞りにとってせいぜい熱いコーヒーで咽せた程度のことでしかなく、怒らせるだけだ。

（あれはもう、怪異そのものだ……！）

まともな生き物ではない。傷つくことに意味がない。

化け物の姿が映った鏡を割るようなものだ。鏡は壊れても、映っていた化け物は傷つかない。

霧の怪物、霞見零士。名も知れぬ怪異、雑巾絞り。これは生き物の戦いではない。形のない悪意と悪意のせめぎ合い、古の怪物と最新の怪異が、その強度を比べる試みなのだ。

（――やばい　おれが　とける）

《白》の弱点。揮発し、拡散するたびに自我が薄くなる。

その感覚を言葉で説明するのは難しい。

強いて言うなら、スマホのカメラ――その焦点が外れ、あらゆるものがブレて写るように。

自分というものが薄くなり、警報となる痛みや危機感もなく、ただ消えてしまう。

『調べてみたけどよくわかんない。だからまあ、吸血鬼ってことにしとこうか？』

家が焼け、妹が死に、両親もいなくなった後。

後見人になるなどと言い出した社長、楢崎の言葉は、何の慰めにもならなかった。

『けど、何が原因かは想像がつくよ。《黒法》による実体化は己を固める行為だ。君に確固たる自我があればあるほどうまくいくだろう』

『《白法》による変化はその真逆。自分自身を変える行為なんだ。ヒトの形を崩して霧に戻る、それだけでも肉体という明らかな境界線を喪って、キミという存在はぼやけてしまう』

『そこから、さらに違う存在に変わるんだ。キミをキミだと定義するもの、ヒトのカタチすら自分自身で否定する。そうなったらまあ、何も残らなくて当然だろう？』

『自我が完成しない状態での《白法》濫用は人格の崩壊を招く。できるだけ控えたまえ』

無責任な医者みたいな言い方で、否定された。

（……けど……わかる……　わかっちまう）

《白法》の全力使用で創り出した火焔地獄。炎に紛れた自分自身、熱と煙と空気に化けて、ヒトのカタチを失くしたままの状態が続けば続くほど、自分が薄まっていく感覚がある。

その結果何になるのだろうか。わからない。きっと古の怪物に——誰も正体すら知らない、伝説にも残っていない、よくわからないものに還るのだろう。

（俺は、たぶん『終わった』呪いなんだろう）

微かな意識でそう想う。

自分は何なのか、わからない。話が失われ消えて壊れて、残ったのは曖昧模糊とした、何を掴むことも、触れることもできない霧の怪物。

昔の人間が、どんな下らないことを考えてそんな伝承を生んだのか。

そしてどんな成り行きで、それをヒトの一族が血統として伝え、その制御法まで残したあげく、この現代に蘇るハメになったのか。零士は知らないし、知ったことじゃない。

たまたま大昔から残っていた、便所の落書きのような化け物。

霞見零士は、己をそんなものだろうと考えていて。

(そんな　おれに)

(ひとを　だれかを　たすける　……なんて)

お情けで社会にいさせてもらっている厄介者に。

許される、はずが
(な――……？)

ない、と思いかけた時、胸を痛みが貫いた。

(あいつは　いっかは――……そんなこと　いわない)

ごくあたりまえの女の子だった。何事もなく成長していればきっと中学あたりで恋をして、さぞ複雑な気分にさせてくれただろうと思う、可愛くて優しい、普通の女の子だった。

親だってそうだ。妙な血統に生まれ、社会的に負わされたハンディキャップに折れ、人生の負債すべてを生まれの不幸に押し付けて逃げただけの、ごくありふれた人間だった。
自分を棄てたのも。家に火を点けたのも、妹を殺したのも——
ただひたすら弱くて、脆かっただけで。
(ふつうに　なりたい)
喪った妹の人生を取り戻すために。
妹が受け取るはずだった分まで、ありふれた幸福を手に入れるまで。
死ぬわけにはいかない。壊れるわけにはいかない。
『……だいじょうぶ、だよ……?』
血に濡れながら、兄を抱きしめて囁いた言葉。
『わたしはきっと、だいじょうぶ、だから』
そんなはずはないだろう、と叫んだ。
『生きて。——大好き』
耳にこびりついた絶叫。
業を燃やすたびに、いなくなった命を思い出すたびに喉をつんざく、ア行。
あああああああああああああああああああああああああああああああああああああ

ああああああああああああああああああああああああああ——……‼

絞り切り、喉が嗄れるまで叫んだ想いのために。

(やるしか　ない——……‼)

迷うことなどないのだ、と零士は悟る。

同じ想いを、苦しむ誰かを視たくない。視れば痛む。古傷が痛む。心が疼く。

消えた妹を、壊れた家族を、傷を思い出して辛いから。

身勝手に、わがままに、己の都合で。

社会への貢献。この世界で、ヒトとしてあり続けるために。

失われた妹の分まで、幸せであるために——。

「——ヒトであることを、諦めない‼」

「ぞっ⁉」

炎が幻のように消え去った。

焦げた瓦礫、真っ赤に灼けた鉄筋、異臭を放つプラスチックの残骸。焼け野原と化した街路、溶けて煮えだしたアスファルトできょろきょろと周囲を見渡す怪異めがけて。

「黒白霧法——蛮黒牙‼」

どくん、心臓が鳴る。白い霧が黒に変わり、像を結んで再び零士の姿が現れる。

怪異が振り向く。雑巾を絞ろうとするモーション。だがそれより早く、零士の肩から伸びた影絵のような黒い狗頭が、鋭い牙を持つ狼の顎が雑巾絞りに食らいつく。

「ぞぞぞぞッ……き、ンッ‼」

「ぐ……かっっ⁉」

深々と生白い肌に牙が食い込む。腕ごと呑み込み、肩にまで達する狼の牙。

齧り取ることなくモーションを妨害するかぶりつき。片腕を封じられた怪異は、残った腕のみで空中を捩る。両手を使ったそれに比べれば弱い、だが零士の首に激痛が走った。

「が……ぬ……げっ……‼」

「ぞ……ぞぞぞぞぉぉぉ……っ‼」

力比べだ。

見えない怪異の手、念動の掌が零士の頭を鷲掴みにすると、真後ろへ曲げてゆく。

今にも首の骨が折れ、ぶらんと千切れそうに痛む。脊椎が限界に達し、ミシミシと軋む。

零士にとって霧が像を結んだこの身体は、言わば風船のようなものだ。

形のない自分自身、霧を圧縮してヒトのカタチに押し込んでいる。一度破れれば、中身たる零士の霧は激しく噴き出し——いつもならともかく、消耗し、傷を負った今では。

ポンと首が千切れ、抜けた時。何もかも散って……消えるかもしれない。

(戻れなく、なるかもしれない)

だが、それでも。

「俺は……人間だ!!」

どんなに傷つけても、苦痛を与えようとも、怪異の物語は傷つかず。無駄だと知りながら、狗の牙は緩まず、足掻き続けた。

——パァン!!

「があっ……ぎっ……ご……っ！」

再び柏手。狙いは首ではない、零士の胴体。

内臓が捩じれる。絞られる。雑巾のように。肋骨が折れる。腰から下が真後ろに向きかける。

攻撃ではない、拷問だ。怪異と幻想の戦いにおいて、肉体を傷つけることに意味はない、と、無駄に終わった数々の攻撃が証明している。必要なのは相手の意志を挫き、物語を壊すこと。

不死身。不条理。決して倒せない怪物。

そう認識されている限りお互い、倒せない。ならば、それを挫く。傷つけ、痛みを与えて、死よりも痛みを恐れるまで嬲り続ける。物語と物語、幻想と怪異の戦いの本質。

「があああああああああああああ!!」

「ぞぞぞ……おおッ!?」

ぽっかり空いた雑巾絞りの鼻の孔に、ひとすじの黒い霧が吸い込まれた。

人体と同じ構造をしたそこに潜った霧は直ちに実体化。鋭い棘を繊細な粘膜に突き刺して、グチャグチャに掻きまわす。マッシュルームカットの頭が左右に激しく揺れた。

激痛、激痛、激痛、激痛、激痛。

臓物ごと身体を捩じ切られそうな零士。身体の半ばを巨大な狼の顎に噛まれ、鼻腔から頭骨、脳にまで届いた棘をグリグリと掻きまわされている、ブリーフ姿の怪異。

絡み合うような激痛。捩る。刺す。折れる。噛む。

交互に交互に、まるでお互いそんな約束をしたかのように、降りることなく。

「死ねえええええええええええええええええええええっ!!」

「ぞ……お……ひっ……!?」

ほぼ完全に怪異と化した雑巾絞りには、ありえない。

人間の感情を剝き出しにした殺意の絶叫に、恐怖映画じみた怪異が揺らぐ。

ほんのわずかな怯み。萎縮。恐怖。薄っぺらい設定で守られただけの意志が、圧倒された。

「………！」

雑巾絞りの圧力が緩む。

零士の胴体が捩じ切れる寸前、そいつはこの場を逃れることを優先した。

腕に食い込む牙、黒白霧法・蛮黒牙を抜かず、食いちぎられるに任せて。

「……逃がす、か!!」

「きききききっ！」

嘲笑うようなクスクス笑い。

腕から鎖骨まで、胸の半ばをゴリッと食いちぎられながら、肉体はもう再生しつつある。

背を向け、そのままこの場を逃れようとする怪異、だが。

振り返った直後――その鼻面、たった今脳味噌を掻き回され、鼻血をだくだくと流す顔に。

「悪いな、相棒」

不敵な笑み。毛皮に包まれた長い鼻面でも、ハッキリとわかる。

ごつい手に握られたビール瓶。黒いガラスの棍棒が、真正面から怪異に叩きつけられた。

「――こいつで、終わりだ‼」

「そげ……ッ⁉」

ガラスの破砕音。

人狼、頼山月が叩き込んだビール瓶は砕け、無数の破片が怪異の頭に突き刺さる。

咄嗟に瞼を閉じる暇もなく、眼球に刺さったガラス片から血と透明な汁が零れた。今度こそ鼻が完全に潰れ、真後ろに倒れた怪異はだらんと舌を垂らしてその場に倒れる。

「げ……げ、げえええ……‼」

ひくひくと、瀕死の虫のように手足が動く。

意思ある動きではなく、反射的な反応だった。これまでのように壊れた肉がすぐには治らず、ビール瓶で殴られたダメージをそのまま受けたかのように、怪異は倒れた。

「マジクソ痛がってんな。そういう臭いがすんぜ、化け物」

「そ、ぞ、ぞぞ……⁉ な……なん なん で⁉」

「わかんねえよな、わかんねえだろうな。けど、あの子……蛍ちゃんが教えてくれたのさ」

割れたビール瓶を放り出す。新しい瓶を片手に、もう片方の掌にパンと叩きつけるように。

威嚇しながら、人狼はボロボロの相棒と、倒れた怪異を交互に眺めて。

——あれが、お話に出てくるようなお化けなら。

お話通りに、倒せない？

楢崎が提示したヒントを聞き、即その結論を導き出した、蛍の閃き。

「てめえって物語の原型。最初に書き込まれた掲示板ログ——そいつが重要だったんだ。後で付け足されたブリーフ一丁だの、変な髪形だの、念力捩じり攻撃だのに意味はねえ」

そんなものは枝葉末節。単なるディティールの補完に過ぎない。

怪異成立の原型。最初に書き込まれた内容は、マナー違反を犯した者が苛烈な罰を受けて、それにより狂気に陥り友人をも襲うという、くだらない暴行事件の顛末で。

罰の証、ビール瓶による殴打という《きっかけ》から——雑巾絞りは、逃げられない。

「ヒッ……⁉」

「なあ、零士。びびってるぜ、こいつ」

「ああ。月(ゲツ)、俺にも一本くれないか？」

明らかな狼狽(ろうばい)、恐怖(きょうふ)を覗(のぞ)かせてしぶとく這(は)う雑巾絞(ぞうきんしぼ)り。

白いブリーフを踏(ふ)みつけながら、月(ゲツ)は居酒屋から持ち出したビール瓶(びん)を一本、零士(レイジ)に放る。

あちこちから血を流し、ぼろぼろに傷つきながら、少年たちは笑い合い。

「え……えへ？」

素肌(すはだ)の首を掴(つか)み、立たせる。

鼻血にまみれた無様な顔。えへ、と愛想笑(あいそわら)いじみた困惑(こんわく)が怪異(カイイ)に浮(う)かぶ。

いやそれはもはや、怪異(カイイ)ではない。暴力に屈服(くっぷく)し、痛みを味わって――。

人間に戻(もど)った、堕(お)ちた怪異(カイイ)で。

「「――っしゃあ!!」」

ふたり同時に、前後から挟(はさ)むように。

ヒトの姿に戻(もど)った零士(レイジ)、そして人狼(ワーウルフ)たる月(ゲツ)のフルスイングが激突(げきとつ)。

2本のビール瓶(びん)が割れ、怪異(カイイ)だったモノの頭にぶつかり、砕(くだ)けて散った。

＊

「生まれたばかりの怪異というものは、不死身で無敵のように思える。けど——」

「明白な欠点もある。物語に左右されすぎるのさ」

その独白は、炎の渦が晴れながらも、煙くすぶる街路を見下ろすように。

近場の廃墟。未だ靴底から熱が伝わるほど間近の屋上に軽々と降り立った男は、スマートな手つきでジャケットの奥に手を入れると、指揮棒のような細い杖をつまむように握った。

「ネル君が調べた掲示板のログ。あれは『雑巾絞り』という都市伝説の根幹だ。ただの酔漢の暴行事件が、あの書き込みにより怪異となり——これが存在しなければ、物語も消える」

後から付け足された枝葉など無意味。

怪異《雑巾絞り》が真に従うべき法則とは、あの雑な書き込みだけで。

故に、書き込み内でヒトを怪異に変えた原因。酔漢によって叩きつけられたビール瓶こそ、怪異を殺す法則。多くの怪物に設定された、強さや恐怖と等価交換の《弱点》なのだ。

「零士君のように古い幻想、伝承すら忘れ去られたような存在や、それこそ吸血鬼のような、さまざまなメディアで補完され、書き換えられてきた幻想とは訳が違うのさ。生まれたばかり、成立したての怪異は、その弱点を否定できるほどの説得力を持たない」

太陽の光をさんさんと浴びて日光浴を楽しむ吸血鬼(バンパイア)、のような。
伝承から逸脱(いつだつ)したキャラクターが描(えが)かれるような歴史、積み重ねを持たない。
ほんのわずかな人数しか知らない。局所的な盛り上がりによってのみ成立する浅い怪異(カイイ)は。
作り上げられた物語の弱点に、抗(あらが)えないが故(ゆえ)に。

「ルール違反(いはん)を犯(おか)した者が制裁を受け、その恐怖(きょうふ)から歪(ゆが)んだ正義を暴走させる――。雑巾絞(ぞうきんしぼ)りは現代の寓話(ぐうわ)だ。再び罰(ばつ)を与(あた)えられることを怖(おそ)れ、過剰(かじょう)に他者を攻撃(こうげき)する」

杖(つえ)を弄(もてあそ)ぶ男。幻想清掃社長(Fantastic Sweeper)、楢崎(ナラサキ)は屋上の縁石(えんせき)にブランドの靴底(くつぞこ)をのせ、街を見下ろす。

そこではヒクヒクと蠢(うごめ)く怪異(カイイ)人間――雑巾絞(ぞうきんしぼ)りであったものを、人狼(ワーウルフ)と霧の怪物(ブロッケン)が、呼吸を確かめるように爪先(つまさき)で蹴飛(けと)ばしていた。

「誰(だれ)もがなる可能性を秘めた怪物(かいぶつ)……『正義マン』に、かつて与(あた)えられた罰(ばつ)を思い出させる。サプリをキメた本人は知らずとも、怪異(カイイ)の根源に刻まれた傷が蘇(よみがえ)れば。

――どうしようもなく、痛(イタ)いよね？」

脇腹(わきばら)を蹴(け)られてビクッと揺(ゆ)れる、元怪異(カイイ)。その様子に驚(おどろ)いた零士(レイジ)と月(ゲツ)が退(さ)がる。

そこへ駆(か)け寄(よ)ってくる白い短毛のＪＫバニー。少年と少女たちの会話へ、楢崎(ナラサキ)は耳を傾(かたむ)ける。

本来聞こえるはずのない距離(きょり)。だが、微(かす)かに字を描(えが)くように振(ふ)った杖(つえ)の先、そこから放った淡(あわ)い光が空中に溶(と)けると、確かに彼らの会話が伝わってくる。

「……これ、死んじゃったの？」

「蹴ってみたけどまだ生きてる。しぶてえわ」

ピクピクと悶絶するブリーフ男。

完全に気絶した怪異だったモノを囲み、人狼とＪＫバニーが言った時。

「本社に回収を頼もう。現場の清掃も、必よ……ッ！」

会話が、崩れるように途切れた。

たった今加わったばかりの零士が我が身を抱きしめて膝を突き、歯を食いしばる。

全身が粟立ち、煙を噴きながら宙に溶けるように揮発。火傷のような染みが皮膚のあちこちに現れ、髪が短くなっていくさまは、まるで見えない炎に焼かれているようだ。

「く……ッ!!」

「お、おい、零士!? 大丈夫かよ、サプリだ、早く！」

「ああ。……だが」

苦痛に耐えながらポケットを探る。専用ケースを開けた中には薬剤アンプルと無針注射器。

震える手で細長い先端を折り、中身を注射器に移す。あとは皮膚の薄い箇所に押し当てれば、高速で発射された薬液が皮膚に極小の穴を開け、無駄なく吸収させられる。

空になった小瓶を染みが広がる掌にのせて、零士はしばし止まった。

「なあ、月」

「ああ？　話は打ってからに――」

「こいつ、これからどうなると思う？」

頭をカチ割られた雑巾絞り。物語の弱点を突かれた傷は治らず、今は動けずにいる。

死んでいない。治れば手がつけられなくなる。治癒までの時間は？　半日かかるか、一日か、あるいは一週間稼げるのか、それとも呆気なく数分後には立ち上がるのかすら、わからない。

無力化している間に拘束する？　無駄だ。物理的な拘束など怪異には通じない。

いっそ殺す？　ビール瓶で何度も何度も殴りまくれば死ぬかもしれない――けれど。

「本社に渡すんじゃねえのかよ。ま、普通の犯罪者扱いは無理だろうけどな」

分厚い頬毛を爪の浮かんだ指で掻きながら、人狼は律儀に答えた。

「まともな証言が取れるかどうかもわかんねえし、目が醒めるたんびにビール瓶で殴んのかね。わかんねえけど、考えるのは上に任せりゃ――」

「だよな。なら」

月の推測に零士は同意する。普通に考えればそういう流れだ。

怪異を拘束する手段がない。捕まえておくことそのものがリスク。殺害を否定するならば。

「――最適解は、こっちだ」

「はあ⁉」

蹴飛ばすように転がした怪異の喉元に、零士は注射器を刺した。

「げ、げげげ、げっ……げぼぁっ⁉」

反吐を吐くような声を出し、喉元を掻きむしりながらそれは悶える。

皮膚に血色が戻り、異様な黒点に見えた眼が普通のソレに変わっていく。異様なまでの即効、幻想種を人間たらしめる特効薬、《人間サプリ》は怪異化したヒトの解毒剤として作用する。

「げ……あ……？」

割れた額、突き刺さったガラス片が痛々しいが、それはもはやただのチンピラ風の男で。

「霞見くん⁉　……どうして⁉　なんで、薬を……⁉」

揮発した腕をすり抜けるように空の注射器が落ち、足元に転がる。

見えない炎で炙られるかのように、煙を上げて零士の全身にえぐい色をした染みが広がり、上がる煙は火葬場のような、タンパク質が分解する嫌な臭いが漂った。

「バッ……カ野郎‼　そんなヤツ助けてどうすんだ、感謝なんかされねえぞ⁉」

「そんな事は望んでいない。俺の薬は、会社に戻れば予備がある」

焼かれながらも、零士の声は揺るぎない。

鋼鉄の理性、幻想種をヒトに留める意志。

その強さを証明しながらも——自滅に向かう肉体は、止められなかった。

「今後の捜査には、こいつの証言が必要だ。——請けた仕事は、必ず果たす」

「おまっ……‼」

月は言葉を失った。ありえない《怪異サプリ》を摂取した犯人。

出所は間違いなく《轢き逃げ人馬》、池田舞に幻想サプリを与えたのと同一だろう——なら。

「こいつから証言が取れなきゃ、詰んじまう。だからって、ヤバすぎんだろ⁉」

「かもな」

「1億の報酬ったって、死んじまったら何にもならねえだろうが！　何考えてんだ、バカ！」

「カネの問題じゃない。金額は信頼の証だ。あいつは——命は、未来の代償をそのまま払った。事故で失ったものの半分を俺たちに託した。なら、見合うべき成果を出さねばならない」

しゅうしゅう、しゅうしゅう。皮膚が溶け、肉まで煙となりながら。

「俺たちがヒトであることを証明する。社会の一員たる資格、《普通》を得るために。

——悪いが、頼む」

「‼　っ……社に戻んぞ、摑まれ！」

月が零士を助け起こそうとする。

だが摑んだ手は、呆気なくボソリと崩れてしまった。

「え……手⁉　大丈夫、痛くないの⁉」

「ああ」

まるで線香の灰。形そのままに燃え尽きて、触れればあっさりと。

「いたくは――……ない、な……？」

揮発した皮膚から覗いた肉は白く乾いて、ぼろぼろとひび割れながら崩れつつあった。

「ダメだ、このままじゃ……予備を打つまで保たねえぞ！」

「少し待って！　動かないで！　……お願い、ストップ！」

泣きそうな顔。まだ崩れていない胴体を摑もうとした月を、蛍は止めた。

足元に転がった注射器。中身はすべて元雑巾絞りの若者に打ったあとで。

容器にほんのわずか、一滴にも満たない滓が残っているのを見て。

「……不味いわ」

「そりゃマズいだろ……って、おい⁉　何やってんだよ、アンタ⁉」

空の注射器。針のついていないそれに唇をつけて、わずかに残った薬を――吸った。

「けど、覚えのある味。意外と普通、市販されているのと同じ……だと思う」

舌先に残ったそれを味わうように舐めると、蛍の目つきが変わった。

怯え、動揺がピタリと止まる。突然嵐の中凪いだ空のように、呆気なく、唐突に。

「やっぱり……基剤は同一。特別な触媒を使ってるわけじゃないのね。人間サプリだから当然、ヒトの何かを使ってる。……血？　醬油っぽい香り……たぶん、毛髪」

「い、意味わかんねーよ。何してんだ、勘弁してくれよ。おかしくなっちまったのか⁉」

「違うわ。本社がどこか知らないけど、薬があるところまで運んでも間に合わないから」

こくんと、喉越しを確かめるように口中のそれを飲み込んで。

「これなら、何とかなるかも。――手伝って！」

「は？　……意味わかんねーけど、零士が助かるなら何でもやらぁ！」

「何でもはしなくていいわ。買って。適当にかき混ぜられるような大きなグラスとマドラー！

最悪割り箸とかでいいから。あとシェイカーと怪物サプリ、赤と緑！」

「お、おう！」

店員も客も逃げ散った近くの居酒屋で、必要なものは集まった。

薄汚れたグラスを自販機で買ったペットボトルの水で流す。同じ自販機にあった怪物サプリ、プルトップを開き、シュワシュワと鳴る炭酸を――

「あ、ごめん！　計量カップ！　無かったら大さじか小さじ！」

「注文多いよ！　……ええっと、え～っと!!」

「………」

「急いで！　この人、燃え尽きそう！」

大慌てで厨房に戻る月。座り込み、今にも崩れそうな零士の隣で。

赤と緑の炭酸水――安物のシロップそのもののケミカルな色を正確に測り、グラスに注ぐ。

赤1カップ半、緑が1カップ。軽く混ぜたそれをひと舐めして。

「……ちょっと違う。粉ミルクか牛乳、コーヒーフレッシュでもいいからちょうだい！」

「そんなんでいいの⁉　おい、このヒマあったら運んだ方がいいとかじゃ――」

「ない。絶対ない。後悔とか絶対させない。だから」

心配のあまりか疑問符を浮かべた人狼に、ＪＫバニーは凛と言い返す。

「お願い！　必ず、助けるから‼」

「〜〜〜〜……ッ！　あ〜〜も〜〜、わかったよ‼　踏ん張れよ零士、もうちょいだ！」

厨房を三度漁り、発見した牛乳をひと注ぎ。

マドラーで軽く混ぜる。赤と緑と白が混ざってドブのような色に。

そして最後の、隠し味――。

「ちょっと、ごめんなさい」

ぷつんと引き抜いた髪、１本。どうやら自前だったらしい、マッシュルームカット。

人間に戻ったばかりの元怪異から得たそれを、グラスに放ると――

「ほら。こうやって混ぜると、色が変わるの」

「おわ、マジだ！　……マズそう！　おまけに……くっさ‼　マジでクッサッッ‼」

酸っぱく塩気があって乳臭い。腐った馬乳酒とでも言うべき淀んだ色だ。

ただのジュースとミルクを混ぜたものでは決してありえない反応に、嗅覚の鋭い月は思わず鼻をつまみ、嫌そうに悪臭を放つグラスを眺める。

「……変態の髪かよ、原料？　すっげえヤだ……俺かあんたの毛じゃダメ？」

「あなたじゃダメなの。今の、私も」

どうしてこうなるのか、柿葉蛍本人も理解できない。

ただひと舐めするだけで理解できた。再現できた。創れた。それこそが――

ウサギ娘ばかりのガールズバーを成立させられた秘密の正体。

「モデルになる動物の素材じゃないと、《怪物サプリ》は創れないから」

淀んだ液体をステンレスのシェイカーに流し込む。ひとかけのロックアイスを入れ。

さながら熟練のバーテンダー。シャカシャカと小気味よい音をたてシェイク、シェイク。

中で氷が砕ける音。空気を含み、攪拌された2種類のサプリと触媒が解け、混じり。

「できた。飲んで！」

「……――～～ッ⁉」

「何よ、嫌なの？　生きるか死ぬかなんだから、早く飲んで！」

グラスに注ぐ暇すら惜しみ、作業の間にも崩れゆく零士の唇へシェイカーを運ぶ。

ツンと漂う異臭。一言でいうならオッサン汁。中年男数十人が入浴した残り湯に、何らかの菌が繁殖したような発酵臭をプラスしたそれは、死にかけとはいえ嫌だった。

「しょうがないわ。我慢して」

「……ッ⁉」

舞台劇の終幕のように、寝かせた零士を抱き上げる。

消滅の間際でありながら、反射的に固まる嫌な顔。JKバニーがシェイカーの中身を含み、少年の顎をクイッと持ち上げると、唇を浅く重ねて――。

「〜〜〜〜――――ッ⁉」

「……………‼」

閉じた唇に舌が入る。謎の汁を強引に流し込まれ、猛烈に不快な味が零士の喉に落ちた。

「う……うっわ〜……」

人狼は器用にドン引いた顔で、しばしキスしたまま固まるふたりを遠間に眺めている。

およそ1分ほどの硬直、ピクピクと痙攣する少年と、頬をがっちり固めてキスし、喉の奥へ薬を送り続ける少女は、ラブシーンと呼ぶにはいささか強引に過ぎた、が。

「うっわ……マジかよ。治ってる、治ってんよ、零士⁉」

燃え尽きかけていた手に血の色が戻り、散らばっていた粒子が像を結ぶ。喪われた手が瞬時に形を取り戻すと、全身の罅割れや焦げたような染みが塞がって、元の姿を取り戻す。

それはまるで、おとぎ話。眠れる王子にキスをするシンデレラの――

「かはっ。……何てことを……‼　柿葉、お前な！　俺の、ファースト……！」

「大丈夫。私もはじめてだけど、何てことなかったわ。人命救助でしょう」

「した側が言うことか⁉　……いや、助かったのは確かだが……釈然としない……！」

「あなた、耳まで真っ赤よ。大丈夫、熱でもあるの？」

「……そういうんじゃない。頼むから放っておいてくれ……！」

はあああ、と深々と息をつくと、零士は再生した身体を確かめるように動く。掌を結んでは開き、指の動きをチェック。問題ない、疲労こそ残っているが肉体的な怪我は寸分変わらず治っており、まるで奇跡のようにすら感じた。

（そんなバカな。……本社が人間サプリ1本にいくら要求すると思ってる）

普通のサラリーマンの月給以上だ。幻想清掃で働き、社内割引を利用しているため、かなり減額されているが——毎日の負担は大きすぎ、給料のほぼ全額を費やしている。

「嘘だろ。市販の怪物サプリと、そのあたりの適当な材料で……創ったのか？」

「すっげー……。つか、何で？　どうやったらできんだよ、あんなの」

驚きに目を剝く特殊永続人獣たち。だが、本人はぴょこんと伸びた兎耳をひくつかせ——。

「私、ドリンクバーが好きなの」

「……関係あるのか、それは？」

「あるわ。施設の弟や妹たちを連れて、たまのご馳走。おかわりできるからみんなはしゃいで何度も飲むんだけど、だんだん飽きてきちゃうのよね」

「まあ、それは……あるな」

「ある」

身に覚えがあるらしい月と零士の相槌に、満足げに蛍は頷いて。

「そんな時、いろいろなジュースを混ぜたミックスをよく作ったわ。弟たちは変なのを混ぜておかしな味になっちゃうこともあったけど、楽しかった」

「……それで？」

「私のが一番美味(おい)しかった。——つまり、そういうこと」

自慢(じまん)げに慎(つつ)ましやかな胸を張る。数秒間、人獣(ニンジュウ)たちは固まって続きを待ったが。

「まさか。……終わりか？」

「終わりだけど。何か問題？」

ドヤ顔が止まらず、これで終わりだと悟(さと)って唖然(あぜん)。

「問題アリアリだっての！　説明になってねえ！」

「なってるでしょ！　混ぜるの得意なのよ、私！」

「ジュース混ぜて謎(なぞ)の薬物作れんのは得意ってレベルじゃね——よ!!」

「………」

言い合う月(ゲツ)と蛍(ケイ)の隣(となり)で、救われた身の零士(レイジ)が歯痛をこらえるような顔をした。

「上手なら、あのえげつない味は何とかならなかったのか？」

「それはごめん。いつもならコーラとか混ぜるんだけど」

「いいのかよ、んなもん混ぜて。変な効果出たりしねえの？」

きょとん。考えもしなかったという顔で、柿葉蛍(カキバケイ)は瞬(まばた)きした。

「？　しないわよ。飲み物だもの」

「――いや。そんなわけないんだけどね？」

それらのやりとりをビルの高みから認識（にんしき）しながら、社長・楢崎（ナラサキ）はつぶやいた。

「あれは《魔女工芸（ウイッチクラフト）》……古（いにしえ）の時代、弾圧（だんあつ）により失われた秘匿魔法（ハイディ）。本社が再現を試みている超（ちょう）級神秘だよ。国家規模の予算を組んでも《怪物（モンスター）サプリ》以上の成果が出ない代物（しろもの）さ」

『それはいいから、出てった窓は閉めてほしい。寒いし』

「待ちたまえネル君。この凄（すご）さが理解できないかなぁ……！　本社の技術者なら即（そく）標本、永久保存する逸材（いつざい）。絶対に失ってはならない超（ちょう）レアなんだけど」

『それ、仕事に関係ある？』

やれやれ、と楢崎（ナラサキ）は肩（かた）を落とした。

彼の秘書、幼女にしか見えないスーツ姿の彼女（ネル）はこの場にいない。その代わり、肩（かた）に止まった一羽（わ）の鳩（はと）がまったく同じ声で話し、冷たい眼差（まなざ）しまで再現している。

『だいたい……《魔法使（まほうつか）い》なら、社長と同じでしょ。のーれあ。珍（めずら）しくない』

「似てると言えば似てるかなぁ……。人類は霊長（れいちょう）類だ、つまり猿（さる）だろ、と言うくらいだけど」

使い魔（ま）。使役者（しえきしゃ）と感覚を繋（つな）ぎ、生きた通話装置として幻想清掃本社（Fantastic Sweeper）オフィスと繋（つな）がっている鳥の喉（のど）をくすぐるように撫（な）でながら、現代に生きる魔法使（まほうつか）いはかすかに笑った。

「ニュートンが著した《自然哲学の数学的原理》により宇宙の法則は数学的に分解された——。人狼や霧の怪物が忘れ去られた幻想ならば、私たちは《否定された幻想》なのさ」

『興味ない。隙あらば自分語り』

「そう言わないで聞いておくれよ。魔法が否定され、科学という信仰が支配する世界において、私たち《神秘家》は非常に肩身が狭いのさ。数千年を経た太古の遺物を用いてさえ」

足元に転がっていた箒の柄を軽く踏み、跳ね上げる。

一見庭仕事にでも使うような古臭い棒切れだ。しかしそれは夜空で軽く宙返りをし、地面の上およそ10㎝ほどの高さに浮遊すると、飛び乗った男の体重を見事に支えた。

月との電話を切った直後。社長、楢崎が本社の窓から文字通り『飛び出し』てこの現場へと急行できた理由。樹齢1000年の巨木を芯に竜の心臓の腱で霊樹を束ねた神秘の道具。

「空を飛び、ささやかな奇跡を起こすのがせいぜいだから。——ね？」

魔法の箒。おとぎ話やファンタジーで語られるそれに乗り、男は滑るように空中へ。

高級ブランドの革靴は軽く乗っているだけで、細い足場に揺れることもない。

まるで透明なガラスの床に立っているような安定感。炎と煙のくすぶる街路、生々しい破壊の痕が残る繁華街、パニック状態で逃げ惑う人獣の群れや延焼した火災があちこちに。

「この街は特別なのさ。あたかも災厄の夜——諸人集いてみな魔女の秘薬を呑み、獣となりて一夜の宴を楽しむ。魔宴の如き無秩序な魔術儀式が、延々と続いているようなものだ」

指先でつまむように握った杖。指揮棒に似たその先に、蛍のような淡い光が灯る。

「煮えたぎる魔女の鍋の如きこの街ならば。否定された幻想すら、蘇る」

軽く振る、ぶぉん――SF映画の光の剣を振ったような独特の音。光の軌跡が空中に文字を描き、否定された幻想の担い手、現代の《魔法使い》はある呪文を口にした。

『治れ』

描かれた文字が花火のように弾け、散った。

砕けた瓦礫が、焼け跡が、割れたグラスや放り出された椅子、壁から剝がれたタイルまでも。

カタカタと細かく揺れると、まるで巨大な生き物であるかのように浮き上がり、動き出す。

透明な指先が精密なパズルを組むように、壊れた街が、崩れた道が、荒れ果てた店内が瞬く間に修復されていくと、元からそうであったかのように数分前の姿を取り戻した。

「と、まあ。――お掃除くらい楽々ってわけだよ！　凄いだろう、ネル君⁉」

『ぶっちゃけ便利。社長、黙ってそれだけしてほしい』

秘書ネルの呆れ声。

「黙らないとも、言わないと誰も褒めてくれないだろう？　ま、完全に燃えたものまで元には戻らないが、だいたい8割くらいは戻るわけだから、感謝してくれたまえよ」

見下ろせば、ブリーフ姿の元怪異を拘束した月と、蛍に肩を借りた零士がいた。

声は届かず。だが手を振り、飛び跳ねる姿からどうやら感謝されているようで。

「そうそう、これくらいが丁度いい。普段はのんびり、たまに働くからこそありがたみがある。この世の中に、魔法でしか解決できないことなんてほんのちょっとしかないんだからさ」

『そう？　同じことをするには、めちゃめちゃお金と時間、かかると思うけど』

「逆だよ。お金と時間をかければ魔法と同じ結果が得られる。しかもノーリスクでだ。危険を犯して悪魔を懐柔したり、けだものじみた儀式を延々と続けたり、生贄を捧げたり――まあ、実に時代遅れで面倒くさいことを一切省いて、クレカかスマホひとつで完成する」

それら現代の魔法に圧され、消えゆく灯火の如き幻想種。

「絶滅寸前の希少動物が、僕ら《神秘家》であり、途絶えたとされし《魔女》なわけだ。さてさて、そんなものを伝えるＪＫバニーちゃん。これは保護しないといけないね。当然！本社には内緒で！　……本社には内緒でさあ！」

『社長。わりとガチでキモい』

興奮した様子の楢崎に、肩の鳩が秘書の冷たい言葉を再現しながら、ふと。

『ところで社長、あっちでも何か燃えてますけど？』

「え、嘘。あれ本当だ、何で？」

コンパスの針のように箒が回り、楢崎は手でひさしを作って遠くを眺める。

遠く立ち上る黒煙と炎。響く火災ベルの音。ほぼ真下、零士が起こしたものとは違う炎が、とあるビルを丸ごと呑み込むようにめらめらと揺れて、夜空を焦がしていく。

壁に描かれた看板が熱で歪み、落ちる。
派手に砕けたネオンサイン――『Pink Press』の名が、虚しく消えた。

＊

JKバニークラブ『Pink Press』が入居しているのは、いわゆるペンシルビル――

駅近くの1区画を複数分割した細かい土地に、4～5階建ての細かい建物を並べたものだ。

これらが集まり、商業区画となって花と咲き、蜜蜂ならぬ金を持った客を呼び込む。

だがその栄光も半世紀前の話。築50年を経て老朽化、数度の補強こそ入っているものの、資産価値を減じた建物は安く地元の業者に売られ、小規模な風俗や飲食のテナントが入る。

この無法地帯においても、商売上のルールは存在する。

街に古くから店を構えていた男の所有していた雑居ビル、今時珍しく防火対策や緊急避難、消火活動の備えを怠っていなかったせいもあり、出火とほぼ同時にビル内のテナント――地階のガールズバー、2階、3階のランジェリーパブやホストクラブ、違法カジノに雀荘の客がぞろぞろと逃げ出し、燃え盛る炎をどこかのんびりと見上げていた。

「はー、すっげえ火……」

「何かガールズバーでモメてたんだって？　そのせいかね、これ」

他人事だからだろう。

客らしき人獣たちが見世物を眺めるように熱気を浴び、炎渦巻くビルを見上げ。

「オーナー‼　あの、オーナーが、まだ出てこないんだけど‼」

「バカ、危ないって！　あの燃えっぷりじゃ助からねえよ！」

「オーナー！　オーナー‼」

ガールズバーに勤めていた兎娘たち。ＪＫバニーがオーナーを探すため店へ戻ろうとするが、火勢の強さを見た野次馬たちに止められて、涙ながらに手を伸ばす。

他ならぬオーナー、フレミッシュジャイアントの指示で店を出ていた彼女たちは、事の次第を何も知らない。ただ火事に驚き、慌てて戻って、その不在に気づいただけだ。

探そうとしていた恩人が、怪異の襲来によって殺害されていたことなど露知らず。

されど、もし気付いていれば――

「始末せずともよいのか？」

「無用に御座いましょう。何も知らぬ遊女など殺める意味はありませぬ」

燃え盛るビル、通りを挟んで向かいの路地に、潜めた声がふたつ。

異装。そう呼ぶしかない奇抜な服装、時代がかった所作。表通りを堂々と歩けばコスプレとして注目を浴びるか、笑いの種になるしかないような姿が、都市の闇に深く潜んでいる。

野良猫や鼠、散らかるゴミ袋にたかる害虫ですら、ふたつの影には近づかない。

まるで見えない壁でもあるかの如く、直径1mほどのクッキリとした円——《結界》とでも言うべきものに阻まれて、異様に目立つその姿は、野次馬や群衆の眼から隠されていた。

「そちらではない。《雑巾絞り》よ」

あからさまな軽侮を交え、吐き捨てるのは——あどけない幼子のように見える、何か。

裾を絞った括り袴に水干姿は古の時代、貴族に仕える童子そのまま。素足で地面に触れているかに見えたが、そのふくよかな足はわずかに浮いて穢れない。

気品すら感じる麗しい面差し。だが艶のあるふっくらとした唇から届く言葉はしわがれて、まるで齢100年を過ぎた老人のように醜く、耳障りだった。

「雑魚とはいえ、怪異に適合した贄ぞ。生きたまま確保されしは不手際であろうに」

「あれはただの流人に過ぎませぬ。今世の言葉で申すならば《ちんぴら》の類——」

相対する男は黒衣。最上の仕立てと判る正絹の和装に、まるで不釣り合いな指切り手袋。

顔は舞台の黒子を思わせる覆面ですっぽりと覆い隠していた。

「私と出会い、仙薬を授かったというだけの小物。問うたとてそれ以上判りますまい」

「貴様と会ったというだけで手がかりになろう。そのような奇矯な姿、他におらぬわ」

「ふふ。古より頑なに変えぬ貴殿と違い、この装束は《りすぺくと》で御座いますゆえ」

「今世で名高い物書きの装いであったか？　俗世に迎合しおって、情けない」

「なかなか宜しいものでございますよ。何せ札を繰るに、指貫きの手袋は良うござる。今世で名高き者の姿を借りるは、呪詛を避けるも都合がよい」

不快げに鼻を鳴らし、蛇のような眼で童子は黒子を睨む。

「呪詛掃いのつもりかや」

「さよう。今世陰陽《こすぷれ》の法——とても致しましょうや」

鈴を転がすような声音、戯れの響きに。

「——ふざけおって‼」

怒髪天を衝く金切り声。叫びと共にバチッと火花が散り、黒髪がピンと跳ねた。

雷が落ちたかのような衝撃と共に、周囲に灯る街灯が唸り、明滅する。

「おやお怒りか。少々戯れが過ぎましたかな？」

「過ぎも過ぎたわくそたわけ。事と次第によってはこの場でその首喰ろうてくれるぞ」

「そう仰らず。《寮》の方々が代々伝えし陰陽の道とて、遡れば唐国——大陸に源流あり、と伺いまする。最先端の技術を伝え、活用せしことまで否定なさるか？」

「ああ言えばこう言いおる。まこと口達者な奴よ。……しかし」

怒りを呑み込むように乱れた髪を手櫛で整え、童子は言う。

「最先端の技術とやら、侮れぬのは確かよな。古き幻想に適合した《人馬》の小娘、近代の怪異を呑んだ雑魚。古の巫覡が生涯を懸けて成した神降ろしの儀が、注射ひとつで叶うとは」

「さよう。されど所詮は俄か——古今の伝授を受けた真なる術者には及びませぬよ」

「世辞はよい」

言いながらも、童子はわずかに機嫌を直したかに見えた。

黒子は街路を挟んだ向かい、火災の現場で爆ぜる火の粉や嘆く声を聴きながら、

「先の悪疫より十数年——古の時代を知る我らの導きなくば、衆生の蒙は開かれますまい。

この魔宴の街に蔓延せし仙薬の滓、ひとをけだものと成す怪奇薬」

黒衣の袖からごとりと、手妻じみた手際で取り出される飲料缶——。

「《怪物サプリ》を以て、古の神秘魔術を復古し、近代現代の怪異誕生をも差配する。

かの本社に座する魔女めの企みは、みごと実を結びつつありまする。宜しいか？」

「良い。それが判っていながら手をこまねいておるか？　雑魚に餌を撒いたとて付け火が精々」

苦々しい、忌々しい。

そんな言葉を形にしたような顔で、童子は唸る。

「陰陽復古は我らが悲願ぞ。夷狄の魔術師如きに——神州、秋津洲を乗っ取られ、今やかの者らが本邦の神秘魔道陰陽すべての主を気取りおる。看過などできるものかよ」

「はは。《寮》の方々の屈辱、よく理解してござりますとも」

平伏するように頭を下げ、黒子はすっと指先を、街を斬り掃うかのように振った。

「これまでは知らぬが故に獣の滓を舐められた。されど神秘幻想の仙薬あるを知った凡俗が、その力に魅せられぬはずはなし」

「求めるか、足掻くか。残り2本――どう使うのだ。七宝行者、果心居士よ」

そう呼ばれた黒子の振り切った手、もぞりと動いた袖から現れる、新たなサプリ。

飲料とは異なるデザイン。無機質な医療用薬剤瓶が、2本。

「夷狄どもの本拠――BT本社より得し、真なる怪奇薬が残り2本。酔漢殺しの《轢き逃げ人馬》、そして雑巾絞りの所業、異能は街に伝わり、覇権を狙う悪党どもが引く手は数多。さて」

ちゃりちゃりと、ゴム栓のされた薬瓶を掌中で弄ぶ。

それを投じた時、この街で起きるであろう波紋を予測し、愉しむかのごとく。

「おおくしょん……《競り》にて決めるといたしましょうや。仮面舞踏街の覇権、求める者らは数多く。さ、いかほどの値がつくのやら？」

楽しそうに、楽しそうに。

奇矯な黒子はそう告げると、童子と共に路地の暗闇へ溶け込み、姿を消した。

＊

「――で、徹夜で消火活動やって、その足で学校来たわけ？」

「そうなる」

「マジ眠ぃ」

「……………」

翌日、早朝。都立アカネ原高校通学路の途中にある細やかな自動販売機コーナーのベンチ。

SNSの個人メッセージで呼び出された賣豆紀命は、疲れ切った犬のように互いにもたれ、眠りかけていた3人──霞見零士、頼山月、そしてもうひとりにそう言った。

経緯は聞いたが荒唐無稽過ぎて、まともに理解できた気がしない。

重要参考人と睨んで尾行した柿葉蛍が、実は《轢き逃げ人馬》こと池田舞に脅迫された被害者で、かつ話し合いの場を襲撃されたあげく人が殺され、建物に火まで放ったなどと。

「バイオレンス過ぎるわ。……仮面舞踏街だと、普通なわけ？」

「さすがに今回みたいな例は、めったにない」

無法地帯として放置されている仮面舞踏街だが、喧嘩や殴り合いなど暴力沙汰は日常ながら、ガチの殺人や銃撃、爆弾や放火などの凄惨な犯罪が表に出る例はそう多くない。

いくら獣化で理性を切っても、中の人はほぼまともな法治国家の住人だ。長年受けた教育で染みついたモラルはそう簡単に抜けず、正真正銘本物の貧困地帯や紛争地帯には及ばない。

「報道ベースの情報に乗ることはないだろうが、ほぼ確実に放火だ。朝までかかって消火活動、放課後は捜査も続行するが──手がかりが残っているかは、怪しい」

「続けてくれるんだ。諦めたりしないのね？」

「仕事だ。あんたから合法的に金を貰うまで続けるさ」

「危ないからもういい、やめてって言ったら？」

「現時点の捜査費を精算してから続行だ。その場合出るのは社の給料だけだが」

「何よ。結局続けるんじゃない」

「犬だからな。咬みつく相手を選ぶ権利とか、無いんだよ」

ぼろぼろに疲れ切りながら苦笑する零士、うなずく月。

報酬があろうが無かろうが、彼らがやることは同じだ。

社会に参加するため、自分たちの価値を証明し続けるため——ただひたすら、奔るのみ。

「乱入してきたヤツはどうなったの？ブリーフ一丁の変態とかいうの」

「社長から聞いたが、《怪異サプリ》は幻想サプリより遥かに《重い》らしい」

近代の怪異。リアルタイムで流布する風説を宿す怪異は、新参ながら濃い神秘を纏う。

それは古代の幻想種にも劣らぬ力を与えるが——その代償は大きい。

「《人馬》の幻想サプリを解析した結果、1晩もあれば効果が抜けてヒトに戻るらしい」

「舞のバカは一晩暴れて、朝には学校来てたから……そんな感じね、確かに」

「だが、《怪異サプリ》は違う。一度打てば抜けづらく、後遺症も重い可能性が高いそうだ」

「医者の判断なの、それ？」

「社長だ」

「……あのオッサンの見立てだと思うと、かなりうさんくさいわね」

「俺もそう思うが、他に頼れる人材もいないからな。ひとまず人間サプリを打ってヒトの形には戻れたが、ほぼ再起不能だろう。証言が得られるかどうかは治療の結果次第だ」

「身元とかは？」

「顔と認証データを突き合わせて国民登録番号が割れるはずだ。そうなれば自宅や立ち回り先、友人関係など入手経路を辿れる可能性は高い。糸は細いが――」

辛うじて、繋がっている。

静かにそう、締めくくるように告げた零士に、命は軽く息をつく。

「了解、今後の捜査に期待するわ。で、そっちの子は？　柿葉蛍よね、ズタボロだけど」

「恩人が亡くなったのが応えたらしい。戦ってる最中は落ち着いていたんだがな」

「こういうのって、一段落して考える余裕が出たらクるんだよ。悲しいとか、辛いとか」

「……そうね。けど、もうたくさん泣いたわ」

いつも整った髪に幾筋もの癖毛が跳ねている。制服もどこか薄汚れ、汗と涙と消火剤の臭い。仮面舞踏街から直行したＪＫバニーこと柿葉蛍。人間に戻り制服に着替えてもなお、目元は痛々しく泣き腫らし、疲労からか隈が浮かんでいた。

「オーナーは、いい人だった」

亡き上司、ガールズバーのオーナーの面影を辿りながら、蛍は言葉を絞り出す。

「私だけじゃないわ。学費に困った何人もの女の子を助けて、経営も良くないのにお給料高め。あの人、持ちビルのテナント全部で同じようなことしてたから、みんな泣いてた」

「ランパブのお姉ちゃんからカジノの客まで泣いてたもんな」

火災現場、炎に突入した月が抱えてきた焼死体——巨漢の亡骸に、避難してきた従業員が、その無残な姿にもかかわらず駆け寄り、悲しみの涙をこぼした姿。

思い出してしんみりとする3人に、命は小首を傾げる。

「……つまりその人、いいヤクザだったってこと？」

「どうかしら。わからないわ、ヤクザとかよくわからないから」

「いや、社会的にはヤクザでしょ。風俗営業してたんだし」

「違うと思うわ。風俗をしている人はみんな反社会組織の一員だ、というのは偏見よ」

「うっ……。それはそうね。ごめんなさい」

意外と素直に謝る命に、月がしょぼつく目で瞬きした。

「どした、悪いもんでも食った？　やけに素直じゃん」

「身内が死んだ翌日の相手にキツいこと言えるほど、あたしだって外道じゃないっつの」

「意外だ。空気読むんだな……」

「当然でしょうが、社会性ってもんがあんのよ。というかあの子苦手だわ、あたし……」

我の強さ、というか気性の荒さでは相当なものだと自覚しているが、命は蛍が苦手だ。

(綺麗すぎるのよね。どう触っても壊れそうで、おっかないわ)

しゅんとベンチに座る憔悴した面差し、それだけでカメラを回せば悲劇映画の一場面。

そう撮れるほど美しく、雪女のような色気すら感じてしまう。

そんな思いを隠すように、命はため息をつきながら言う。

「だいたい、あたしがあんたらに捜査頼んだりしたから襲撃食らった可能性もあるわけでしょ。人死にが出てんのに、自分のことだけ言ってらんないわよ。……謝ることもできないわ」

「それは違うと思う。……むしろ、呼び出してごめんなさい。実は私が頼んだの」

胸の奥、鉛のように広がる罪悪感を吐き出した命を見て、蛍はベンチからすっと立った。

そのまま疲れた身体に活を入れるように自らの頬をぺちぺちと叩くと、深呼吸。息を整え、再び真剣な眼差しを取り戻すと——柿葉蛍は、深々と命へ頭を下げた。

「ごめんなさい。……舞さんを、止められなかった」

「は?」

呆れたような返事。

「何謝ってんのよ。聞いた話だとあんた悪くないでしょ？　うちのバカな後輩が、弱み握ってひと様脅したあげく、変な薬でラリッただけじゃん。何の意味で謝ってんのよ」

言葉に怒気が籠る。ドスの利いた声音に、ビクッと蛍の背中が震える。

本気で怖がっているのがわかる。凛として強く見える彼女だが、そんな強がりを剝ぐほど、車椅子から響く命の声は、語気を抑えた分鈍器のような重さで響いてきた。

「私悪くないけど、とりあえず謝っとけ。──そんな感じなら、謝んなくていいわ」

「違う。正直、あなたのことがすごく怖いわ。けど、これは言うべきことだと思ったから」

細かく震えながらも、蛍は頭を上げずに続ける。

「彼女がしたことは許されないと思う。私がされたことも迷惑だし、お店が燃えたりオーナーが亡くなったのも、責任の一部があるんじゃないかって、恨む気持ちもあるわ」

けど、と蛍は言葉を繋ぐ。

「舞さんだけを悪者にはしたくない。私が勇気を出してあなたや学校の人に相談していれば。……自分のバイトがばれるのが怖くて黙らなければ、あんなことにならなかったかも」

「結果論でしょ。バカを止めるために自分が破滅するとか、選べるわけないっての」

「そうかもしれない。けど、その可能性が少しでもあったなら」

目を逸らし、顔を背けて。

知らんぷりをしたまま生きていくなんて、我慢できないと思ったから。

「──謝らなきゃいけないと思ったの。私の弱さを恨んでいいし、私の罪を暴いてもいいわ。大金をかけてまで犯人を追いかけるあなたの気持ちに、けりがつくのなら」

「人柱になろうっての？　いい度胸じゃん」

「そんな崇高なものじゃないと思う。……ただ、そうしなきゃいけないと思っただけ」

「…………！」

チッ、と露骨に舌打ちが響く。

そんな少女たちを遠間に眺めながら、胃が痛そうな顔をした月が相棒に囁きかけた。

「いいのかよ、止めなくて……柿葉さん、ぶん殴られるんじゃね？」

「心配ない」

自動販売機で買っておいたコーンポタージュの蓋を開けながら、零士は答えた。

「そうかあ？　めっちゃ怒ってる臭いがすんだけど。ツンとくるわ」

「体臭だけで判断するのは悪い癖だぞ、狼男。人間はもう少し複雑だし、それに」

ぐびりとポタージュをひとくち。値段のわりに量が少ない、彼にとっては贅沢な朝食代わり。

「命はよく怒るやつだが——誰に対して怒ってるのか、って話だろ」

……ばちん‼

痛そうな音。平手で頬を思い切り、真っ赤になるほど叩いた音だ。

「え？」

「っつー……！」

唐突な音に顔を上げた蛍が、思わぬ光景に目を丸くする。

容赦も手加減もなく自分を殴り飛ばした命は、頬に平手をぶつけたままで。

「あの。もしかして、間違えた？　私はここよ？」

「目の前にいるんだからンなわきゃないでしょ。勝手にやったのよ」

「え？　……どうして？」

「ケジメ。舞のクソバカが犯罪やる前に止めらんなかったとかいう話のね」

おろおろする蛍に、命はきっぱりと言った。

「先輩としてあいつの味方をするなら、あたしはあんたを殴るべきだったかもしれない。けど、それ違うでしょ。ただの慣れ合いっていうか、気持ち悪いわ」

「……感覚的すぎてよくわからないけど」

「当然でしょ。心を簡単な言葉にできたら小説家になるわ。あたしの中にもちょっとはあった、あんたを恨む気持ちは全部、今の一発でチャラ。プラマイゼロ。なーし！」

「え？　……それで、いいのかしら？」

「当事者がいいっつってんだから、いいのよ。……で、ここからが本番」

車椅子の上で、命はすっと静かに頭を下げた。

「後輩が迷惑かけて、ごめんなさい。亡くなった人も、あんたも、あいつが巻き込んだみたいなもんだわ。詫びができるものなら、できるだけさせてもらうから」

「そんな。迷惑かけたのは、私で……」

「はあ？　何言ってんのよ、あたしでしょ。加害者はこっち、あんたは被害者よ」

「……そうかしら。でも私の方が悪い気がするけど、どうなの？」

「勝手に背負いこむんじゃないわよ。あんた別に悪くないわよ」

「それなら、あなたもあまり悪くない気がするわ……。どうなのかしら、そのあたり」

いささか滑稽な光景。頭を下げ合っていた二人が、心底真面目に。

傍から見れば滑稽なほど考え、話し合ってから。

「あんたたち、どっちが悪いと思う？」

「率直な意見を聞かせて。この場合、どちらが謝るのが正しいのかしら」

「…………」

真剣に問うふたりにクスリと笑み、零士はベンチを立った。

ポケットを探る。なけなしの小銭、わずかな財産を惜しみなく自販機に投入し——ごとん。

「これで手打ちってことで、どうだ？」

「だったらせめて奢らせなさいよ、あんた貧乏なんだから」

「ある意味、だからこそとても価値のあるものだと思うわ。貧困の味がしそうよ」

「うるさい黙れ。——ほら、月。おまえの分だ」

「お、あり」

もう一本買ったコーンポタージュを相棒に放る。

月、零士、命、蛍。4人の少年と少女は何故か並び、しばしスープを飲みながら。

「こないだの約束、あたしの中だとまだ生きてるんだけど。——行く？」

「服見に行こうってヤツ？　お、行く行く！　零士もどうよ」

「そんな金はない、と言いたいところだが、放置して無駄遣いされたらたまらん。……行く」

「あんたも来ない？　スイーツの美味い店知ってるから、女子会しましょ」

「え？　……経験がないのだけど、どういうイベントなのかしら、女子会って」

「女子会は女子会よ。ケーキ食ってコーヒー飲んで、男ども待たせて駄弁るの」

「……待て。俺たちが待つのはどこでだ、店の外か？」

「ギリ店内でいいわよ。荷物持ちしてくれたらケーキセットくらいおごるけど」

「喜んで」

「あ、ずりー！　俺も俺も！　1トンくらいなら余裕で持つって!!」


いつしかベンチに座り、そんな風にいつまでも。

悲しみと怒りと、さまざまなものを乗り越えた先にある、ささやかな青春。

甘くて青い果実を貪るように——逸れ者たちは、語り合った。

*

これはそれより少し、未来の話。

仮面舞踏街(マスカレード)、夏木原(ナツキバラ)にて大規模抗争(こうそう)事件発生。

怪物(モンスター)サプリ服用者、武装した人獣(ニンジュウ)数十『頭』の集団が駅前大通りで激突(げきとつ)。

パニックは駅構内にまで及(およ)び、一時列車の運行を停止。

現地清掃(せいそう)のため、管理請負(うけおい)《幻想清掃(Fantastic Sweeper)》に緊急(きんきゅう)出動命令。

身元不明人獣(ニンジュウ)の死者、重軽症者(じゅうけいしょうしゃ)、行方(ゆくえ)不明者多数。

死者５名、重軽症者(じゅうけいしょうしゃ)１３２名。

うち、都立アカネ原高校生徒

死者——３名。

CONFIDENTIAL

用語解説

01. WORD

Beast Tech

02. MEANING

■　防疫体制の確立に多大な貢献を果たしたことで躍進し、怪物サプリの開発販売卸を手掛ける巨大企業(コングロマリット)。その影響力は計り知れず、ＳＮＳの世論操作もお手の物。

03. IMAGE

03. IMAGE

01. WORD

Fantastic Sweeper 幻想清掃

02. MEANING

《仮面舞踏街》の犯罪抑止、治安維持、街路清掃を一手に担う、『Beast Tech』の関連子会社。社長が死ぬほど胡散臭いとの噂？

01. WORD

黒白霧法

02. MEANING

■ 霧を硬化させ実体を創る《黒法》と、霧としての組成を酸や可燃ガスに組み換える《白法》の二系統が存在する。

03. IMAGE

01. WORD

監視社会システム《神の眼》

02. MEANING

秋津洲の人々は、24時間365日SNSを利用したシステムにより監視され、社会的信頼度を示す“信用スコア”が記録されている。善行でスコアUP、悪事をすればDOWN。

あとがき

電撃文庫読者の皆様、こんにちは。作家の三河ごーすとと申します。以前に電撃文庫さんで出版してからおよそ5年の時間が経ってしまいました。その間、電撃の担当編集さんと一切コンタクトを取っていなかったのかというとそんなこともなく、ただ何を一緒にやろうか考えたり、作品を練り込んでいく過程でだいぶ時間が経ってしまったという流れです。

時間がかかりすぎた間に他レーベルでの作品も多く出版されたため、今となっては私が電撃文庫の新人賞でデビューしたことを知らない方も増えてきているようです。なんてことだ。

それはさておき『怪物中毒』は、これまでの私の作品の中でも群を抜いて「特殊な世界観」を描いたものになっています。欲望の街でくり広げられる、誰も見たことがないような事件を解決していく少年少女の物語。楽しんでいただけたらうれしいです。

謝辞です。

イラスト担当の美和野らぐ先生。特殊な世界観を最高のイラストで表現していただき、感無量でした。登場人物たちもひとりひとりが魅力的で、特に主人公である零士は霧の怪物という特殊な設定を反映した上での最高のデザインを提案していただけてとてもうれしかったです。

本当にありがとうございました。もしシリーズを続けられることになりましたら、今後ともどうぞよろしくお願いいたします。

コンセプトアート担当の尾崎伊万里先生。仮面舞踏街の光景や雑巾絞りを圧倒的な迫力で描いていただき、本当にありがとうございました。文章の段階ではまだおぼろげな輪郭しかなかった世界の姿を素敵な形で描いてくださったことで、私自身、あらためて「ああ、仮面舞踏街はこういう場所だったのか」と実感できました。

担当編集の田端様、A様。複雑な設定の本作に対していつも適切な助言をしてくださり、ありがとうございます。お二人が欲望の街を駆け抜ける少年たちの物語に共感し、最初の読者として楽しんでいただけるからこそ私も自信を持って作品を世に出せます。感謝です。

営業、宣伝、印刷、流通、書店など本作の出版に携わっていただいたすべての方。この作品に限らずではありますが、皆様の仕事あってこそ本は大勢の人の手に届きます。いつも本当にありがとうございます。

そして最後にこの本を手に取ってくださった読者の皆様。本当にありがとうございます。

作品の続きを出せるかどうかはどれだけの応援の声があるかにもよりますので、気に入ってくれた方は是非SNSやお友達への紹介などで『怪物中毒』の存在を広めてくれたらうれしいです。もちろん、ひとりで楽しんでいただくだけでも十分に幸せですが。

――と、あとがきはこのあたりで。またどこかでお会いしましょう。三河ごーすとでした。

今冬発売予定!

BT社から流出した
規格外の怪物サプリは、
この街の在り方すらも
変えようとしていた。

ルール無用の仮面舞踏街――
闇オークションに出品された
第二、第三の怪異騒動は
表社会にすら波乱を招く。

新たな『害獣駆除』のため、
怪物以上人間未満の少年少女は
欲望の街を駆ける！

過剰摂取禁物の
オーバードーズ・アクション
第二夜！

最新第2巻

◉三河ごーすと著作リスト

「ウィザード&ウォーリアー・ウィズ・マネー」(電撃文庫)
「ウィザード&ウォーリアー・ウィズ・マネー2」(同)
「ウィザード&ウォーリアー・ウィズ・マネー3」(同)
「祓魔学園の背教者(ミトラルカ) ―祭壇の聖女―」(同)
「祓魔学園の背教者(ミトラルカ)Ⅱ ―ミスティック・ミスト―」(同)
「祓魔学園の背教者(ミトラルカ)Ⅲ ―邪教再臨―」(同)
「祓魔学園の背教者(ミトラルカ)Ⅳ ―紫色の黙示録―」(同)
「レンタルJK犬見さん。」(同)
「怪物中毒」(同)
「自称Fランクのお兄さまがゲームで評価される学園の頂点に君臨するそうですよ?」(MF文庫J)
「義妹生活」(同)
「顔さえよければいい教室」(富士見ファンタジア文庫)

本書に対するご意見、ご感想をお寄せください。

ファンレターあて先
〒102-8177　東京都千代田区富士見2-13-3
電撃文庫編集部
「三河ごーすと先生」係
「美和野らぐ先生」係

本書は書き下ろしです。

電撃文庫

怪物中毒

三河ごーすと

2022年9月10日　初版発行

発行者　青柳昌行
発行　株式会社KADOKAWA
〒102-8177　東京都千代田区富士見2-13-3
0570-002-301（ナビダイヤル）
装丁者　荻窪裕司（META＋MANIERA）
印刷　株式会社暁印刷
製本　株式会社暁印刷

●お問い合わせ
https://www.kadokawa.co.jp/（「お問い合わせ」へお進みください）
※内容によっては、お答えできない場合があります。
※サポートは日本国内のみとさせていただきます。
※ Japanese text only

※定価はカバーに表示してあります。

ISBN978-4-04-914529-8　C0193　Printed in Japan

電撃文庫　https://dengekibunko.jp/

電撃文庫創刊に際して

文庫は、我が国にとどまらず、世界の書籍の流れのなかで〝小さな巨人〟としての地位を築いてきた。古今東西の名著を、廉価で手に入りやすい形で提供してきたからこそ、人は文庫を自分の師として、また青春の想い出として、語りついできたのである。

その源を、文化的にはドイツのレクラム文庫に求めるにせよ、規模の上でイギリスのペンギンブックスに求めるにせよ、いま文庫は知識人の層の多様化に従って、ますますその意義を大きくしていると言ってよい。

文庫出版の意味するものは、激動の現代のみならず将来にわたって、大きくなることはあっても、小さくなることはないだろう。

「電撃文庫」は、そのように多様化した対象に応え、歴史に耐えうる作品を収録するのはもちろん、新しい世紀を迎えるにあたって、既成の枠をこえる新鮮で強烈なアイ・オープナーたりたい。

その特異さ故に、この存在は、かつて文庫がはじめて出版世界に登場したときと、同じ戸惑いを読書人に与えるかもしれない。

しかし、〈Changing Times,Changing Publishing〉時代は変わって、出版も変わる。時を重ねるなかで、精神の糧として、心の一隅を占めるものとして、次なる文化の担い手の若者たちに確かな評価を得られると信じて、ここに「電撃文庫」を出版する。

1993年6月10日
角川歴彦

電撃文庫DIGEST　9月の新刊

発売日2022年9月9日

七つの魔剣が支配するX 著／宇野朴人　イラスト／ミユキルリア	佳境を迎える決闘リーグ。そして新たな生徒会統括の誕生。キンバリー魔法学校の喧噪は落ちついたかに見えたが、オリバーは次の仇敵と対峙する。　原始呪文を操るデメトリオの前に、仲間達は次々と倒れていく……。
魔法科高校の劣等生 Appendix② 著／佐島 勤　イラスト／石田可奈	『魔法科』10周年を記念し、各種特典小説などを文庫化。第2弾は『夏の休日』『十一月のハロウィンパーティ』『美少女魔法戦士プラズマリーナ』『IF』『続・追憶編』『メランコリック・バースデー』を収録！
創約　とある魔術の禁書目録（インデックス）⑦ 著／鎌池和馬　イラスト／はいむらきよたか	元旦。上条当麻が初詣に出かけると、そこには振袖姿の御坂美琴に食蜂操祈ら常盤台の女子達が!?　みんなで大騒ぎの中、しかし上条は一人静かに決意する。アリス擁する　『橋架結社』の本拠地を突き止めると……！
わたし、二番目の彼女でいいから。4 著／西 条陽　イラスト／Re岳	共有のルールには、破った方が俺と別れるペナルティがあった。「今すぐ、桐島君と別れてよ」「……ごめん、できない」過熱する感情は、関係は、誰にも止められなくて。もう引き返せない、泥沼の三角関係の行方は。
アマルガム・ハウンド2 捜査局刑事部特捜班 著／駒居未鳥　イラスト／尾崎ドミノ	平和祈念式典で起きた事件を解決し、正式なパートナーとなった捜査官のテオと兵器の少女・イレブン。ある日、「人体復元」を謳う怪しげな医療法人の存在が報告され、特捜班は豪華客船へ潜入捜査することに……。
運命の人は、嫁の妹でした。2 著／逢縁奇演　イラスト／ちひろ綺華	前世の記憶が蘇り、嫁・兎羽の目の前でその妹・獅子乃とのキスをやらかした俺。だがその隙に、兎羽が実家に連れ戻されてしまい!?　果たして俺は、失った新婚生活と、彼女からの信用を取り戻せるのか！
こんな可愛い許嫁がいるのに、他の子が好きなの?3 著／ミサキナギ　イラスト／黒兎ゆう	婚約解消同盟、最後の標的は無邪気な幼馴染・二愛。《婚約》からの解放——それは同盟を誓った元許嫁として。逆襲を誓った元恋人として。好きな人と過ごす時間を失うこと。迫る選択にそれでも彼女たちは前へ進むのか——。
天使は炭酸しか飲まない3 著／丸深まろやか　イラスト／Nagu	天使の正体を知る後輩女子、瀬名光莉。明るく友人も多く、あざとさも持ち合わせている彼女は、恋を確実に成就させるため、天使に相談を持ち掛ける。花火に補習にお泊り会。しゅわりと刺激的な夏が始まる。
新作 **怪物中毒** 著／三河ごーすと　イラスト／美和野らぐ	管理社会に生まれた《官製スラム》で、理性を解き放ち害獣と化す者どもの『掃除』を生業としている、吸血鬼の零士と人狼の月。彼らは真贋入り乱れるこの街で闘い続ける。過剰摂取禁物のオーバードーズ・アクション！
新作 **あした、裸足でこい。** 著／岬 鷺宮　イラスト／Hiten	冴えない高校生活を終えたその日。元カノ・二斗千華が遺書を残して失踪した。ふとしたことで過去に戻った俺は、彼女を助けるため、そして今度こそ胸を張って隣に並び立つため、三年間を全力で書き換え始める！
新作 **となりの悪の大幹部!** 著／佐伯庸介　イラスト／Genyaky	ある日俺の隣の部屋に引っ越してきたのは、銀髪セクシーな異国のお姉さんとその娘だった。荷物を持ってあげたり、お裾分けをしたりと、夢のお隣さん生活が始まる……！　かと思いきや、その正体は元悪の大幹部!?
新作 **小説が書けないアイツに書かせる方法** 著／アサウラ　イラスト／橋本洸介	性が題材の小説でデビューした月岡零。だが内容が内容のため作家になった事を周りに秘密にしてたが…彼の前に一人の美女が現れ、「自分の考えた小説を書かなければ秘密をバラす」と脅迫されてしまうのだった。
新作 **リコリス・リコイル Ordinary days** 著／アサウラ　イラスト／いみぎむる 原案・監修／Spider Lily	『リコリス・リコイル』のアニメでは描かれなかった喫茶リコリコでのありふれた非日常を原案者自らがスピンオフ小説化！千束やたきなをはじめとしたリコリコに集う人々の紡ぐちょっとした物語が今はじまる！